じゃない孔明転生記

「じゃないこうめいてんせいき」

軍師の師だといわれ…も

二水うなむ

[イラスト]
武田ほたる

TOブックス

目次[もくじ]

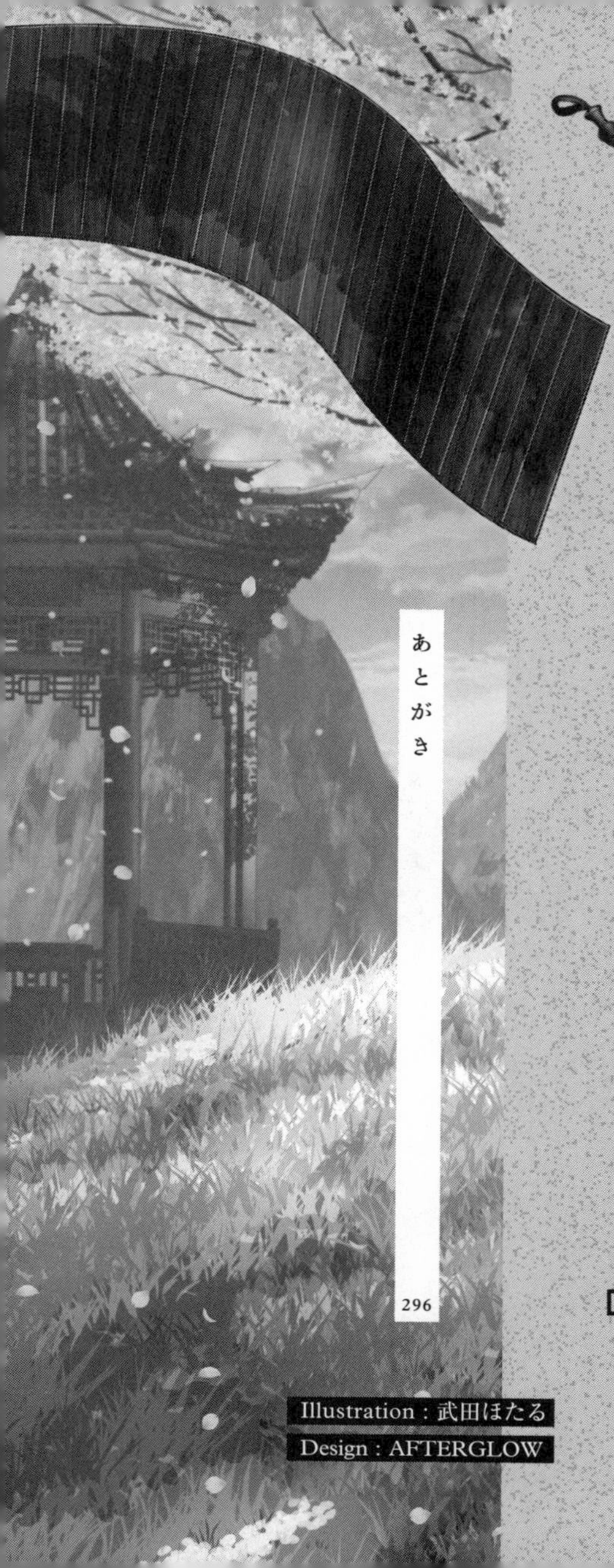

Illustration : 武田ほたる

Design : AFTERGLOW

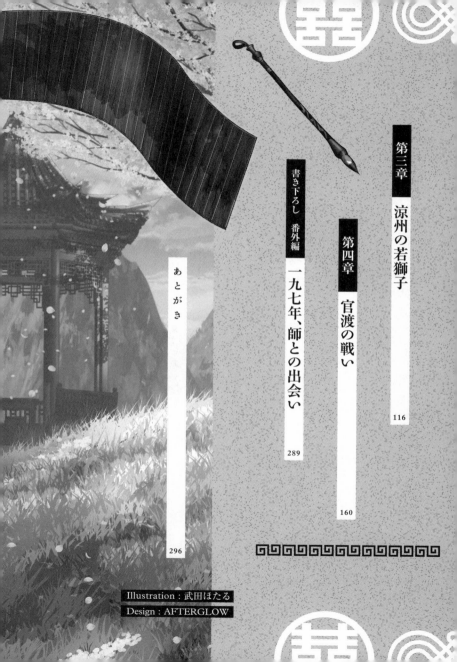

序章　在野の賢者

三国志のゲームをダウンロードして、さあ、はじめようか、というところで私の前世の記憶は途絶えている。それが二十一世紀の日本での、しがないアラフォーおっさんだった私の最後の記憶なのだが、前世の記憶といっていいのかどうか、いまいちよくわからない。

なぜなら、いまの私がいるのは二世紀の中国だから。どちらかというと来世の夢を見た、と表現したほうが正しいようにも思うけど、どっちが正しいかなんて、それほど重要なことではないだろう。

重要なのは、私が三国志の世界にいるという、どうしようもない現実。

ああ、人がゴミのようだ。そんな戦乱の世を生き抜かなければならないのです。

私が借りている家の庭先に、三人の同郷の士が別れのあいさつにきていた。そう、私は今日、この地を旅立つ。旅立たなければならない。

「すみません、孔明《こうめい》どの。私たちが袁紹《えんしょう》さまを制止できればよかったのですが……」

「いやいや。娘が生まれたばかりで、おぬしも忙しいだろうに、よくぞ手を貸してくれた。こうして逃げる猶予があるのも、おぬしらの助力のおかげだ」

私は辛佐治《しんさち》に感謝した。佐治という字《あざな》ではわかりづらいが、辛毗《しんぴ》といえば三国志ファンにはわかるだろうか。優秀な文官である。

「孔明どの、もうあまり時間は残されていないかと。旅の準備が万全でなくとも、急いだほうがよろしいでしょう」

「ああ、いろいろと世話になったな」

荀友若《じゅんゆうじゃく》が急かしてくる。荀諶《じゅんしん》といえば三国志ファンにはわかるかもしれない。あの名軍師・荀彧《じゅんいく》の弟にして、優秀な文官である。

「それがしは、それがしはッ！　孔明どのと同じ主君を仰ぐ日を、楽しみにしていたのですぞおおおおおッッ！」

「う、うむ。すまぬな。それと、すこし落ち着くがいい」

郭公則《かくこうそく》が感情もあらわに天を仰いだ。郭図《かくと》といえば三国志ファンにはおなじみだろう。出ると負け軍師である。

「ああ、ああッ！　胡孔明《ここうめい》が策をめぐらせ、この郭公則が先陣をきれば、天下は袁家のものも同然というのに。なんと口惜しいことかあああああッ!!」

そうだろうか。絶対にそんなことはないと思う。あと先陣をきるな。

「やれやれ、おぬしは血気盛んであるな」

呆れる私は、胡孔明という。そう。孔明どの、孔明どのと呼ばれてはいるが、あの諸葛《しょかつ》孔明ではない。姓は胡、名は昭《しょう》、字を孔明という、その他大勢である。どうやら私はモブキャラに転生してしまったようなのだ。

転生に気づいた当初は、「天はなぜ、この私を孔明に転生させておきながら、諸葛孔明に転生させなかったのか！」なんて思ったりもしたけど、そんな思いはすぐにどこかへ消えていった。よくよく考えると、本物の孔明だって結局は激務のすえに、過労死といってもいい最期を迎えるわけで。あまりうらやましい人生じゃなかったわ、うん。

それに、未来を知るかのごとき（知ってる）神算鬼謀《しんさんきぼう》で天下統一！　なんて気持ちもすぐに失った。失ったのにはれっきとした理由があるのだが、いまはそんな昔を振り返っている場合ではない。思い出すのは、昨日の出来事だけで十分だ。

こんなモブ孔明にも、三国志の英傑が魔の手を伸ばそうとしているのである。

「胡孔明よ！　私が用意した屋敷への転居を命じる！　光栄に思うがいい。これより、おぬしはこの袁紹に仕えるのだ！」

昨日、政庁に呼びだされた私は、いならぶ文武官の前で、袁紹にそう命じられた。

袁紹、字は本初《ほんしょ》。高座からこちらを見おろすその姿は、まさに威風堂々。名門袁家を代表するにふさわしい風貌の持ち主である。袁家は四代にわたって三公を輩出した名門中の名門で、袁紹自身も反董卓《とうたく》連合軍という、諸侯連合の盟主となったほどの英傑である。

それほどの人物が、厚遇をもって迎えようとするこの私。いったいどれほどすごい人物なのかというと、ちょっと名が売れはじめたばかりの書法家にすぎなかったりする。実務家としてはなんの実績もないのだが、名声を重視する袁紹にとっては、その評判こそが重要なのだろう。

そんなありがた迷惑な仕官の誘いを、私は再三にわたってお断りしていた。しかし、この場でNOというのはむずかしそうだった。

周囲には袁紹の配下がずらりとならんで、メンチを切っていらっしゃる。彼らの前でこの誘いを拒絶すれば、袁紹の体面を傷つけることになる。さすがに集団リンチとまではいかないだろうが、投獄くらいは平気でされちゃいそうな雰囲気です。

むむむ、しかたない。ひとまず従ってみせるしかないか。

「ははっ。ありがたきしあわせ……」

私がうやうやしく拱手《きょうしゅ》すると、袁紹は満足そうにうなずいた。その顔を見あげながら、私はこの地から、河北最大の都市・鄴《ぎょう》から、逃げ去る決意を固めていたのだった。

名門袁家への仕官となれば、世間の目からは出世にしか見えないだろう。しかし未来を知る私にとって、袁紹に仕えよという命令は、無慈悲な通告だった。袁紹は官渡《かんと》の戦いで曹操《そうそう》に敗れ、失意のうちに病没する。その後、袁家は凋落《ちょうらく》の運命をたどるのだ。

泥船と知っていて乗りこむつもりはない。ないったらない。絶対にNO。絶対にだッ!

そんなわけで、私は引っ越しではなく逃亡の準備をしていた。そこに辛毗、荀諶、郭図たちが訪ねてきたのだった。

この三人は袁紹に仕える身だが、私にとっては同郷の朋友《ほうゆう》である。かねてより、彼らは私に袁家への仕官をすすめていたし、私は私で、袁紹には将来性がないと説いていた。

私に出仕の意思がないことを知っている彼らは、ありがたい情報をもってきてくれたのだ。どうやら、袁紹は私に見張りをつけようとしているらしい。なんとまあ、ケツの穴の小さな英傑ですこと。

「さささっ、名残惜しいですが、お急ぎくだされ。孔明どのッ」

「うむ」

背を押すような郭図の言葉に、私がうなずいたとき、

「むっ、あれはっ！」

「むむ、なにやつッ⁉」

荀諶と辛毗が、建物の陰に視線をむけた。そこに身をひそめていたのは、袁紹軍の兵士だった。こちらの様子をうかがっていた兵士は、私たちと目が合うや、「わわわ」と口をひらき、身をひるがえして逃げだした！

「待てぇい！　ぬおおおおおおぉぉぉぉ‼」

誰よりも早く反応したのは郭図だった。郭図が駆けだし、逃げる兵士を追いかける。まずい。あの兵士を取りおさえなければ、私が逃げようとしていることが袁紹に伝わってしまう！

「ぬおおおおおおおぉぉッ！」

気合十分、郭図が走る。

おおっ、いいぞ郭図、がんばれ郭図！

郭図の走りかたは陸上選手ばりにすばらしかった。時代にそぐわぬ見事なアスリート走りで、兵士との距離をぐんぐん詰めていく。

「ひぃぃっ⁉」

郭図のなまはげみたいな形相におびえたのか、兵士が足をもつれさせた。その瞬間、郭図の足が力強く大地を蹴るッ！

「キェエエエエエエエエエエッッッッ‼」

奇声を発して、郭図が、跳んだッ⁉

その跳躍は……美しかった。

まるで、巨大なにわとりが大空を飛翔するような……得体のしれない美しさがあった！

郭図は兵士の背中に飛びかかり、押し倒すと、そのまま馬乗りになって、おさえこみに成功した。

「おおっ⁉　まさか、公則どのがこれほどの武勇の持ち主とは……」

「なんという身のこなし。これはもしかすると、顔良《がんりょう》・文醜《ぶんしゅう》にも匹敵するかもしれませんぞ……」

荀諶と辛毗が呆然といった。

猛将・郭図⁉　コー〇ーのゲームじゃあるまいし、そんな馬鹿なッ⁉

「さっ、早くっ！　早くお逃げくだされ、孔明どのオオォオォォ‼」

暴れる兵士の首筋を押さえながら、郭図が絶叫した。騒がしい。その瞬間だった。

ボキッ、と何かが折れるような音がした。

私たちの時はとまった。私と荀諶と辛毗は、言葉を忘れて顔を見合わせた。こういう状況を音が消えるというのだろうか。風に吹かれた黄砂が大地に落ちる、そんなかすかな音すら拾えそうな、どこまでも静かな一瞬だった。

私たちは郭図を見た。郭図も動きをとめて、ぽかんとこちらを見つめ返していた。

「…………」

その音は郭図の手元、兵士の首あたりから聞こえたように思う。まぎれもなくアレさ、首の骨が折れる音。私たち四人は、無言で見つめあった。

「……さっ、こ、孔明どの、早くお逃げくだされぇぇぇッ！　くぅ、こやつめ、まだ暴れるかッ⁉」

と、兵士の肩をこっそりつかんで、暴れているように見せかける郭図。

こいつッ⁉　なかったことにする気だッ‼

郭図に揺すられ首をぷらんぷらんさせている兵士から目をそむけ、私は荀諶と辛毗に視線で問いかける。どうしたものだろう？

「……何も見なかったことにしよう」

「そ、その通りですな。さ、お逃げくだされ、孔明どの」

荀諶と辛毗の返答は、なんだか気まずそうだった。彼らもこの一件はごまかすことにしたようだ。賢明な判断であろう。

「う、うむ。そうするとしよう。いかな郭公則といえど、いつまでも兵士をおさえてはいられまい」

私も兵士はまだ生きていることにした。

いや、この場に兵士はいなかった。いなかったのだ！

時代が時代である。兵士ひとりの殺人事件ぐらいどうとでもなるはず。うむ。袁家に名だたる吏《り》僚《りょう》が、三人そろってもみ消そうというのだ。きっとなんとかなるだろう。そう信じて、私は友に別れを告げる。

「さらばだ、朋友たちよ。私は故郷にもどるつもりだ。潁川《えいせん》に来ることがあれば、いつでも訪ねてくれ」

こうして私は袁紹の手をのがれ、南へと旅立ったのであった。

さらばマイフレンズ！　サンキュー郭図!!

◆◆◆

なんといっても乱世なわけで。追いはぎ、盗賊、黒山賊《こくざん》に、黄巾賊の残党と、賊がぞくぞく。妻子をつれた私の逃避行は、困難をきわめること想像に難くなかった。

そうです。じつは私には妻子がいるのです、妻子が！　私が、私が守護《まも》らねばならぬッ!!

悲壮な決意と覚悟を胸に、旅をする……必要はなかった。……あれ？　いや、必要がなくなったのなら、そりゃけっこうなことですが。

なぜ私の警戒が必要なくなったのかというと、旅に出てすぐに同行者が増え、その中にふたり、とても頼りになる人物がいたからである。彼らのおかげで、旅の不安はあっさり解消されたのだった。

各地の守衛に袖の下を送ったりしながら、私たちは南へと進み、河水《かすい》（黄河）を渡った。小さな村で宿をとってひと休み。旅の疲れを癒すために、私とそのふたりは居酒屋で羽を伸ばしていた。

「奉孝《ほうこう》、すこしばかり飲みすぎではないか？」

「文若《ぶんじゃく》先輩ってば、お堅いっすよ。こんな女の子もいないような場所で、酒を飲む以外に何をしろっていうんですか。ねえ、孔明先輩？」

まじめな荀文若と遊び人の郭奉孝。三国志ファンなら誰でも知っているだろう。三国志の覇者、曹操をささえることになる名軍師、荀彧と郭嘉《かくか》である。

「孔明、君からもひとこといってくれ。どうやら、私の言葉では奉孝にとどかないようだ」

「文若が説得できないものを、私が説得できるわけなかろう。奉孝よ、酒も女もほどほどにせぬと、体に毒だぞ。それに、量より質を重視したほうが、気分よく酔えるのではないか？」

「なるほどなるほど。量の上に質がある。オレもそう思うっすよ～。量をこなして、ようやく質に手がとどく。まずは量が大事ってことっすね～」

むむむ。私は首をすくめると、唇を酒で湿らせた。

私たちは子どものころからのつきあいだ。彼らは武勇に秀でているわけではないが、私にとってはじつに頼もしい同行者だった。あの荀彧と郭嘉がこんなところで死ぬはずがない。彼らが同行する以上、この旅の無事は約束されたも同然なのだ！

「まあ、いいじゃないっすか。今日くらい飲みましょうよ～。いままで袁紹の追手を気にして、あまり飲めなかったんですから～」

顔を赤く染めた郭嘉がけらけら笑った。袁紹に拝謁《はいえつ》するなり、その威風を見かけ倒しと見切った郭嘉のことだ。冀州《きしゅう》の地に未練などかけらもないだろう。

はぁ、と荀彧が酒臭いため息をついた。

「袁紹の追手か。冀州での暮らしは針のむしろだったな」

袁紹は大業を成す人物にあらず。私にそうこぼしていた荀彧は、しかし袁紹に賓客としてもてなされていたのだ。さぞや肩身がせまい日々だったにちがいない。

「私とて、仕事をしたくなかったわけではないのだ。だが……だが、韓馥《かんぷく》どのから冀州を騙しとった袁紹の下でどうしてはたらけようか。それではたらけずにいると、『ただ飯食らい』だの、『お高くとまっている』だの、陰口を叩かれる毎日。孔明よ、君がいなくなったと聞いて、ここらが潮時と思って追いかけてきたが……。そうでもなければ、いつまであの生活がつづいていたことか」

荀彧は酒をぐいっとあおった。

「わかっておる。名門荀家のために、一族を守るために、袁紹のもとに身を寄せていたのであろう？　わかっておるよ。おぬしはよく耐えた。ウム」

と、私は荀彧をなぐさめる。

私たちの故郷である豫州潁川郡《よしゅうえいせんぐん》は、四方がひらけた戦乱に巻きこまれやすい場所にある。潁川も戦火にのみこまれるだろうと予測した荀彧は、できるだけ多くの民をつれて、安全な地に避難しようとした。

郭嘉はひと足早く、潁川出身の韓馥が治める冀州に避難し、冀州牧《きしゅうぼく》の韓馥は高名な荀彧を招くために、潁川に騎兵をつかわした。その騎兵に護衛されながら、郷里をはなれる選択を受け入れた民と自分の一族をひきつれ、荀彧は長い時間をかけて北に避難したのだった。

ちなみに、郭嘉に同行しても荀彧に同行しても無事であることを知っていた私は、最後まで荀彧の長旅につきあい、苦難を分かちあう道を選んだ。「困ってる幼なじみをほっとけますの？」と頭の中で天使がささやき、「ここで荀彧と名門荀家に恩を売っておけば一生安泰ですぜ！」と悪魔にそそのかされたからである。ええ、乱世を生き抜くには、コネが何より重要なのです！

私のことはともかく、つまり荀彧にとって、韓馥は旅の護衛をつけてくれた恩人なのだ。だが、私たちが冀州に着いたとき、すでに韓馥は袁紹にその座を奪われていた。遠い地に来たばかりの一族を思えば、支配者の袁紹ともめるわけにはいかない。けれど、韓馥への恩義を忘れるわけにもいかない。う～む。板ばさみになった荀彧の心境、推して知るべし。

「おぉ……。何もいわずともわかってくれるのは、君だけであろうよ。おおおぉ……」

酔いがまわっているのだろう、荀彧は泣きだした。ああ、いかん。これ、明日の朝、気まずくなるやつだ。

「文若先輩、ここは飲みましょう。飲んで、不満なんて吐きだしちゃったほうがいいっすよ。お～い」

と、郭嘉が居酒屋の主人に追加の酒を注文してしまう。くっ、よけいなことを。吐きだすモノが不満だけとはかぎらないだろうに。

「オレ、袁紹にはけっこう期待してたんすよ。まぁ、実際に会うまでは、の話ですけど。あの様子じゃ、反董卓連合軍が董卓打倒をはたせずに瓦解したのも、盟主の袁紹が優柔不断だったせいでしょうよ」

郭嘉がまじめな顔をしながら、荀彧に酒をついだ。荀彧は酒杯の中身を一気に飲み干して、

「ははは、人の噂とは当てにならないものだ。そう考えると、会うまでもなく袁紹の為人《ひととなり》を見抜いていた孔明は、さすがというしかないな」

「まったく、まったく。孔明先輩の人物鑑定眼は許子将《きょししょう》にも勝りますよ」

「………」

私は返答をさけ、いかにも思慮深げな笑みを口元に浮かべた。

許子将といえば、曹操を「治世の能臣、乱世の奸雄《かんゆう》」と評した人物批評の大家《たいか》である。人物鑑定眼をほめるにあたって最大級の賛辞といっていい。

ふふふ、……すみません。カンニングです。

故郷に近づき、気がゆるんでいたからだろうか。酒を酌み交わしながら、私はなんとなしに、このふたりとの過去を振り返っていた。


私が前世の記憶をはっきりと自覚したのは、いまから十年ほど前、数え年で二十歳のときだった。それまでは日本人だったころの記憶なんて、おぼろげな夢のようなものにすぎなかったし、幼なじみの荀彧のことも、すごく頭のいい友人としか思っていなかった。けれど前世の記憶がよみがえり、荀彧が歴史上の人物であることを知った私は、ことあるごとに彼と自分を比べてしまった。そして、ハリボテの未来知識ではとうてい埋めることのできない、本物の天才との差を思い知らされたのだ。そこにとどめを刺したのが郭嘉だった。年下の郭嘉の才を目の当たりにした私は、彼らと自分を比べるのをやめ、同時に自分の居場所を見つけた。

もしかして私、このまま在野の士でいいんじゃね？

たとえば、私が曹操の部下になって、「赤壁の戦いは負けます。おやめください」と進言したとして、はたしてそれが通るだろうか？　よほど曹操に信頼されてなければ、「黙れ！　戦を前に軍律を乱すとは許せぬ。こやつの首を打てッ！」なんて展開になりかねない。

うん。やっぱり、安全な場所でスローライフが一番だ。私は三国志の主役じゃなくていい。必要なときだけ、荀彧や郭嘉といった歴史に影響をあたえるであろう友人たちに助言する。それが私のベストポジションだと思うのだ………、

「……明、孔明」

おっといかん、物思いにふけってしまった。耳が遠くなるにはまだ早い。私は数え年で三十歳だから、現代日本なら二十九歳ということになる。二十代ですよ、二十代。若い！

「で、人物鑑定の大家である君は、董卓の次に天下の覇権をとる人物は誰だと思っているのだ？」

現在、朝廷を牛耳っているのは、董卓という梟雄《きょうゆう》である。だが、帝を廃して毒殺したり、漢朝の都・洛陽を焼きはらったり、暴政のかぎりをつくす董卓は遠からず自滅するであろう。私たちの予想は一致していた。まあ、私は知ってるだけでございますが。

「一番手であろう袁紹があれでしたからねえ。群雄割拠はまちがいないっすけど……」

郭嘉がぼやいた。

私は名軍師たちの顔を見比べる。郭嘉と比べると、荀彧はひどく真剣な表情をしていた。なにかしらの決意を秘めたような。曹操の軍師となる彼らだが、仕えるのは荀彧のほうが早いはず。いまがそのときなのだろうか？

となると、かけるべき言葉は……。

これから先のためにも、私のアドバイスには価値があるのだと証明しておきたい。私は賢者の顔をつくる。イメージするものは目の前で揺れる五円玉、もとい五銖銭《ごしゅせん》。私はかしこい、私はかしこい――。

「うむ。潁川周辺で天下を狙える人物といえば、東郡太守《とうぐんたいしゅ》となった曹操をおいて他にはいまい。潁川はまだ治安が悪いとも聞く。しばらく東郡に滞在して、曹操がどのような人物か見てみるのもよいかもしれぬな。文若もそう考えているのではないか？」

荀彧は息をのんだ。その眼に感嘆の色が浮かぶ。よきよき。

「これはまいった。そこまで見抜いていたとは。やはり、孔明には敵わないな」

「ふふふ。この胡孔明の頭脳は、ごくまれにすばらしく冴えわたるのだよ」

具体的にいうと、知ってる出来事に当てはまる場合にかぎります。はい。

「……うーん、曹操っすか。黄巾賊や董卓といった、戦うべき相手と戦ってる気概は評価するんですけどねぇ……」

郭嘉が渋い表情で腕組みをする。わかっているといわんばかりに、荀彧はうなずいた。

「たしかに、曹操にはまだ力が足りない。それでも潁川の混乱を収めるには、彼のような覇気のある人物に、一帯をまとめあげて、もら、うのが一番で、あ――うぷっ」

荀彧は苦しげに、口元に手をあてた。

ちょっ、荀彧ッ⁉　あわわ⁉

「おえっ」

ゲボッ。

じゅ、荀彧ーーーーーーッ!!

私たちは店を追いだされた。

※

初平二年（一九一年）、戦乱に巻きこまれた潁川から冀州の鄴に移住していた胡昭は、袁紹の再三にわたる仕官要請を断ると、身の危険を感じて豫州にもどった。このとき、同郷の荀彧と郭嘉がそれに同行した。彼らは通行手形を所持していなかったので、関の守将を論破して通らなければならなかったが、荀彧・郭嘉の弁によるところが大きかったため、胡昭は「私の才は荀文若、郭奉孝に遠くおよばない」と彼らを称えたという。それに対して荀彧と郭嘉は、「私たちは袁紹と会話をして、ようやくその器を見抜くことができた。胡孔明は会わずして袁紹の為人を見抜いたのだから、誰が最もすぐれているかはあきらかである」と胡昭を称賛したという。

胡昭　三国志全書

◆◆◆

大陸の勢力図はめまぐるしく塗りかえられる。初平三年（一九二年）、長安に遷都して、権勢をほしいままにしていた董卓は、天下無双の豪傑・呂布《りょふ》にそむかれ殺害された。その呂布を十万の大軍勢でもって打ち破り、長安のあらたな支配者となったのは董卓配下の李傕《りかく》と郭汜《かくし》であった。

李傕と郭汜は董卓の真似をするように暴政をしいた。やがて彼らはいがみあい、皇帝・劉協《りゅうきょう》を巻きこんで醜い権力闘争がはじまった。そのさなか、長安の宮殿は洛陽がそうであったように、焼きはらわれてしまった。

帝はわずかな供に守られ、混乱する長安を脱出した。落ちのびた先は廃墟と化した洛陽。身を隠すのは、秋風もふせげぬ朽ちたあばら家であった。樹皮を煮てすりつぶしたものを食らい、草の根を煮た汁をすすって、飢えをしのぐありさまだった。

そこを保護したのが、風雲に乗じて力をつけていた曹操である。

帝を擁立したことによって、曹操の勢威はいよいよ盛んとなった。その本拠地である潁川郡の許《きょ》は、天子を迎えたことで許都《きょと》と呼ばれるようになり、曹操自身も最高位に位置する三公の一席、司《し》空《くう》の座についた。

建安二年（一九七年）。荀彧が曹操の部下となって五年あまり。多大な功績を積みかさねてきた彼が司空府を訪れると、そこではあやしげな会話がなされていた。

「曹操さま、妓楼の予約をとりましたよ。変装の準備は万全っすか？」

「おお、でかした。ふふふ、今宵の余は、いや、私は徐州の客商であるぞ」

昼間から女遊びをくわだてているのは郭嘉である。彼は曹操の旗下に加わってまだ日は浅いが、持ち前の才覚を発揮して、めきめきと頭角をあらわしている。

そして、榻《とう》（長椅子）に腰かけ、満足げに笑う男が曹操、字は孟徳《もうとく》であった。

「……でかした、じゃありませんよ」

嘆息しながらも、荀彧はまず仕事をすませることにした。曹操との二、三のやりとりのみでそれをあっさり片づけ、あらためて冷ややかな視線をむけると、曹操と郭嘉は母親にいたずらが見つかった悪ガキのような顔をならべた。こんなとき、荀彧の口からでる言葉は決まっていた。

「他にすることはないのですか？」

「……だがなぁ、荀彧よ。英雄、色を好むというではないか」

「はぁ……。しかし、陣中で未亡人にうつつを抜かしているところを襲撃されて、あやうく死にかけたばかりではありませんか……」

「それがどうした。余は乱世の奸雄と評された男だぞ」

「……何をいいだすのか、嫌な予感しかしませんな」

「郭嘉、おまえなら余のいわんとするところ、わかるであろう」

「はっ。『奸』という字は、『女』の字の横に『干』と書く。これはあまたの女を愛することの象徴である。って感じですかね」

「そう、そういうことだ。山は高きをいとわず、海は深きをいとわずという。山はどこまでも高くあろうとし、海はどこまでも深くあろうとするのが天地万物の摂理である。余も乱世の奸雄として、どこまでも国と愛を追いつづけたいものよ」

天地の理《ことわり》に挑むかのごとく、曹操は遠くを見やった。荀彧は心の底から呆れた。

「山と海に謝ったほうがよろしいかと」

「こやつめ、ハハハ！」

曹操は軽く笑って、几案《きあん》の上に手を伸ばした。器に盛られた小さな白い菓子を、ひとつつまんで口に入れる。一瞬、荀彧と郭嘉がその菓子に目をこらした。それに気づくと、曹操は得意げに片眉をあげた。

「うむ、これか？　これは最近、民衆のあいだでひそかに流行《はや》っている菓子だそうだ。腹はふくれないが、それがかえっておもしろいものよ」

荀彧はゆっくりまばたきをしてから、

「……『めれんげ』、ですな」

「むむ、知っておったか」

食に造詣が深い曹操ですら、つい最近まで知らなかった菓子である。が、荀彧と郭嘉は「めれんげ」なる菓子を、流行りだす前から知っていた。それを考案した人物の名も。

「……この荀彧、曹操さまに推挙すべき大賢人に心当たりがございます」

「奇遇っすね。オレにも思い当たる人物がいますよ……」

やや唐突な感のある荀彧と郭嘉の進言に、

「ほう」

曹操はしばし考えこんでから、にやりと笑った。

「おもしろい。ならば、それぞれ胸中に浮かんだ人物の名を手のひらに書いてみよ。そして、同時に見せるがよい」

曹操の命に従い、荀彧と郭嘉は筆をとった。おのれの手のひらにさらさらと文字を書きつけ、筆を置いたところで、

「よし、見せてみよ」

名軍師たちが、ひらいた手を前に出す。そこに書かれていた人物の名は――。

「ハッハッハッ！」

曹操は高笑して、榻から立ちあがった。

「胡孔明、胡孔明か。噂は耳にしたことがある。おまえたちがそろって推すほどの逸材だったとはな。おもしろい、かならずや余の麾下《きか》に入れてみせよう！」

曹操の執務室から下がると、郭嘉が荀彧に訊《たず》ねた。

「……これで、よかったんですよね？」

「うむ、やむをえん。ここで推挙せずとも、曹操さまが孔明に興味をしめされるのは、もはや時間の問題であろう」

気に入った料理があれば、料理人を呼んで調理法を聞きとり、書物にして残そうとするのが曹操である。「めれんげ」の考案者の名は、遠からず曹操の知るところとなろう。

「もともと孔明先輩は、書法家としてけっこう名が通ってますしねぇ。その才が多岐にわたるとわかれば……。そりゃ、部下にほしがりますよ、曹操さまは。美女にもまして、人材にご執心な人っすから」

「どうせ呼びだされるのなら、私たちの目がとどくほうがいい。そう思うだろう？」

「ごもっともで」

郭嘉は同意すると、気づかわしげに眉根を寄せた。

「……ちょっと目立ちすぎたみたいっすよ、孔明先輩」

そのころ孔明は、潁川から西にある陸渾《りくこん》という地を訪れていた。

◆◆◆

「ぶぇっくしょいッ！」

私のくしゃみにおどろいたのか、地面でさえずっていたヒバリがいっせいに飛び立った。陽射しこそ春めいてきたものの、まだまだ風は肌寒い。もっとも、私の家を建ててくれる大工たちはそんなこと気にせず、上半身裸で仕事をしている。たくましい。この程度の寒さなんて、筋肉で跳ね返しちゃいそうである。

「どうです、孔明先生！　なかなかいいできばえでしょう？」

屋根の上から威勢のいい声がかかった。どうやら瑠璃瓦《るりがわら》を葺《ふ》き終えたようだ。

「なかなかどころか、私にはもったいないくらい立派な屋敷だ！」

お世辞ではない。正直な気持ちである。私が大声で返すと、大工たちは誇らしげな笑声をあげた。

「へへへ。孔明先生にそういってもらえると、うれしいってなもんよッ！」

陸渾県は洛陽の南西、伊水《いすい》をさかのぼった位置にある。前回訪れたとき、私はこの地を気に入って、家を注文しておいたのだ。今回はその家のできあがりを見にきたのだが、なぜか予定より立派な屋敷が建っていた。おそるおそる訊《き》いてみたところ、なんと！　お値段は据え置きでいいとのこと。望外のサービスに、私が内心ガッツポーズしたのはいうまでもない。

仕事を終えた大工たちと立ち話をしていると、道のむこうから住民の一団がやってくる。満面の笑顔で先頭を駆けるのは、さっきメレンゲクッキーの作りかたを教えた十歳ぐらいの女の子だ。

「先生ぇ〜、先生に教えてもらった『めれんげ』、上手に焼けましたぁ！」

少女は弾むような声とともに、木製の器を差し出した。その中には、薄茶色に焼き色のついたメレンゲクッキーが入っている。それをひとつ、うながされるままに、私はいただいた。うん、しっかり焼けてる。サクサク。

「うむ、すばらしい。上手にできておる」

卵白を泡立てて焼くだけと思いきや、これが意外とむずかしい。私も何回失敗したことか。まあ、できるとわかってたから、成功するまでつづけられたけど。

えへへ、と少女がうれしそうにえくぼを浮かべると、その母親らしき女性が、

「孔明先生、温めた蜜水をお持ちしました」

「いやいや、そのような高価なもの、もったいない」

「なにをおっしゃいますか。わたしどもの暮らしに余裕ができたのは、孔明先生のおかげなんですよ」

そこまでいわれては、と私は耳杯《じはい》を受けとった。

ところで、三国志で蜂蜜といえば、袁術《えんじゅつ》を抜きには語れない。皇帝を僭称《せんしょう》しながらも落ちぶれ、

ついには蜜水も手に入らぬと知り、絶望のあまり死んだという偽帝・袁術。一方、私は無官の身であるにもかかわらず、村人に蜜水でもてなされている。この世界では、袁術はまだ存命なのだが……、あえていおう。

袁術と私、どうして差がついたのか。慢心、環境のちがいッ！

実際、慢心なんてしていられる環境ではなかったのだ。案の定というか、董卓軍に襲撃された潁川は、ひどく荒廃していた。けれど曹操が力をつければ、その本拠地になる潁川だって安定するはず。それまでの辛抱だと思い、私は歯を食いしばった。晴れの日には畑仕事をし、雨の日には文字の読み書きを教え、わずかな時間を見つけては、以前からちょくちょく手を出していた料理や農具の研究開発にいそしんだ。

そう、前世の記憶があるからには、やらねばなるまい。現代知識チート！　ふっふっふ。私の現代知識が火を吹くぜッ！　……ええ、薄々わかっていましたとも。自分にそんな知識なんてないことは。それでも、チートとまではいかないけど、それなりに成果はあった。

一番うまくいったのは、一輪車、手押し車の開発だろうか。そうです。諸葛孔明が発明したという木牛《もくぎゅう》流馬《りゅうば》を、先取りインスパイアさせていただきました。すみません、本物の孔明さん。インスパイアといっても、一輪の手押し車をつくろうという発想だけであって、参考にしたのは未来のものですが。完成形をなんとなく知ってるだけで、ずいぶんちがう。この時代にしては、すばらしいものができあがったと思う。この一輪車、私の名から胡昭車、胡輪車などと呼ばれて普及しはじめているらしい。元日本人としてコショウシャは不吉なので、コリンシャの名で流通してもらいたいところです。

　そうしてすこしずつ、私たちの生活は楽になっていったのだが、どうしても解決できない問題があった。賊の出没がとまらないのだ。どこからともなく盗賊があらわれては、ヒャッハーして去っていく。これは想定外だった。ううむ。存外、曹操が頼りない。

　そこで私が目をつけたのが、この陸渾である。北には復興に動きだした大都市、洛陽。周囲は山に囲まれ、伊水が洋々と流れている。魚が豊富にとれるうえに、桃や梨、この時代ではめずらしいブドウの木まで植《う》わっており、集落への入口がかぎられた防衛しやすい土地ゆえか、最近は賊の姿もめっきり見かけなくなったとのこと。

　いざ訪れてみると、山あいの陸渾では、悪路に強い一輪車が活躍していた。開発者の私は手厚い歓迎を受け、この地への移住を決意したのだった。聞けば、この蜂蜜も商人から買ったのではなく、農作業の手間が減って、空いた時間で採取したものだという。水に困らず、食材は豊富、治安も良好。立派な家もできたし、ご近所づきあいだって問題なさそう。うむ。よきかな、よきかな。

　引っ越し先の環境に満足して、ほくほく顔で潁川に帰ってきたところ、妻から手紙を渡された。留守のあいだにとどいたそうだ。誰からかな。荀彧かな？　郭嘉かな？　それとも郭図だったりして。送り主を確認した私は、

「げえっ！　曹操!?」

　驚愕のあまり、思わず叫んでしまうのだった。

曹操に呼びだされた私は、急いで許都を訪れた。役人に司空府を案内されながら、思考を整理する。袁紹からは、すたこらさっさと逃げればよかった。だが、曹操に嫌われるわけにはいかない。私の安住の地は、曹操の勢力範囲内なのだ。

頭の中で大陸の地図を広げてみる。

河北では袁紹の息子たちが、骨肉の争いを繰り広げる予定だ。

関中には董卓軍の残党がはびこっていて、そのうち馬超が進撃してくる。

漢中は曹操と劉備《りゅうび》、宿命の対決の舞台となる。

荊州《けいしゅう》は曹操が攻めるわ、関羽《かんう》が暴れるわで、泥沼になるだろう。

蜀《しょく》には劉備が攻めこんで。

江東では、ただいま孫策《そんさく》が小覇王ってる真っ最中。

徐州はというと、赤兎馬《せきとば》をフェラーリばりに乗りまわして、呂布がブイブイいわせております。

ふふっ、笑うしかねえ。どこもかしこも地獄だぜ！　というわけで、曹操のスカウトを断り、なおかつ不興を買わないよう気をつけなきゃいけません。昨夜、荀彧の屋敷に泊まったとき、「誰にも仕えるつもりはないと述べて、諫言《かんげん》を口にしなければ問題なかろう」との心強い助言をいただいたわけですが、ホントかな？　信じちゃうぞ。

前を歩く役人が足をとめて、「曹操さまはこちらの部屋でお待ちです」といった。

大丈夫、大丈夫。曹操対策はしっかりしてきたつもりだ。深呼吸をしてから、室内に足を踏み入れる。

「おお、胡昭、よく来てくれた。待っていたぞ」

中に入ると、榻に腰かけていた小柄な男が、親しげな笑みを浮かべて立ちあがった。

……へぇ。あまり、えらそうにしないんだな。

それが対面した、曹操という人物の印象だった。部屋の中にいたのは曹操だけ。部下がならんで威圧してくるなんてことはなく、それどころか護衛すらいなかった。曹操はにこやかな笑顔のまま、こちらに歩みよってくる。とてもフレンドリィ。正直、悪い気はしない。

……いやいやいやいやいや！　なに騙されそうになってんのッ⁉　くっ、さすが曹操！　袁紹とは格がちがう、格がッ‼

袁紹のプライドを生け贄にして、平常心を取りもどすことに成功した私は、とりあえずうやうやしく拱手する。

「お招きにあずかり、恐悦至極に存じます」

「うむ。かねてより、おぬしの書法家としての名声は知っていた。くわえて、その才知は几案《きあん》の才にとどまらぬそうではないか。荀彧や郭嘉がいうには、天下の大略を知る人物である、とな。その器量、野《や》に埋もれたままにしておくには、あまりにも惜しい。どうだ、余に仕えてみる気はないか？」

「荀彧に郭嘉、彼らこそ、まことの賢者にございます。私など、彼らと比べれば、まったくの凡夫でしかありません。曹司空に仕えたところで、お役には立てないでしょう」

えらい人は役職で呼ばれたほうがよろこぶ。これは文化人類学上、あきらかである。キャバクラのホステスさんが証明してくれている。

「そう謙遜するでない。……それとも胡昭、おぬしは、余に仕えるのは嫌と申すか？」

「――ッ!?」

その瞬間、曹操の矮躯《わいく》が数倍にふくれあがった。にらまれたわけでも、すごまれたわけでもない。表情も口調も穏やかなままなのに、喉元《のどもと》に刃物を突きつけられたように感じられる。

そうだ。それこそ格がちがったんだ。相手は稀代の英雄で、こちとらただの凡人なのだ。

「……では、こういたしましょう」

と、なんとか声をしぼりだす。

がんばれ私、がんばれ！

むりに機転を利かせる必要はないんだ。あらかじめ用意しておいたセリフをいうだけでいいんだ。

「私は、曹操さまに、お仕えします」

あっ、しまった。

司空つけ忘れた。

ええい、いまさら、いいなおせるか。このままいくしかない！

「そして、今日をもって、致仕《ちし》させていただきたい」

「なにっ、たった一日で辞めるというのか？　なぜだ」

「私は畑を耕し、書をひらくことしかできぬ非才の身でございます。ですが、そんな私にも、曹操さまに忠義の心を捧げることならばできます。どうか、私の忠誠心をお納めください。……孫子に

『道とは、民の心を君主とひとつにさせること』とあるように、私は民とともにあり、民のひとりとして曹操さまとともにありましょう」

「ほう。……忠義はこの曹操に捧げるというか、民とともに……」

言葉の意味をたしかめるように、曹操はつぶやいた。

曹操は孫子に傾倒していたはず。頼む、孫子からの引用、どうか効いてくれ……。

「ならばよし！」

効いたああああああ!!

よっしゃあああああ!!

「人にはそれぞれ志がある。出仕するも野にあるも、人それぞれであろう。胡昭、おぬしの生きざま、まことに見事である。それをむりに曲げようとは思わぬ。この曹操が認めよう。おぬしはおぬしの道をいくがよい」

「ははぁっ！」

私は万感の思いをこめて拱手した。ちなみに、前世の私は孫子の内容なんて知らなかった。この時代で読みました。ふふふ。今世の私、けっこうインテリなのですよ。

◆◆◆

王佐の才。荀彧は若くしてそう称揚された。そこに特別なよろこびも、気負いも感じたことはない。才気煥発《かんぱつ》、眉目秀麗、いずれは名門荀家をになう人材になるだろう。幼いころから常に期待をかけられていたし、それを裏切らぬよう、たゆまず研鑽を積みかさねてきた。

周囲の大人たちに才能を見定められながらも、それに負けじと自分の器に水を満たしていく。そうした日々を過ごすうちに、彼もごく自然に、周囲の人々の才能や器をはかるようになっていた。ところが、あまりにも振れ幅が大きすぎて、将来の読めない友人がひとりいた。

それが孔明だ。

いっぷう変わった少年だった。たまに奇妙なことをいいだし、ときにその奇抜な発想を実行にうつしては、当然のように失敗する。それは型にはまった退屈な日々を過ごす荀彧にとって、ばかばかしく、それ以上にうらやましく、そしてなにより新鮮なものに感じられた。

長じてから、孔明の異才は天下にむけられた。天下の趨勢《すうせい》を見きわめるその目は、はるか昔にこの大陸を駆けぬけた偉大な英雄たちと比べても、まったく見劣りしないように思えた。学者としてか、発明家としてか、はたまた宰相としてか。どの道を進もうと、彼はきっと、歴史に名を残すような人物になっただろう。——太平の世であったならば。

孔明は、不思議なほどに血の匂いが似つかわしくない男だった。儒学の大家・荀子の子孫として、道徳を重んじる立場にいる荀彧にしてみれば、孔明の生きかたは好ましく、高潔ですらある。

しかし、いまは暴力と権謀が全てを喰らいつくす時代である。どのような才も天運に恵まれなければ、日の目を見ることはない。孔明の才能は干戈《かんか》の冬に芽吹くことなく、このまま朽ちてゆくのではないか。彼は生まれる時代をまちがえたのではないか。荀彧はひそかに嘆いていた。

美しい文を書く几案の才でも、君主を補佐する王佐の才でもない。孔明の奥底には、もっと大き

な何かが眠っているというのに……。荀彧は幾度となく、そう嘆いていたのである。

「もう出てきてよいぞ」

孔明が退室するや、曹操は誰にともなく呼びかけた。その声に応じて、荀彧と郭嘉が衝立《ついたて》の裏から姿をあらわした。

曹操は、「群臣をならべて飾り立てているようでは、賢者と胸襟《きょうきん》をひらいて語りあうことなどできはしまい」と一対一の対話を望み、荀彧と郭嘉は、「推挙した身としてその場に同席したい」と申し出ていたのである。

「見事にフラれてしまいましたね」

「おまえたちの予想どおりにな」

郭嘉にあっさりとした口調でいわれ、曹操は肩をすくめた。

「……いかがでしたか、孔明は」

荀彧はいささか慎重に訊ねた。

「うむ。耳をそばだてている邪魔者さえいなければ、脅してでも部下にしていたのだがな……。もっとも、おまえたちが衝立の裏に身をひそめていたことは、胡昭も気がついていたようだが。ふふふ、あの男、この余に君主の道を説いていきおった」

言葉のわりに、曹操に気を悪くしたそぶりはない。郭嘉がうなずいて、

「孔明先輩のことですから、オレたちが聞き耳を立てていたことにも、気づいていたでしょうね」

もちろん、まったく、全然、気づいていなかった。

「うむ。たいした男よ。なるほど、おまえたちの称賛もうなずける。あれぞまさに天下の大賢であろう」

そうと知らぬ曹操は、孔明に対して賛辞を惜しまなかった。

「…………」

その評価を、荀彧は自分のことのようにうれしく思った。漢室の庇護者として、諸侯に号令をかける曹操が認めたのだ。いずれ孔明の名は、天下の隅々までひびきわたるであろう。

「余はあきらめんぞ。いつの日か、あの男も手に入れてみせよう。といいたいところだが、それより気にすべきことがある。……余に忠誠を捧げる、という言葉だ」

周囲に人の気配がないか探るように、郭嘉の視線が宙を動いた。

「曹司空ではなく、曹操さまに……っすね」

「うむ……。漢王朝の司空にではなく、この曹操にだ……」

曹操の眸《ひとみ》に白刃《はくじん》のような鋭い光がよぎる。

「あの男は、もはや漢王朝には天下を治める力はない、そういったのだ」

気圧《けお》されて、舌がまわらなかっただけである。だが、「いいまちがえただけなのでは？」などと指摘する者は、この場にいなかった。その呼びかたの変化に、どれほど重大な意味があったのか。孔明の声は震えていたではないか。三人が三人とも、その意味を即座に理解したうえで、まったく同じ結論に達してしまったのだから、異論など出るはずもない。

「……孔明は、そのときを迎える覚悟をせよ、と伝えたかったのでしょう。そのときこそ君主のあるべき姿を忘れてはならぬ、と私たちに説いたのです……」

荀彧は目を伏せた。漢王朝の天運が尽きれば、とってかわるのは誰か。袁紹と曹操がその座を争うのはまちがいない。孔明のことだ。曹操が勝つと予測しているだろう。それは近い将来、曹操が簒奪者となることを意味していた。

そのとき自分はどうすればいいのか？　荀家の者として、道にはずれた簒奪はふせがねばならない。だが、犬馬の労をとって、曹操を現在の地位へとのしあげたのは他でもない、荀彧自身であった。孔明は、荀彧の身に訪れるであろう苦境を予見して、示唆《しさ》したのだ。かつて韓馥と袁紹とのあいだで板挟みになったことがあるが、あのときとは比較にならぬほど、漢室と曹操とのあいだで悩み苦しみ、身動きがとれなくなるときがくるであろう、と。

それればかりか、孔明は大切なことを思い出させてくれた。民とともにあること。それこそが君子のあるべき姿であり、道なのだと。漢室か曹操かで悩むくらいなら、民のためになるか否かで悩むべきである。民とともに生きるみずからの道をしめすことで、そう叱咤激励してくれたのだ。

そう。民とともにあること。それさえ忘れずにいれば、荀彧は過去の選択に囚《とら》われることなく、胸を張って生きてゆける。

「ふぐっ、……うぅっ」

荀彧の胸にこみあげるものがあった。目頭が熱くなるのを感じずにはいられなかった。荀彧が孔明を心配していたように、孔明もまた荀彧の身を案じてくれていたのだ。

「……くっ、ぅぅっ」

口元をおさえ、荀彧はむせび泣くのを懸命にこらえた。何事にも動じぬ荀彧が、こうも取り乱すのはめずらしい。その様子を、曹操と郭嘉はどことなく微笑ましそうに眺めていたが、

「さて、部下にはしそびれたが、胡昭を放置しておくわけにはいかん。もし敵方につけば厄介な存在となろう。あの男を余につなぎとめておくにはどうしたらいい？」

「オレに妙案があります」

郭嘉が自信ありげに献策する。

「孔明先輩は民の暮らしをささえるために、農具の開発に力を入れています。その農具を屯田制に取り入れることで、我々との関係を強固なものにしてはいかがでしょうか？」

我が意を得たりとばかりに、曹操はうなずいた。

昨年より曹操がはじめた屯田制は、従来の兵士による屯田にとどまらず、民間人を動員するという、これまでにない画期的な政策であった。耕作放棄地と流民が増える、戦乱の世ならではの土地政策といえる。そこで働く人々は軍民を問わず、あらたな農具に触れ、その性能に歓喜し、発明者の名を心に深くきざみこんだ。中央官庁に招かれながらも、それをなげうち、万民のために心を砕く。その人物を、人々は親しみと敬意をこめて、孔明先生と呼んだ。

また、これを機に、いずれ破局を迎える運命にあった曹操と荀彧は、漢王朝滅亡後の治政についても議論を交わすようになる。

時の迷い人、孔明自身が気づかぬうちに、歴史の流れはゆるやかに、だが確実に変わりはじめていた。

第一章　師弟

よく晴れたある日の、城外での出来事である。農作業を終えた私が鋤《すき》をかついで歩いていると、馬に乗った青年が通りかかった。卑しからざる身なりから、士大夫の家の者だとわかる。年の頃は二十くらい。体格はよく、聡明そうな眸《ひとみ》をしていた。その青年は馬をおりて、私に道を尋ねてきた。

「この地に胡昭という学者が暮らしているはずなのだが、どちらにお住まいか知っているかな？」

「…………」

私です。

ここにいるぞッ！

といってみたい衝動をおさえて、屋敷までの道順を教える。青年は礼をいうと、丁寧に頭を下げてから、軽やかに馬に乗って去っていった。

「ふむ……」

私が名乗らなかったのはなぜかというと、農夫の格好をしているからである。士大夫の中には、露骨に農民をさげすむ者もいる。そうした人物からしてみれば、私が名乗ればその瞬間、見くだしていた相手がじつは名士だったと発覚する、きまりが悪い展開になるわけでして。体面重視のこの社会、相手の面目をつぶすような行為はやめといたほうが無難ですので。それに最悪の場合、

『農民ふぜいが名士の名を騙《かた》るとは、この痴《し》れ者め！　これでもくらえッ！』

チャキッ、キラーン、ズバッ!!

『ぎゃあああーーッ!?　本人なのに～～』

なんてことすらありえるのだ。おお、怖い怖い。

こういう状況では、あとで名士っぽい服に着替えてから、

『いやいや、失敬失敬。じつは私が胡昭だったのだよ。はっはっは』

『なんと!?　これはしてやられましたわ。わっはっは』

といったふうに、笑い話にしたほうがお互いのためなのです。まあ、いまの青年は農民に対しても礼儀正しかったから、名乗ったところで問題はなかったと思うけど。しっかりとした教育を受けたのだろう、なかなかの好青年に見えた。感心しながら、私は城門をくぐって自宅にむかう。

まだ肌寒いころに陸渾に引っ越してきて、そろそろ夏に差しかかろうとしている。あたらしい暮らしにも、だいぶ慣れてきたように思う。この地で暮らすうちに、私の生活にも変化があった。もてあまし気味だった広い屋敷を利用して、私塾をひらいたのだ。そこは村人に読み書きを、門下生に学問を教えるだけでなく、名士たちが集まるサロンにもなっている。いまのように、私と面識のない人物が訪ねてくることもあった。

「孔明先生っ！」

のどかな道を歩いていると、若者が駆けよってきた。門下生の周生《しゅうせい》である。

「畑仕事ですか？　いってくれれば、そんなことは私たちがやりますのに」

といってくれるが、私ではなく私たち、というのが要注意。自分でやるのではなく、取り巻きにやらせるつもりなのだろう。困ったものだ。私は内心でため息をついた。

「さっき、馬に乗った士大夫が通りましたよ。あれは私より年下でしょうね」

周生がいうのは、先ほどの青年のことにちがいない。

「どうやら、私の客人のようだ」

「ご存じでしたか」

「うむ、道を聞かれたのでな」

「どちらさまなんです？」

問われて、私は首をひねる。

「さて……」

「へえ」

周生は愉快そうに口角を上げた。

「なら、さっきの人は、孔明先生のことを農夫だと思っているのですね？」

「名乗っていないから、おそらくそうであろうな」

「そいつは見ものだ。ちょっと先にいって、様子を見てきます」

「周生」

身をひるがえしかけた門下生を、私は呼びとめた。

「はい、先生」

「客人に対して、粗相があってはならぬぞ」

「はい、わかりました」

周生は笑顔でうなずくと、私の家に急いでいった。

「ふぅむ……」

ホントにわかってるのだろうか？　ちょっと心配。私は遠ざかる周生の背を見ながら、つい最近の出来事を思い出していた。

十日ほど前のことだ。ある士大夫が、私を訪ねて陸渾にやってきた。道すがら、農民たちに散々いばりちらすような、いけ好かない男だった。彼は運が悪いことに私の顔を知らなかった。ついでに間も悪かった。その農民の中に私がまぎれこんでいたことに、気づかなかったのである。そして、屋敷に着いた彼は、身だしなみをととのえた私が正体を告げるなり、その場にへなへなと座りこんでしまったのだ。

その光景は、たしかに見ものだったにちがいない。目撃者は屋敷の中にいたほんの数名だったのだが、この話はあっというまに陸渾中に広まった。こんな痛快な話が広まらないわけがない。あとから知った周生は、その場に居合わせなかったことを、ずいぶんと悔しがっていたものだ。

きっと、同じような光景を見られるのではないかと期待しているのだろう。さすがにあんなクリティカルな反応は、そう簡単に再現されないと思うのだが。そんなことを考えていたら、

「先生、ちょっといいですかね」

肉屋の主人がおずおずと話しかけてきた。どうやら、道ばたで話していた私と周生の様子をうか

がっていたようである。

「あいつ、先生に迷惑をかけちゃいませんかね？」

「むっ。あいつとは、周生のことであろうか？」

「はい」

「ううむ。若者たちを集めて遊び歩いている、という噂は聞くが」

「周生は昔から、陸渾に引っ越してきた当時から、けっこうな悪ガキだったもんで」

「ふむ。そうであったか」

たしか、周生の年は二十四だったか。もう悪ガキと呼べる年齢ではないな。

「それでも、孔明先生の門下生になって、すこしは落ち着いたように見えたんですけど。ちょっと気になる話を小耳にはさみまして」

「ほう？」

「孔明先生の家には、おえらい人が出入りするでしょう？　周生が先生の門下生になったのは、そういった人たちに取り入って、官吏に推薦してもらうためなんじゃないか。そんな話なんです」

なんだか可愛らしくモジモジしながら、肉屋のごっついおっさんはつづける。

「オレたちゃ、あいつが先生に迷惑をかけてないか。心配になっちまって」

「………」

いわれてみれば思い当たるふしがあった。我が家を名士が訪れると、きまって周生が顔を出していたような気がする。周生は名士をもてなしながら、教養や学問を熱心に論じあっていた。あれは学ぶためではなく、自分の能力をアピールするためだったのか。

中国での官吏登用というと科挙が真っ先に思い浮かぶが、この時代にはまだ科挙という制度はないようで、官吏になるのに最も重要なのは、地方官や名士社会での評判なのだ。つけくわえると、そういった評判をまとめる名士ネットワークの中心にいるのが荀彧でして、私のコネは最強です。もっとも、そのコネはいざというときの切り札でもあるので、みだりに使用するつもりはありませんが。ふふふ、切り札は温存しておくからこそ、切り札たりうるのですよ。

「うむ、気にとめておくとしよう。なに、この地を訪れる名士に気に入られるかどうかは、周生の才幹しだいであろうよ」

私の返答に、肉屋の主人はほっとしたように頬をゆるめるのだった。

帰宅した私は、まず服を着替える。頭の巾《きん》をといて、冠《かん》に髪を押しこむ。ちゃんと名士っぽく見えるようにしとかないとね。

「売りこみに力を入れること自体は、問題ないのだがなぁ」

周生のやっていることは、いたって普通におこなわれていることだ。ただし、度が過ぎると失礼になるし、私の名前を利用されていると思うと、やっぱりいい気分はしない。私の門下生になってすこし落ち着いたともいっていたから、しばらくこのまま様子を見るつもりだけど、あまり失礼なことをしでかすようなら、破門も考えなきゃいけない。

「よし、名士。どこから見ても名士」

鏡台の前で、服装のチェックを終える。

先ほどの青年は、学堂で門下生たちと話しているという。私がその学堂に歩み入ると、周生が悔しそうに眉と口をゆがめて立ちつくしていた。周生と対峙するように立っているのは先ほどの青年で、それを門下生たちが固唾をのんで見守っている。

むむむ。なにやら雰囲気がギスギスしております。これは、あれだ。年少の相手とあなどった周生が舌戦を挑んで、こてんぱんに論破されたとみた！

その場に私が姿を見せると、張りつめた空気が弛緩したように感じられた。この青年にひと泡吹かせてやれる、とでも思ったのか、周生の顔にも余裕がもどる。しかし青年は、私を見てもまったく動じることなく、平然と拱手した。その所作は洗練された見事なものだった。

「先ほどは失礼をいたしました。私は胡先生に教えをこいたく、河内郡温県《かだいぐんおんけん》の孝敬里《こうけいり》より参りました。姓は司馬《しば》、名は懿《い》、字は仲達《ちゅうたつ》と申します」

「………………!?」

はい？　私は自分の耳を疑った。司馬懿？　ふ～ん、司馬懿ね……。

すごいのきちゃった。

本物の孔明の宿敵、司馬懿。この戦乱の世で最後に笑う人物といってもいい、三国志ファンならおなじみのビッグネームである。突然そんな大物があらわれたものだから、当然のように、私は心の中で身構える。

か、かかってこいや。いや、かかってくんな。こちとら、三国志随一の人材コレクター、曹操の誘いを拒んだ男だぞ。どんな話だろうと受け流してみせるッ！

ところが、

「私は見識を深め、幅広い視野を身につけるために、各地の賢士のもとを訪ね歩いているところです。胡先生にお目にかかることができ、光栄に存じます」

司馬懿の話を聞くかぎりでは、なんてことはない、よくあることのように思える。

ふぅむ……。司馬懿という名前に対して、警戒しすぎたか？

私はこの陸渾という地に引っ越すにあたって、戦乱に巻きこまれず、食料が豊富で、名士ネットワークを十分に活用できる場所を入念に選んだつもりでして。

そこでの暮らしが落ち着いてきたところに、不意打ちのように「こんにちは、司馬仲達です」ときたものだから、遠ざけたはずの戦乱の気配が、三国志の中心人物の形をとって近づいてきたように感じてしまったのでしょう。気を取りなおした私は、司馬懿をこころよく迎えることにした。

別室に案内して、むしろに座し、ふたりで歓談をはじめる。やがて私は、年長者らしく鷹揚にうなずいた。

「なるほど、なるほど。旅をするにはよい頃合いであろうな」

司馬懿は今年十九歳になり、きびしい父からようやく旅の許しを得たそうだ。まだ若いとはいえ、すでに司馬懿の才は名士のあいだで噂になっている。二十歳になって成人すれば、仕官の誘いが各方面から舞いこんでくるのはまちがいない。その前に各地をまわっておこうというのである。

「まだまだ浅学の身ですから」

世慣れぬ青年は恥じるように笑った。かすかに初々しさすら残るその姿からは、のちの梟雄の姿はみじんも想像できなかった。

司馬懿はその日、私の屋敷に泊まり、翌日、去っていった。小さくなっていく人馬を見送っていると、戦乱に巻きこまれるフラグまで遠ざかっていくような気がした。


それから約二か月後。夏真っ盛りの時期に、また司馬懿がやってきた。

「ちょい待った！　ここは訪問済みですよッ!?　各地をまわるっていってたじゃないですかッ!!」

もちろん、そんなツッコミは口が裂けてもできません。要注意人物の司馬懿とは、良好な関係を構築しておきたいところ。年若い客人を、私はふたたび笑顔で迎え入れた。

そんなこんなで、私と司馬懿は学堂にいた。門下生の詩を添削する手をとめて、ふと視線を上げれば、司馬懿は門下生たちにまざって、それなりにうまくやっているようだ。前回のようなギスギスした空気は感じられない。周生がいないからだろう。今日はこのまま顔を出さないでほしい、と切に願う。

そうしてちゃんと話していれば、司馬懿の学識の高さは自然と伝わるもので、

「まだ若いといっても、さすがに孔明先生の客人なだけあるよな」

「司馬家って、河内郡では名の通った家らしいよ」

「いや、まいった。本当に優秀な人ってのはいるもんだ」

そんな声が、ちらほら門下生たちから聞こえてくる。

うむ。

耳を澄ましていた私はこっそりうなずいた。門下生たちが敬意をもって接していれば、問題も起こるまい。司馬懿を怒らせる、絶対ダメ！

幸いにも、そのまま何事もなく陽は傾いていき、屋敷内の人影も少なくなっていった。どうやら、私の取り越し苦労だったみたいだ……と思ったのはちょっと早計だったかもしれない。宵の口になって、司馬懿が私の書斎にやってきたのだ。

椅子に座っていた私は胡床《こしょう》（折りたたみの腰掛）をすすめ、司馬懿はそれに腰をおろした。ちなみに、胡床という座具は、北の胡人から伝わったゆえにそう呼ばれているのであって、私が発明したわけではありません。

「この陸渾県では、ゆったり時が流れているように感じます。洛陽のそばにあるというのに喧騒は遠く、乱世であるというのに、血の匂いも戦鼓《せんこ》の音もしない」

深く感じ入った様子で、司馬懿はいった。

「うむ。よい土地、よい民であろう」

「はい。農民が謡《うた》いながら畑を耕し、辻には笑声があふれている。太平の世には、このような光景がどこでも見られたのでしょうか」

「そうか、おぬしは光和二年の生まれだったな……」

光和二年というと、黄巾の乱の五年前だから、司馬懿は太平の世を知らぬ世代といってもいい。もっとも、それまでだって地方では戦があり、中央では弾圧があった。太平の世だったかと問われれば、首をかしげたくなる。

それでも、いまほどひどくはなかった。朝起きたら、隣の村がなくなっていた。そんな話は、どこか遠くの他人事でしかなかった。戦に巻きこまれて、賊に襲われて。あるいは凶作にあえいで、貧困に耐えかねて。さまざまな原因によって、集落がごっそり消滅してしまうのも、いまではもう、めずらしくもない話だ。

「戦のない世を知らぬ身とはいえ、私は恵まれていたように思います。士大夫の家に生まれたおかげで、食べるものにも教育にも不自由なく、この年まで育ててもらいました」

「うむ。私たちは恵まれておるな」

「ですが、世の士大夫にはそれを理解せぬ者も多い。その恵みを当然のものと思い、驕り高ぶっている者には、陸渾は少々居心地が悪く感じられるでしょう」

「ふむ……」

どういうことだろう?

「はじめてお会いしたとき、孔明先生は農民の服を着ていらっしゃいました。その真意を知り、私は心から感服いたしました」

「うむ?」

自分で畑を耕すのが、そこまで立派な行為だろうか？　私の畑はひとりで十分に管理できる程度の小さなものだし、作物の種類や栽培法をいろいろ試す実験場にもなっている。さほど収穫が期待できない作業に、他人の手を借りるのは、さすがに心苦しいのだ。

「士大夫にとって、名士は憧れの的。孔明先生が農民と同じ服を着て、同じように働いている。階層意識の強い士大夫には耐えがたい光景でしょう。そのような人物は、そのうち陸渾に寄りつかなくなるか、もしくは心を入れかえるか。そうして、この地はいずれ、道理をわきまえた士大夫のみが集まる場所となるのでしょう」

「………」

なんと、いま明かされる驚愕の真実⁉　知らなかった……。私の農夫姿にそんな狙いがあったとは……。

「天下の乱れは天下の乱れにあらず、官の乱れにあるといいます。孔明先生の志に賛同する彼らの手で、腐敗した支配者層を正していく。陸渾は洛陽に近く、許都にも近い。なるほど、この国を立てなおすための楔《くさび》とするには、もってこいの場所といえましょう」

「………」

なんという遠大な計画、……すんごい。どう返したらいいのかわからないが、ここはまじめな顔を崩しちゃいけないと思った。もってくれ、私の表情筋。

「私の故郷も、陸渾のようであれば……。そう願わずにはいられません。私も孔明先生にならい、世俗の名利《みょうり》にとらわれることなく、いつの日か故郷を豊かにしたい。そう思うのです」

静かに話す司馬懿だが、その声には熱がある。太平の世を渇望する若々しいまなざしが、まっすぐに私を見すえた。

「孔明先生。私を門下に入れてはいただけないでしょうか？」

目の前が真っ白になった。

あの司馬懿が、私の弟子になりたがっている。しかも、世俗の名利をはなれるということは……、つまり出仕せずに、私のように隠士となるつもりなのだ。

それはマズいッ！

三国志の表舞台から、司馬懿がいなくなったらどうなる⁉　影響が大きすぎる、先がまったく読めなくなる‼

マズい、マズい、マズいッ‼

あわわ、なんということだ。わ、私が長年コツコツと、虚像を積みあげてきたばっかりに⁉

「ならぬ。ならぬぞ。司馬懿よ」

そういいつつ、私は必死になって理由を探す。司馬懿を門下生としてはならない。その、もっともらしい理由を。

「おぬしはすでに、どこに出ても恥ずかしくないだけの学を修めておるではないか。もう、私が教えるようなことなど何もないであろう」

私は目に力をこめて司馬懿を見つめ返した。

「そこまで学問に打ちこめたのは、司馬家の教育があってこそではないか。にもかかわらず誰かの門下に入ろうなど、お父君に申し訳が立たないと思わぬのかっ！」

私の言葉に、司馬懿は表情を曇らせた。

名士の名士たるゆえんは、世間からの評判にある。道に明るく、徳を積んでいる人物だという声望にある。その徳において重要視されるのが、孝行である。私を名士として敬い、門下生になりたいというのならば、親をないがしろにしてはならないはずだ。おおっ、なんかそれっぽい理由ができたぞ。

「……おっしゃるとおりでございます」

司馬懿はしぶしぶながら引きさがってくれた。

季節はめぐり、晩秋になった。主屋《おもや》の板張りの床にむしろを敷いて、私は腰をおろしていた。そこへ、周生が台所から上がってきてひざをついた。

「お茶をどうぞ」

「うむ」

差し出されたお茶を受けとる。立ちのぼる湯気が顔にあたれば、ほのかな生姜の香りが鼻をくすぐる。ちなみに、師の身のまわりの雑務をこなすのは門下生の役割であって、けっしてこき使っているわけではありません。

周生は神妙な面持ちをして、そのまま私の前に正座した。

「先生、ちょっとよろしいでしょうか？」

「うむ？　なにかな」

「世の名士たちは躍起になって、将来有望な若者を門下に入れようとしています。そして、その若者の立身出世によって、さらなる名声を得ようとしている、と聞きおよんでいます」

門下生の栄達は、同時に師の名声にもつながる。当たり前といえば当たり前だが、名声をほしがる名士は少なくない。

周生はちらりと壁を見た。壁にさえぎられて見えないが、彼の視線の先には学堂が建っている。

「聞けば、あの司馬懿は、孔明先生の門下に入って学びたい、と願っているそうではありませんか。先生はどうして、彼を受け入れようとしないのですか?」

「むっ。門下生たちのあいだに、そのような話が広まっておったのか……」

学堂には司馬懿がいる。またまたの来訪である。三顧の礼かな。

「……ふむ。あれほどの才を教えみちびくことなど、私にはできぬよ」

ありがたいことに、私は名士たちの名声獲得競争から無縁でいられた。なぜかというと……こう見えても私、すでに一流の名士なので!

書法家としての基礎点に、人物鑑定、料理研究、農具開発。そうしたさまざまな加点を積みかさねた結果、いつのまにやら一流名士の仲間入りをはたしておりました。そこに流行の最先端をいくライフスタイルが、芸術点として加算されていたりもします。

そう。引きこもりはステータスだ! 加点要素だ!

この国はもうダメかもしれんね。……ダメだったわ。

「才をいうならば、先生のご子息が、司馬懿に劣っているとは思いませんが……」

との周生の評に、私は思わず目を丸くした。

「いや、それはない」

「そうでしょうか。ご子息はまだ志学（十五歳）にもならぬというのに、『孝経』、『論語』、『詩経』といった書をよく読みこんでいる才子ではありませんか」

私のひとり息子は纂《さん》という。胡纂、十二歳だ。書物に触れる機会が多かったこともあり、陸渾では才子として通っている。けれど、さすがに司馬懿と比較する気にはなれない。

「いや。司馬懿の才識を十とするなら、纂の天稟《てんぴん》は一にもとどくまい」

「………」

周生は絶句した。顔どころか全身をこわばらせて、ショックを受けているようだった。……司馬懿への対抗心でも、抱えこんでいるのだろうか？

「周生」

「は、はい」

「人には向き不向きがある。おぬしも、纂も、司馬懿も。才の形はそれぞれちがうのだ。上下や優劣のみではかっていては、損をするぞ」

たとえば私の場合、知識だけなら、三国志の一流どころの人材にも劣っていないのかもしれない。けれど、重責をはねのける力、緊急時における冷静さ。そういった部分で、やはり大きな壁が存在する。だったら、同じ土俵で勝負することもない。

そもそも、司馬懿と同じものさしではかれる人材が、この大陸にどれほどいるだろうか。あんな超英雄ポイントをもってそうな人物と比較して、周生が打ちひしがれる必要なんて、まったくないと思うのだが……。

◆◆◆

今日は父の仕事を手伝う日だと断って、周生は主屋を出た。

「才の形はそれぞれちがう、か」

師の言葉はありがたかった。司馬懿を見習え、司馬懿に学べ。もし、そんなふうに口うるさくいわれていたら、反発をおぼえずにはいられなかったろう。

朝方、周生が掃き清めた庭には、はやくも風に乗って落ち葉が散らかっていた。彼は舌打ちすると、学堂を横目に門にむかった。学堂では、司馬懿が門下生たちにもてはやされているだろう。そんな場所に近づきたくなかった。父の仕事を手伝う。それは師の屋敷をはなれるために、とっさに思いついた口実にすぎなかった。

周生の父は商人である。家は裕福で、陸渾では顔が利く。父の仕事の都合で、陸渾に引っ越してきたのは、十年以上も前のことだ。周生はそれまで河内郡の温県で暮らしていた。だから、温県の孝敬里にある司馬家が、力のある名家だということは知っていた。

「なぜ、こんなところにまで出しゃばってくる。そのまま地元で出仕すればいいだろうに」

司馬家の者なら、出仕も出世もむずかしいことではない。周生が必死になって追いもとめているものを、司馬懿は生まれつきもちあわせているのだ。

周生は逃げるように門をくぐり、孔明の屋敷を出た。まだ陽は高いが、風が冷たい。秋が深まるにつれ、北西の風がはこぶ寒気は、日に日に鋭くなっていた。

勝手知ったる道である。彼は足元に視線を落としながらも、何を見るでもなく、ただただ思案をめぐらせる。

司馬懿を門下生とするつもりはない、と孔明はいったが、その姿勢はいつまでつづくだろうか。司馬懿は郡をまたいで熱心に通いつめている。いずれは、ほだされてしまうのではないか。

父の金と権力を笠に着て、門下生たちをまとめてきた周生だが、司馬懿が門下に入れば、その力関係は一変する。家柄と才能を兼ねそなえた司馬懿は、たちまち門下生たちの中心となるにちがいない。この地を訪れる名士たちの目にも、司馬懿ばかりがうつるようになり、周生の存在など視界にすら入らなくなってしまうだろう。

では、司馬懿と仲よくすればよいのだろうか？

彼はとんとん拍子に出世していくはずだ。なにしろ、孔明にあれほど高く評価されている人物である。

「出世した司馬懿に取り立てられる形で、官吏をめざすか……」

それで官吏になれるというのなら、周生はいくらでも頭を下げるつもりだった。世の中は支配するか、されるかだ。支配する側に立たなければならない。なんとしても、官吏にならなければならないのだ。

「いや……むりだ。うまくいくはずがない」

討論の際に司馬懿が浮かべた表情を思い出して、周生は唇を噛んだ。いまにして思えば、相手を若年とあなどり、論戦を挑んだのは、あまりに悪手であった。名家の者を言い負かせば、自分の名も広まるだろう。才知を誇示する好機だと思ってしまったのだ。

司馬懿から返ってきたのは、虫けらを見るようなまなざしと、口の端に浮かんだ冷笑だった。いまさら頭を下げたところで、あのような冷たい目をした男が周生を認めるとは、とうてい思えなかった。

司馬懿が門下生になったとき、周生の未来は閉ざされる。

「手遅れになる前に、なんとかしなければ……」

◆◆◆

さて、司馬懿対策です。おそらく、こうして書斎にひとりでいれば、そのうち司馬懿がやってきて、門下生にしてほしいと願い出てくることでしょう。ふっふっふ、読めている。読めているぞ、司馬懿よ。

お断りしたい、でも嫌われたくない。そんな気持ちは曹操のときと同じだが、状況は決定的に異なる。そう、司馬懿より、私のほうがずっとえらい！

将来はともかく現時点では、私はトップクラスの名士であり、司馬懿は有望な若者にすぎない。それに儒教を国教とする後漢において、長幼の序は無視できるものではない。私は三十六歳で、司馬懿は十九歳、ほぼダブルスコアである。つまり、私のほうがやっぱりえらい！

交渉とは、立場が上のほうが圧倒的に有利なもの。冷静になって考えれば、断るだけならむずかしいことではないのである。あとは、恨まれないような断りかたをすればよし。というわけで、

「ああ、私には君のような大器は育てられないのだ」といった姿勢をつらぬこうと思う。ほめて、ほめて、ほめ殺してくれるわッ！　司馬懿の能力を知る私にとっては、造作もないことよ。まさに完璧な作戦である。

そうとも知らずに、司馬懿はのこのこ姿をあらわした。彼はニコリとうれしそうに笑って、

「孔明先生の門下に入る儀、父から許しを得てまいりました」

お父君ーーーーッ⁉　と、以前の私なら取り乱していたのだろう。思い返せば、司馬懿の名におびえたり、門下生になりたいといわれてパニクったり、動転してばかりだった。が、今回はそうはいかない。

「そうか、お父君が許されたか……」

私は静かな口調でいい、首を横に振る。

「いやしかし、おぬしにいまさら師が必要とは思えぬ。教えることもないのに師を名乗るなど、厚かましいにもほどがある。そのような恥ずかしい真似、やはり私にはできぬ」

「いえ、先生。私はこれでも、多くの名士と会ってきました。そのうえで、先生を師と仰ごうと決めたのです。孔明先生だからこそ、父も門下に入るのを許したのです」

「……そういえば、おぬしは以前、陸渾の平穏無事な暮らしぶりを見て、感心しておったな」

「はい」

「この地に移住してきて、私も常々そう感じておる。……だが、ひとたび敵襲があれば、それらは全て失われ、この地に暮らす人々も塗炭《とたん》の苦しみにあえぐこととなろう」

「…………」

沈黙する司馬懿に、私はいかにも悲しげにため息をつく。

「もし、私に敵襲をふせぐだけの才があれば……。兵を率いて、民を守るだけの将才があったならば、私は隠士とならずに、出仕していたであろう」

「…………」

「私にはなかったその才が、おぬしにはある。私はそう確信しておる」

知ってるし。ここで考えに考え抜いた、とっておきのセリフを使う。

「鸞鳳《らんほう》の雛《ひな》をいたずらに燕雀《えんじゃく》の庭で遊ばせるようなことが、どうしてできようか」

私は雀にすぎない。鳳雛《ほうすう》を育てあげることなどできないのである。

「……私のような若輩者をそこまで評価していただき、ありがとう存じます……」

落胆を隠しきれず、司馬懿の声は揺れていた。彼は力なくうなだれ、肩を落として退室する。そのうしろ姿を見ていると、すこしばかり申し訳ないとも思う。けれど、これでいいはずだ。司馬懿が師事したい「孔明先生」は、前世の記憶によって金メッキがほどこされた虚像なのだから。

こうして私は、あの司馬懿を完封するという快挙をなしとげた。不安が解消されたからか、その夜はぐっすりと熟睡できた。そんな私をあざ笑うかのごとく、翌日の早朝、ひとりの門下生が血相を変えて、私の書斎に飛びこんできた。

「先生、た、たいへんですッ！」

まだ二十歳そこそこの若者である。彼はきょろきょろとあたりを見まわして、私以外に人がいないことをたしかめると、おそろしげな声で訴え出た。

「周生が、司馬懿を殺そうとしてるみたいなんです」

「なん……だと？」

なんで⁉　なにがどうなって、そんな物騒な話になってるのッ⁉

「どういうことだ？　どうしてそうなった⁉」

おっと、取り乱してしまった。いかん、いかん。

「わ、わかりませんよ。私だって、昨日、『よそ者に好き勝手されてたまるか。あの司馬懿ってやつ、やっちまおうぜ』と誘われたときは、冗談だと思ったんですよぅ。……でも、さっき周生が取り巻きをつれて、城門から出ていくのを見てしまって。ああ、あれは本気だったんだ、と……」

もっと詳細な話を聞いてみる。周生は取り巻きを三人ひきつれて、城外に出ていったそうだ。司馬懿の帰路を先まわりして、人目につかない場所で殺害しようという計画らしい。

「むむむ……。ともかく、よく教えてくれた。たしか、おぬしの家は……」

「は、はい。私の家は、周生の父から土地を借りている小作農です。周生に逆らうことは、私にはできません。……ですが、司馬懿は先生の客人ですし、いくらなんでも、これはまずいのではないかと思いまして……」

「うむ……」

おおぅ。まるで、私の客人じゃなかったら、まずくないような口ぶり。乱世ともなれば、民の殺意もマシマシである。あなおそろしや。

「どうしましょう。司馬懿はまだ屋敷にいるのでしょう？　彼にも伝えたほうがよいのでしょうか」

「いや、待て」

と制止して、私は考える。

この件が表沙汰になれば、計画の成否にかかわらず、周生は士大夫の殺害をもくろんだとして、きびしい処罰を受けることになる。そして、私も監督不行届だ。私まで罰せられる、ということはないにせよ、せっかく手に入れた名声には傷がついてしまう。

なにより、司馬懿からどう思われるか、わかったものではない。入門をかたくなに拒まれたうえに、門下生に命を狙われる。そんな目にあえば、気分を害したって当然だ。

可愛さあまって憎さ百倍という言葉もある。現状、抱いてくれているであろう好意や敬意が、裏返る可能性だって……。ちょっと考えたくありません。

これは、司馬懿にも知られないのが一番でしょう。

「この件は、誰にも口外してはならん」

「えっ？」

「私が周生を説得して、思いとどまらせてみせよう。……そうだな、ひとつ、いい考えがある。おぬしにも協力してもらうぞ」

「は、はい……」

朝食をすませて、いよいよ司馬懿が出立しようかというとき。先ほどの門下生が素知らぬ顔をして、ふたたびやってきた。

「孔明先生、おはようございます」

「うむ。おはよう」

屋敷の門前で私とあいさつをすると、彼は馬上の人となった司馬懿をちらと見やり、

「お見送りですか？」

「うむ、ちょうど司馬懿が帰るところだ」

「それはよかった。伝えておかねばならないことがありまして」

「むっ？」

「昨日、市で客商がぼやいていたのです。なんでも宜陽《ぎよう》にむかう山道で崩落があって、通れなくなったそうで」

宜陽への道は、これから司馬懿が通る予定の道だ。

「そうか。……となると、宜陽にはむかわず、洛陽に引き返したほうがよいであろうな」

私は、その予定を変更するようにうながした。

司馬懿の家がある温県と、この陸渾県。行き来するには、途中で洛陽を経由する。まず、温県から南西に進んで洛陽にでる。洛陽からさらに南西に、伊水をさかのぼると陸渾がある。帰りは同じ道を使わず、陸渾の北に位置する宜陽、黽池《べんち》を経てから、東に進んで洛陽にもどる。つまり、洛陽と陸渾を時計回りに移動するのが司馬懿の移動ルートなのだが、陸渾から宜陽への道が落石でふさがっているとなれば、伊水沿いの道を引き返すしかないはず。

「そうですね。なに、今回は縁がなかったということでしょう。宜陽にも睚池にも立ち寄らず、帰ることにします」

司馬懿はそういって、うなずいた。

よしっ、望みどおりの返答を引き出せた。帰り道が変われば、周生の待ち伏せは無意味になる。

「それでは。孔明先生、いずれまた」

「うむ。道中、気をつけてな」

私は、馬に乗って去る司馬懿を見送った。やがて、その姿が小さくなると、ともに見送っていた門下生が、大きく息をはきだした。

「どうでしたか？　先生のご指示どおりにしたつもりですが……」

「おお、よくやってくれた。これで、司馬懿と周生が出くわすことはない。あとは、もう二度とこのような計画は立てぬよう、私が周生を説得すれば、無事におさまるであろう」

周生の取り巻きは、いずれも陸渾の若者である。よほど下手を打たなければ、説得は十分に可能だと思う。この地での、私の力はかなりすごい。信望、権力……周生の父よりも、ずっと大きな影響力をもっている。

「ところで先生、そのお召し物は……」

「秋らしく、五行にあわせて白を基調にまとめてみたのだが。どうかな？」

私は口元で、羽扇を揺らした。

「え、ええと。この前、教えていただいた。そうそう、神韻縹渺《しんいんひょうびょう》……でしたか？　そんな高雅な感じが、します？」

「うむ。……ウム？」

なんだか微妙な反応であった。似合っているのか、いないのか、判断に困る。私がどんな服装をしているかというと、白地に黒いふちどりの鶴氅《かくしょう》、頭には綸巾《りんきん》、手にするのは白い羽扇。

そう。はずみで購入したはいいものの、ついぞ着る機会のなかった、諸葛亮っぽい服である！

前世でもしたことのなかったコスプレなるものを、古代中国でしてみんとてするなり。（三十六歳男性、妻子あり）

呉に単身でおもむき、なみいる論客・重臣を、弁舌の刃でばったばったと切り倒していった本物の孔明なら、こんな場面はいとも簡単に切り抜けるにちがいない。というわけで、本物にあやかってみました。

外見は、説得力を構成する重要な要素のひとつである。諸葛亮と同じ衣装に身を包めば、説得力アップもまちがいなし。かくしてモブ孔明から、雰囲気孔明にクラスチェンジした私は、周生を説得するべく北へむかうのだった。


馬に乗って山道を駆ける。顔にあたる冷たい風が、頬を切りつけるようだ。すっかり葉が落ちて裸になった枝には、真っ赤に熟したナツメの実が辛抱強くぶらさがっている。その枝の隙間からのぞく空は、寒々とした薄雲に覆われていた。

陸渾に越してきて半年あまり。宜陽への道も何度か通ったことがある。周生が待ち伏せしているであろう場所の見当もついた。人目につきにくく襲撃に適した、山中の隘路《あいろ》だろう。

「周生め。なんという愚かなことを」

おおかた司馬懿の才能に嫉妬でもしたのだろうが、相手をはきちがえている。官吏になりたいとか、そんな次元で競うような相手ではないのだ。

門下生の浅慮に憤りながらも、不思議と頭は冷えていた。外気よりも冷ややかな自分が、頭の中から語りかけてくる。「そもそも、あの司馬懿がこんなところで死ぬわけないだろ。周生の行動はどうせ無駄に終わってたのさ」と。

そう。歴史は前世の知識どおりに動いている。経験上、それはわかっている。

……しかし、これからも私の知っているように動いていくのだろうか？

私がいなければ、司馬懿が何度もこの地を訪れることはなかった。周生との接点もなかった。この殺害計画自体がなかったはずだ。行動が変われば、結果も変わる。歴史だって……。

「そんな十年後、二十年後のことなんか、考えてもしょうがない。なるように、なるしかない」

そのときのことは、そのときになって考えればいい。とりあえず周生だ。目の前の出来事に、全力を尽くさなければ。

いつしか山道が細くなっていた。馬の速度を落とす。そろそろ待ち伏せに適した場所である。本当に落石でもありそうな、曲がりくねった見通しの悪い道を進んでいると、

「むっ？」

前方に人影が見えた。若者が四人、周生たちだ。そのうちひとりは弩《ど》を手にしている。彼らが乗

ってきたであろう馬が四頭、そばの木につながれていた。

近づく私の姿に気づいて、周生が、あっと口を丸くあけた。動揺する彼らの前に、私は馬を寄せて、

「とうっ」

颯爽と飛びおりる。

グキッ！　と足首から脳天に衝撃がはしった。

視界の端が涙でにじむ。ぐっ、こんな大事なときに、威厳が大事なときに、なんたる失態。なにが「とうっ」だ。私って、ほんとバカ。

大地の反撃を受けて、私の足首は深刻なダメージを負っていた。だが、それでも。痛みを感じた瞬間、私はとっさに羽扇を動かして、口元を隠すことに成功していた。

耐えろ。耐えるんだ。顔に出しちゃいけない。

ヒッ、ヒッ、フー。ヒッ、ヒッ、フー。

羽扇の陰で、こっそり呼吸をととのえてから。私は周生たちをキリッとにらみつけた。

「な、なぜ……先生が、こんな場所に……」

周生はまるで酸欠の鯉のように、口をぱくぱくさせた。

「そうか。あいつが、告げ口をし――」

「だまらっしゃい!!」

大気を震わす私の一喝に、若者たちは飛びあがらんばかりに驚き、立ちすくんだ。

「おぬしらのやろうとしていることなど、全てまるっとお見通しだ！」

ウソです。

報告されるまで、まったく気づいちゃいませんでした。しかし、はったりの効果はあったようで、取り巻きたちが弱気な顔を見合わせる。

「……なあ、もうやめようぜ」

「もとから、人殺しなんて気が進まなかったしな」

「そうそう。司馬懿だっけ？　そいつ、いいとこの御曹司なんだろ。手を出したって、いいことなんてないって」

「だよなあ」

「な？」

「なぁ？」

彼らは、うんうん、とうなずきあい、周生に視線をやった。

「おまえら、いまさら臆したのかッ！　家柄なんて関係ない。相手はただの旅人なんだ、って説明したただろうがッ！」

「さては、おぬしら。旅人がひとり消えたところで、たいして問題にはならない。そう踏んでおるな」

周生の怒鳴り声を聞いて、私はそう判断した。

「だって、旅人が姿をくらますなんて、よくあることだし……」

「捜査なんて、ろくにされないはずだ。地元のおえらいさんならともかく、よその人なんだから、って……」

「周生がいってました！」

「『いってました！』」

息のあった取り巻きたちを見て、感じるものがあった。

周生ってば、人望ないのね。

いや。……これは、これが、私のカリスマのなせる業《わざ》だッ！

「おまえら、いいから黙ってろ！」

「周生！　おまえは、自分のやってることが、まだわからんのかッ!!」

周生がわめく。それを私が叱りつける。痛みに耐えている私の足首がＳＯＳを伝えてくるが、意思の力でねじ伏せる。

「たしかに、司馬家はあくまで河内郡の名家だ。この弘農郡《こうのうぐん》で起きた事件を、どうこうする力はないかもしれん。そう考えてしまうのも、わからないではない。だが、おぬしらの見通しは甘い」

私は口を閉じて、呆れたように首を振った。それから、ため息まじりに宣告する。

「息子が姿をくらましたなら、司馬懿の父・司馬防《しばぼう》どのは、かならずや捜査を要求するであろう。誰に訴え出ると思う？　そこいらの官吏ではないぞ。直接、司隷校尉《しれいこうい》に話をもっていくはずだ」

「……ッ!?」

周生がぎょっと目をむいた。取り巻きたちはヒソヒソささやきあう。

「しれいこうい、って誰だ？」

「えらい人だろ」

「おれは聞いたことあるぞ」

「周生。司隷校尉とはどのような官職か、説明してみなさい」

私がうながすと、それまでの強気が一転、顔色を真っ青にした周生が、

「……校尉とは、高級武官のことをいい、司隷とは洛陽、長安を中心とした七郡をさします。司隷校尉はこの地域の行政と軍事を統括する長官であり、あらゆる官吏の不正を摘発する強い監察権をもち、三公すら取り締まる権限があるといわれています」

かたい声で説明して、唇を震わせた。

官吏になりたがっている周生からしてみれば、司隷校尉はまさに雲の上の存在である。だからこそ、そんな上にまで話がいくことなんて、考えてもみなかったのだろう。本来、たかが失踪事件の解決に乗りだすような官職ではないのだ。けれど、それを動かす人脈という力が、司馬家にはある。

「これでわかるな？　司隷校尉が動くとなれば、捜査は本格的なものになる。司馬懿を襲えば、おぬしらは確実に捕まるのだ」

取り巻きたちの顔に、「え、やばくね」という表情が浮かんだ。一方、周生は生気のない表情で、ぶつぶつとつぶやく。

「あぁ、しかし……それでも、私は……」

「…………」

周生の横で。無言のうちに、取り巻きのひとりが剣を抜いた。白刃が息つく間もなく天にかざされ、それに倍する速さで周生の頭部に振りおろされた。

「ヒッ」

悲鳴をもらして、周生は両手で頭をかばおうとした。剣をかわそうとしたのか、腰が抜けたのか、彼は地べたにへたりこんだ。もとより、周生を斬るつもりはなかったのだろう。剣光はそのまま軌道をのばして、周生の背後にあるナツメの枝を断ち切って、とまった。

剣を振りおろした若者は、じっと切っ先を見つめたまま、肩で息をした。

「いいかげん、気づけよ」

「ちゃんと、孔明先生の顔を見てるのか？」

「おれたちでもわかるってのに、どうして弟子の周生がわからないんだ……」

つづく仲間の言葉に、周生はハッとしたように私を見あげた。まじまじと私の顔を凝視して、

「……まさか、泣いておられるのですか？」

「………………」

答えずに、私はそっと目を伏せる。熱いものが頰を伝った。そう、足首の痛みが全然おさまらないのです。とてもつらい。

「孔明先生は、おれたちを守るために、ここまできたんだ……」

「おれたちが、バカなことをしないように……」

「ううっ……」

取り巻きたちの目にも、うっすら涙が浮かんでいるようだった。周生はがくりとうなだれて、両手を地についた。

「も、申し訳ありませんでした。私が……私がまちがっていました」

同時に、取り巻きたちが駆けだした。私にむかって、感激したように顔を紅潮させて。

しまった⁉

私の両手はふさがっていた。右手に羽扇、左手に馬の手綱。彼らを押しとどめるべき私の両手は、無情にもふさがっていた。心の中で叫ぶ。

やめてッ！　こないでッ！

「先生！」

「先生ッ‼」

「おれたち、もうこんなことはしませんからぁぁぁッ！」

若者三人分の質量が、私の体にとびついてきて、
あ、
アーーーーーーッッ⁉

◆◆◆

そんな騒動から季節はうつろい、除夕《じょせき》になった。大晦日のことを除夕という。この日は新年の夜明けを迎えるまで、徹夜で騒ぎつづけるのが習わしである。もちろん、我が家もご多分にもれず、宴会の準備に余念がない。念には念をいれて、酒の追加購入をすませた私は、両手にふろしき包みをさげて酒屋を出た。いうまでもなく、包みの中身はどちらも酒壺である。ついでにいわせてもら

うと、私はふろしきを愛用しています。便利なので。

「やあ、孔明先生じゃないですか」

通りでばったり出くわしたのは、一輪車を押す肉屋の主人だった。一輪車ではこんでいるのは、どうやら猪の丸焼きのようだ。全身がこんがりと飴色に焼かれている。

「これはまた……すごいな」

「はっはっは、豪勢でしょう？　これから、孔明先生のお屋敷にもっていくところですよ」

というので、同行することになった。

家々の門口には邪気を払うために、桃の木でこしらえた人形が置かれている。いつにも増して、炊煙の立つ家が多い。食欲を刺激する匂いが、あちこちからただよってくる。

「丸焼きにしただけなんで、あとの調理はお願いしますよ。先生の家の料理は、どれもこれもとびきり美味いって、みんな楽しみにしてるんでさぁ。きっと、ひっきりなしに人が来るでしょうよ。そんでもって、明け方まで大騒ぎとくりゃあ、目がまわるほど忙しくなるでしょうねえ」

「うむ。あたたかい食べ物をきらさぬようにせねばな。まぁ、食材はしっかり買いこんだつもりではあるが」

家族と家人《けにん》（使用人）と門下生、十分すぎるほど人手はある。それだけに関係者も多く、来客の人数だってふくれあがる。ケチと思われぬよう、盛大にもてなしたいところです。ふふふ、酒も菓子も、たっぷり用意してありますとも。

「商いが滞らずにすんで、助かりましたよ。本当に」

肉屋の主人ががっちりとした肩をすくめたので、

「うむ、周生の引っ越しの件か。急だったからな」

同感、同感といわんばかりに、私はうなずいた。

司馬懿襲撃未遂事件からしばらくして、周生の家族は陸渾を去った。江南の地で、あたらしい商売をはじめるそうだ。有力な商人がいなくなったら、物流はどうなるのだろう。そう不安がる人もいたが、そこに商機を見いだした商人が入れかわるようにやってきたため、心配は杞憂に終わった。

周生本人はというと、結局あのとき以来、一度も私の前に姿を見せなかった。別れのあいさつにきた周生の父によると、私に合わせる顔がない、と自主的に謹慎していたそうだ。近所の人にそれとなく聞いてみても、姿をまったく見かけなかったらしい。よほどこたえたのだろう。

寒風がびゅうと吹きつけてきたので、私と肉屋の主人は足を早めた。ほどなく、屋敷の門が見えた。門の前に、なぜか門下生たちが集まっている。もちろん全員ではない。十人にも満たないが、彼らは私を見ると、

「お帰りなさいませ、孔明先生！」

かしこまって声を合わせた。

「……ぇ？」

ビックリしすぎて、変な声が出た。私の門下生たちが、こんなに折り目正しいわけがない。なにしろ出世させようだとか、学者にしようだとか、そんな立派な私塾ではない。ご近所づきあいの延長でしかないのだ。教育のゆるさには自信がある。定評だってあるんじゃないかな、なんて思う。

なのに、どうしてこんなにキビキビしてるんだろう？　疑問をおぼえてから、ほんの一秒か二秒といったところだった。私が何かいうより早く、門下生を割るようにして、背の高い若者が前に進み出た。

司馬懿だった。

「お帰りなさいませ、孔明先生」

そういって、彼は道ばたに両ひざをついた。服が汚れるのを気にするそぶりもなく、ひどく真剣な顔で、私を見あげる。

「今日《こんにち》まで、私は脇目も振らずに学問にいそしんでまいりました。しかし、本物の学を身につけるにはどうすればよいのか、いまだ端緒をつかめずにいます。力や欲、そういう雑念に惑わされぬ場所で、刻苦勉励《こっくべんれい》の日々をおくってこそ、学問の本質に近づけるというもの。なにとぞ、この司馬仲達が、先生の下で学ぶことを、お許しください」

口上を述べると、司馬懿は頭を下げた。どこまでも、ひたいが地につくほど、頭を下げた。

「…………!?」

私は絶句した。あまりにも意外な事態に直面して、わけがわからなくなった。除夕は家族とすごす日なのに、どうして司馬懿がここにいるんだろう？　そんなことは置いとくとして、公衆の面前で土下座なんてありえない、とやっぱり思う。どうやって収拾をつければいいのか、なにもかもわからなかった。

「まあ、若いのに立派ねぇ～」

「いやぁ、たいしたもんだ」

いつの間にか、野次馬が集まっていた。感心しきりな声が、耳にはいってくる。そればかりか、

「私からもお願いします」

「お願いします、先生」

門下生たちからも、司馬懿に賛同する声があがった。

えっ。

私は戸惑いながらも、ざっと周囲を見まわした。この地に越してきてから、住民たちはいつも私の意見を尊重してくれた。何か問題があれば、当然のように私の味方をしてくれた。それがごくごく自然な流れになっている、はずだったのに。

どうして？　どうして、みんなして司馬懿の肩をもってるのッ!?

私は棒立ちになっていた。遠巻きにしている野次馬たちが、そろって好奇の視線をむけてくる。目を丸くしていたり、口元に笑みを浮かべていたり。見世物を眺めるような顔がならんでいる。

「なんだか知らんけど、めでたいことじゃないですか。めでたい日ですし」

すぐ横で肉屋の主人がいった。なりに似合わぬ、ひかえめな声だった。

これが他人事だったら、私もうなずいていただろう。そもそも師の立場からすれば、門下生にするのは、たいしたことでもなんでもない。多い人なら弟子の弟子まで合わせて、ゆうに千人を超える門下生を抱えている。

優秀な若者が願い出れば、普通はよろこんで受け入れる。司馬懿を門下生とするのに難色をしめ

す、私のほうが異端なのだ。その異端の理由を。なぜ断ろうとするのか、本当の理由を。私は誰にも伝えることができない。

目の前で土下座している若者の動向いかんで、歴史が大きく変わることも。彼の中に、とてつもない怪物が眠っていることも。知っているのは私だけ。説明しようとすれば、結局は前世の記憶に行き着いてしまう。そんなことを口に出したら、もれなく奇人変人あつかいである。それとも占い師だろうか。どう転ぼうと、ろくでもない目にあうに決まっている。だから、どうすることもできなかった。外堀は完全に埋められている。お手上げである。観念するしかなかった。

「わかった。司馬懿よ、おぬしを今日より、私の門下生と認めよう」

司馬懿はパッと顔をあげた。おそろしい才能を秘めた眸に、喜色を浮かべて、

「ありがとうございます。もう問題は起こりませんから、ご安心ください」

しれっといってのけた言葉に、私は凍りついた。

……司馬懿は、周生が司馬懿を殺そうとしていたことを、知っている。

いつだ、いつ気づかれた？

思い当たるふしは、あった。おそらく帰路を変更するようにいったときだ。あのとき、異変を嗅ぎとったにちがいない。そのあと陸渾で何が起きていたのかを探ったのだろう。

こうなると、周生の急な引っ越しが、がぜん意味深に思えてくる。あやうく殺されるところだったと知った司馬懿が、圧力をかけて追い出したのでは？　いやいや、それどころか。とんでもない可能性に思い至ってしまった。もしや、周生はすでに亡き者にされているのでは……。あの件以来、

誰も周生の姿を見かけなかったそうじゃないか。

ぞっとした。

たまに城外に転がっている、誰ともわからぬ骸《むくろ》。賊に襲われたとおぼしき野ざらしの遺体を、身元確認のためにひっくり返してみる。するとそこには、恐怖と苦痛にゆがんだ周生の顔が！　ひえっ。

思わず内股になる私をよそに、立ちあがった司馬懿は、にこやかな声で聴衆に語りかける。

「道中、洛陽で醇酎《じゅんちゅう》や椒柏酒《しょうはくしゅ》を買いこんでまいりました。ぜひ、みなさんでご賞味ください」

とたんに、ざわついていた野次馬が一段と騒々しくなった。

贈賄ッ！　贈賄ですよ、それはッ！

私は何もいえなかった。全身が縮こまりそうな寒空の下、誰もが一様に顔をほころばせている。

私の屋敷の前は、私をほっぽりだしてなごやかな空気に包まれていた。

……もう勝負はついたのだ。いまさらジタバタしたってしょうがない、前向きに考えるといたしましょう。

◆◆◆

フ、フハハハハ！　統率と知力が九十台後半の武将を手に入れたぜッ!!
そう思うことにしましょう、そうしましょう。さしあたって、私にもやらなきゃいけないことがあった。グッドルーザーを気取りつつ、腕まくりをして台所にむかう。歴史がどうなるかなんて、あとまわし。家人にまかせている羹《あつもの》の仕上げをしなけりゃいけません。

建安三年一月、温県孝敬里。その日の夕刻、司馬懿は父の部屋にいた。屋敷の中で、もっとも苦手としている場所である。座れといわれていないので座ることは許されず、直立不動で、父の言葉を待つ。

「報告は受けとった。いくつか訊きたいことがある」

牀《しょう》に腰かけた司馬防が、仏頂面をあげた。

「はっ」

「人前で土下座とは、思いきったことをしたな」

下からの視線が、司馬懿を精神的に見おろした。

「申し訳ございません。恥ずかしい姿を衆目にさらしました」

「その恥はおまえの恥であって、司馬家の恥ではない。……どうせ、恥ずかしいなどとは思っておらぬだろうがな」

司馬防はかすかに眉を動かして、不快げにいう。

「胡昭どのはおまえの体面を傷つけぬ。おまえは彼の温厚篤実な人柄につけこんで、弟子入りをはたしたのだ」

「…………」

父の指摘は正しい。司馬懿は反論しなかった。

「胡昭どのが廉潔の士であることは、私も知っている。だから、門下に入ることを許した。必要だというから、家人をあずけた。……だが、どうしてそこまで入れこむのだ」

「わかりませぬ」

「む？」

「私は、人より少々背が高いのです」

「………」

司馬防は目をすがめた。発言の意図をはかりかねたのだろう。司馬家は代々大柄な家系なのだが、司馬懿が言及しているのは、むろん身長のことではなかった。

「塀の外から屋敷の中をのぞきこむように、各地で争う群雄の心理を、私はのぞき見ることができます。相手が袁紹であれ、曹操であれ、さしてむずかしいこととは思いません。彼らが、どうしてそう動いたのか。利によってなのか、情によってなのか、はたまた衝動につき動かされたのか。今後、どのような状況でどう動くのか。おおよそ把握しております。しかし、胡昭という人物がわからないのです」

「胡昭どのが、どのような人物なのか。根拠となる情報が足りないのだろう」

「いえ。どうあっても、齟齬《そご》が生じるのです。だから門を叩くのです」

「ふむ、子貢《しこう》の故事か」

子貢は孔子の最もすぐれた弟子といわれている。彼は、孔子を超えたと称賛されると、「屋敷の塀にたとえるなら、私の家の塀は肩ほどの高さしかありません。外からでもこぎれいな屋敷の中がうかがえるでしょう。しかし、師の家の塀は高すぎて、外からのぞくことはできないのです。屋敷の中がいかにすばらしいかは、門をくぐらなければ理解できないでしょう」と、巧みに比喩を用いて反論したという。

「やれやれ……、次だ。周生という門下生に、手荒な真似はしなかったようだが？」

「はい」

「意外だな。軽侮《けいぶ》には軽侮を、害意には害意をもって応じる。相手に見合った態度をとるのが、おまえのやり口だと思っていたが」

「この件で彼を害せば、師に迷惑がかかります。今後の師との関係にも、差しさわりが生じるように思います。師の前に二度と顔を出さぬように注意して、遠い地に移住するよう忠告する。それだけで十分だと判断いたしました」

手ぬるい対処だったといっているが、やったことは忠告というていの脅迫である。

孔明の芝居に気づいた司馬懿は、家に帰ると父から家人を借りた。彼らを陸渾に送りこんで、何が起きていたのかをつきとめると、周生を脅し、周生の父には移住するよう圧力をかけた。さらに、調査の過程で接触した人々を、硬軟さまざまな手を用いて懐柔し、司馬懿に協力するよう仕立てあげたのである。

自分でやるならともかく、人を介しての工作である。司馬懿とて絶対の自信はなかった。孔明に気づかれぬよう、慎重にことを進めた。焦れったくなるほど時間をかけた。小細工を弄しすぎたかもしれないが、成功したのだからよしとすべきであろう。

「そうか。……わかった、もうさがってよい」

「この一件、分をわきまえぬ行為をしたと自覚しております。つきましては、しかるべきところへ報告する機会をいただけないでしょうか」

「うむ。そうしておいたほうがよいか。司隷校尉の鍾繇《しょうよう》どのに会う機会をつくってやろう。報告は自分でするがいい。……ふん、そうか。最初から、そこまで考えていたな」

司馬防はおもしろくなさそうに鼻を鳴らした。

「鍾繇どののなら、厳格に法を適用してくれるだろう。文句をつける者などいまい。だが、おまえは殺人・傷害・窃盗などは犯しておらんのだ。口頭での注意だけですむだろう。……そして、鍾繇どのは訓告しながらも、『素行の悪い門下生をよくぞ追い出してくれた』と思うのだろうよ。胡昭どのは、鍾繇どのの弟弟子だからな。彼らは同じ師から書を学んだ、懇意にしている仲だと聞く」

「計算には入れておりました」

ふと司馬懿は、孔明の兄弟子に興味を抱いた。どのような人物なのか、面識のある父に訊いてみようかとも思ったが、さっさとこの部屋を立ち去りたい気分が勝ったので、口をつぐむ。

「この件で、おまえは罰せられるどころか、漢王朝の重臣に感謝すらされるということか。けっこうなことだ」

ちっともけっこうではなさそうな口ぶりが、司馬懿にはおかしかった。が、顔に出すわけにもいかない。

「そうであれば、司馬家にとってもよいのですが」

「それも、おまえへの評価にすぎん」

司馬防は苦々しげに嘆息すると、鋭く息子をにらみつけた。

「懿よ。おまえの才能と気質は、実利にかたよっている。師と同じ道を歩めるなどとは思うなよ」

「心得ております」

司馬懿は無表情をつらぬいた。


「師と同じ道は歩めない、か……」

父の部屋を出て、司馬懿はつぶやいた。いわれるまでもなく、自覚していた。自分は実利を主体に物事を考えるというか、じつにかわいげのない物の見方をする人間だと思う。川を見れば水運を、丘陵を見ればどこに布陣すべきかを考える。貴婦人を見れば、その身を飾る装飾品で兵士を何人雇えるかが頭をよぎる。いずれ才をふるうときがくれば、成果を出すための力を欲して、ためらうことなく権力に近づくだろう。いつまでも、在野の士ではいられまい。

それでも、孔明の歩む道に羨望の念を抱いたことは、まぎれもない事実であった。

ここ温県は戦乱に巻きこまれて、略奪の憂き目にあった。あらかじめ避難していた司馬家の者は無事だったが、民の半数近くが殺され、復興はいまだ道半ばである。孔明の故郷、潁川も壊滅的な被害を受けたという。しかし、潁川はかつての活気を取りもどしている。それにくわえて、血なまぐさい戦乱の世にあっても、陸渾の人々には笑顔があった。

温県が、この国が、潁川や陸渾のようであればいい。孔明の前で口にしたのは、嘘偽りのない、本心からの言葉だった。司馬懿自身が驚いたのだ。そんなきれいごとが自分の口から飛びだすとは、信じられなかった。腐れ儒者がいいそうな唾棄すべき夢物語を、心のどこかで望んでいたことが衝撃だった。

自分らしからぬ現実性に欠けた言葉は、それを現実のものとしている孔明に触発されて、引き出された言葉だった。心に感じた衝撃は、とりもなおさず、孔明の立つ高みを自分が理解できていない証左に他ならなかった。

学ばねばならない。強く思った。

子貢と孔子の逸話はひとつではない。

あるとき、斉《せい》の景公が子貢に尋ねた。

『おまえの師、孔子は賢者だと聞くが?』

『はい。賢者でございます』

『では、どれほどすぐれているのだ』

『私にはわかりかねます』

『はて、賢者だと断言しておきながら、どれほどすぐれているかは、わからぬというのか?』

『天は高いと、誰もが知っています。しかし、どれほど高いかは誰にもわかりません。同じように、私は師がすぐれた人物であることを知っていますが、どれほどすぐれているのかはわからないのでございます』

……このように孔子を尊敬してやまない子貢だが、師と同じ道を歩んだとはいいがたい。子貢には貨殖《かしょく》の才があった。清貧をよしとする孔子とは異なり、彼は莫大な富を手にした。また、子貢は弁舌にもすぐれ、魯《ろ》と衛《えい》の宰相を歴任している。栄達を遂げ、孔子を上まわる業績を残したといわれながらも、彼は驕ることなく師を仰ぎつづけた。

「子貢ですら、師とは異なる道を歩んだのだ」

司馬懿はくつくつと笑うと、真顔になって夜空を見あげる。

「仰ぎ見るのに、なんの不具合があろうか。ちがうからこそ、わからぬからこそ、学ぶのだ」

蒼穹をのみこんだ黄昏は、とうに闇に押しつぶされていた。満天の将星を圧するように、銀色の月が浮かんでいる。冴えざえとした光を放つ、満月に近い月だった。

※

建安初頭、司馬懿は成人と同時期に陸渾に移住して、胡昭の弟子となった。このとき、司馬懿の才に嫉妬した周生が司馬懿の殺害をくわだてていると聞き、胡昭は山を越えてその計画を制止した。はじめは聞く耳をもたなかった周生も、胡昭が涙ながらに説得すると、胸を打たれて計画をとりやめたという。胡昭はこれを誰にも口外しなかったが、彼の善行は広く人々の知るところとなった。

司馬懿はこの恩を生涯忘れず、師への感謝と敬意をこめて長男を師と名付け、また、次男には胡昭から名をもらい昭と名付けた。

司馬懿　三国志全書

第二章　亡国の足音

建安三年（一九八年）、曹操に派遣された裴茂《はいぼう》が李傕軍を撃破し、四月に李傕は処刑された。李傕といえば、長安を炎にくべた大罪人。洛陽を燃やした董卓の粗悪な後継者として、おそれられた人物である。この朗報に洛陽の民はわきたった。復興を進めながらも、彼らの生活は常に恐怖と隣りあわせだった。董卓軍の残党が、いつ再来するかとおびえていた。李傕の死とともに、董卓の亡霊もようやく地上から去ったように感じられたのである。最盛期には遠くおよばないものの、洛陽は近年にない、活気のある秋を迎えていた。

九月上旬。洛陽で指折りといわれる武芸者の屋敷の庭で、いつものように木刀が打ちあわされていた。ただし、その中身は日頃の鍛錬とは比べものにならない。木刀と木刀の激突は、実戦とすら遜色のない熾烈なものだった。

それもそのはず、木刀を振るって武芸を競っているのは、屋敷の主人である男と、稽古場荒らしの少年なのだ。みずからそうと名乗ったわけではないが、「おまえの腕を試してやろう」といって挑んできたのだから、稽古場荒らし以外の何者でもなかった。

生意気な少年だが、すぐに口の利きかたを教わるだろう。そう期待していた門下生たちも、いまや固唾をのんで勝負の行方を見守っている。

突く、はらう、打つ、受けとめる。木刀がはげしくからみあい、両者の位置がめまぐるしくいれかわる。大口を叩くだけあって、少年は年齢に似合わぬ技量の持ち主だった。

三十合あまりの打ちあいのすえに、ふたりは正対した。数瞬の静寂。前に出たのは、武芸者の男である。裂帛《れっぱく》の気合いを乗せ、斬撃が横に疾《はし》った。その切っ先は少年の肩先をかすめ、むなしく空を薙いだ。すんでのところで少年が身をひねってかわしたのだ。

次の瞬間、男に隙が生じたのを見逃さず、少年はグッと前へ踏みこんだ。防御から攻撃への転換は、少年の印象そのままに俊敏をきわめ、男に反応を許さなかった。少年の木刀が目にもとまらぬ速度で男の胸を突くと、その音は実際よりはるかに大きく、門下生たちの耳にひびきわたった。

「この勝負、オレの勝ちだ。文句はないな？」

「……まいった」

誰の目にも、勝敗はあきらかだった。少年は、ふぅ、と肩で息をして木刀を引いた。

「先生っ！」

門下生からあがる悲鳴に、男は力なく首を振った。対照的に、少年は汗まみれの顔に、不敵な笑みをひらめかせる。

「いや、悪くはなかった。だが、オレはまだ本気を出しちゃいねえ。オレは双剣のほうが得意なんでね」

声にも表情にも、激闘をくりひろげた相手への顧慮《こりょ》は見られない。

「くっ、こいつッ！」

門下生のひとりがいきりたった。木刀を握りしめて、少年に詰めよろうとするが、

「ぎゃっ!」

その矢先に、もんどり打って倒れこんだ。彼の額をしたたかに打ちつけたのは、少年が投じた木刀であった。

「次は、抜くぞ」

と、少年の手が腰の剣に伸びる。華美な装飾がほどこされた剣は、一見、儀礼用にも見える。しかし、少年の腕前からして、剣だけが装飾品なわけもあるまい。見せかけではない、本物の宝剣だろう。たじろぐ門下生たちに、

「いいことを教えてやる。オレは天才かもしれないが、それは弓術と馬術に関してだ。剣術なら、まだ勝ち目はあるぞ」

少年はどこまでも尊大にいって、

「腕に自信があるやつは、許都に来い。諸兄らの挑戦、待っているぞ。ハハハッ!」

勝者らしく、悠然と稽古場をあとにした。


ほどなくして、少年の姿は洛陽の外にあった。

「ちっ、かつての京師《けいし》も、今や昔か……。急ぎすぎたな」

李傕軍が滅んだことで、人の流れは正常化しつつある。だが、関中方面が安定したとまではいえない。洛陽に人材がもどってくる日は、まだまだ遠いようだ。

馬を進める少年の顔に、勝利の余韻はなかった。かわりに、苛立ちが色濃くあらわれている。彼は優秀な人材と出会いたかったのだ。英雄になる男は、そうした縁に恵まれるものである。父からあたえられるのではない。みずからの手で天運をつかめる男になりたいのだ。

母なる河水の支流、伊水の前で少年は馬をとめた。馬上で巧みにうしろをむいて、都城の全貌を視界におさめる。一部は崩れたままで壮麗とはいえない。それでも巨大な城郭に手を伸ばして、まるで自分のモノとするかのように、ぎゅっと手を握りしめる。

「待っていろ。いつかかならず、オレのこの手で、洛陽の栄華を取りもどしてやる」

とはいえ、せっかく許都を飛びだしてきたのだ。このまま収穫なしというのもおもしろくない。

「そういや、この近くに賢者がいる、と父上がいっていたな。たしか、陸渾だったか」

◆◆◆

武芸は教養の一部ともいわれている。私も士大夫のはしくれとして、いちおう習ったことはあるのだが、残念ながら習得できたとはいいがたい。

「フッ！　フンッ！」

とりわけ弓は常軌を逸していた。なんで私だけ「びちょん」とか「ぼごっ」とか、珍妙な弦音《つるおと》がしたのやら。さっぱり見当がつかない。けれど、わかったこともある。自分の射た矢が足元に突き刺さったとき、私は結論に達したのであった。

弩を使えばいいじゃない！

「ハッ！　ムンッ！」

そんなふうに、身につかなかった武芸の話を振り返ってしまうのは、窓の外から聞こえてくる、司馬懿の暑苦しい声のせいだろう。

軍師には二種類の人間がいる。武芸を鍛える人と、鍛えない人である。司馬懿はまごうことなく前者であった。

私は部屋を出て、庭で槍の鍛錬をしている司馬懿に声をかける。

「そろそろ茶の時間に――」

そのとき、空《くう》を裂いて飛来するものがあった。竹槍だ。竹槍がうなりを生じて、司馬懿の胸をつらぬくかに見えた。寸前、

「フッ！」

司馬懿が鋭い呼気を発して、手にした槍をひらめかせた。鉄の穂先が一閃して、襲いくる竹槍を叩き落とす。鈍い衝突音に、竹槍が地面を転がる音がつづいた。

「なにやつ⁉」

司馬懿が誰何《すいか》し、槍を握りなおして構えをとる。その視線を追うと、少年が立っていた。

「ハッハッハ！　よくぞふせいだ。なかなかやるじゃねえか、でかぶつ」

高らかに笑う少年を見あげて、司馬懿はうめいた。

「……なぜ、塀の上に？」

そう。なぜか少年は塀の上に立っていた。

「うむ」

私にはわかってしまった。この瞬間、私の知力は司馬懿をも上まわり、かぎりなく百に近づいていただろう。見たところ少年の年齢は、前世でいうところの中学二年生ぐらい。これはもう確定的にあきらかである。いつの時代、どこの国でも、中二病は発症するのだ！

「塀の陰にこそこそ隠れるより、塀の上で堂々としているべきだ。おそらく、彼はそう考えたのであろう」

「いくらなんでも、塀の上では動きにくいだけだと思うのですが……」

「うむ。しかし、それがとても価値があることのように、彼には思えたのであろう」

司馬懿は、困惑を嘆息で打ち消して、

「小僧、ここが誰の屋敷かわかっているのか」

と少年を脅しつけた。

「もちろんだ。オレの名は皇甫鑠《こうほしゃく》。高名な学者が陸渾にいると聞いて、遠路はるばる訪ねてまいった！」

少年、皇甫鑠は声高に名乗った。

ふと気づいて、私は地面を見る。そこに転がっている竹槍は、槍にしては短すぎるような。ちょうど剣ぐらいの長さだろうか。拾いあげてみると、意外と重さがあるというか、中身があった。空洞ではない。よくよく見ると、先端にかじった跡がある。

……これ、竹じゃない。諸蔗《しょしょ》、つまり、さとうきびだ。

「この家で、一番うまい茶を飲みたい」

客間に案内するなり、皇甫鑠がわがままをいった。この時代の茶は、茶葉にミカンの皮などをまぜて煮出すものだ。どのように配合するか。いれる人の経験や感性によって、まったく別物になる。だから、私が茶をいれることにした。

それにしても皇甫鑠、なんというクソガキだろうか。私は腹を立てていた。ただのさとうきびだったとはいえ、いきなり攻撃してくるとは非常識にもほどがある。もし先端をとがらせてあったなら、司馬懿はただじゃすまさなかったはずだ。

その司馬懿はというと、何事もなかったかのように平然としていた。それがまた、妙に威圧感があっておそろしい。私の前だから、遠慮しているのだろうか。それとも、叱りつけるのは私の役割だと判断しているのだろうか。だとしたら一発かまして、ビシッと決めたほうがいいのかもしれない。

だがしかし、なんだかあの少年からは、厄ネタの気配をひしひしと感じるのだ。私の知る範囲では、三国志に皇甫鑠なんて武将は存在しない。特段危険視するような相手ではないはずだが……厄ネタの匂いがプンプンする。悩ましい。

腹を立てつつ、悩みつつ、私は台所にむかう。すると司馬懿が追いかけてきた。

「先生、ちょっとお耳を」

「む？　おぬしにはあのク、少年の相手をまかせていたはずだが」

「気がかりなことがありまして、すこし席をはずしました。……先生は、あの少年をどう思われますか？」

「どう思う、といわれてもだな。単なる名家の子息ではなさそうだが……」

私は眉間にしわを寄せた。声をひそめて問い返す。

「仲達、おぬしはどう思うのだ？」

「皇甫鑠と名乗っていましたが、十中八九、偽名でしょう」

「ほう……」

「私の憶測ではありますが……。彼は曹操の嫡子、曹丕《そうひ》ではないかと」

「なんと」

どういうことだってばよ。

「かつて官憲に追われたとき、曹操は皇甫と名を偽り、難を逃れようとした。と聞いております」

「ふむ」

「また、病没した曹操の次男が、鑠という名であったはず。そこから皇甫鑠と名乗っているのではないでしょうか。曹丕は武者修行を口実に、各地をうろついているらしいので、まずまちがいないかと」

ほえ～。あぶなかった。曹丕といえば魏《ぎ》の初代皇帝になる人物である。いや、あぶない、あぶない。あとちょっとで、のちの皇帝陛下をクソガキあつかいしてしまうところだった。軍師の助言とは、かくもありがたいものか。さすが司馬懿よ。

「……となると、どうしたものであろう？」

できれば、曹丕に嫌われるのはさけたいのだが。

「話によれば、曹丕は甘いものに目がないそうです。しょせんは子ども。蜂蜜でも持たせてやれば、悪いようにはなりますまい」

「なるほど、蜂蜜か。その手でいってみよう」

フフフ。さすが司馬懿、頼りになる男よ。さす司馬！

ひきつづき司馬懿に皇甫鑠、もとい曹丕の相手をまかせることにして、あらためて台所にむかう。

蜂蜜の小壺を手にとったところで、私は愕然とした。中身がすっからかんだったのだ。忘れていた。蜂蜜は醸造家に全部あずけて、蜂蜜酒にしている最中だった。

郭嘉アアアアッ！

私は許都の友人に呪詛《じゅそ》をとばした。だって、郭嘉が悪いのだ。なんべんいっても、不健康な生活をあらためようとしないから。郭嘉は体が丈夫ではないのに、ハードワークも遊び歩くのもやめようとしない。稀代の天才軍師が早逝してしまうことを知っている私は、なんどもなんども体をいたわるように説得した。ところがあの野郎、やたら頑固で取りつく島もない。

よかろう。そっちがその気なら、食事療法から上陸してみせようではないか。そう考えて、酒のかわりに滋養のある蜂蜜酒を飲ませよう、と計画しているところだったのである。タイミングが悪いにもほどがある。

他に甘いものはないか。台所をざっと見まわす。砂糖はない。高価だし、ほとんど出まわらないし、贅沢品だと思って買っていなかった。水飴はあるが、あまり味はよくないし、そもそも貴人に出すようなものではない。

かくなるうえは、なにかつくるしかないか。決意したとたんに、私の目に輝いて見えるものがあった。台所の片隅で、「ここにいるぞ！」とりんごと梨が自己主張していたのだった。


えー、というわけで、ジャムをつくりたいと思います。アシスタントは司馬懿さんと曹丕くんです。衛生的に調理をおこない、かつ衣服も汚さないように、司馬懿にはエプロンを、曹丕には私と同じ割烹着《かっぽうぎ》を着用してもらっています。

「めずらしい料理をつくると噂には聞いていたが、どうしてオレまで……。なんだよ、『じゃむ』って……。なんだ、これ？」

曹丕は不満と疑問に口をとがらせながら、小ぶりの中華鍋を顔の前までもちあげている。包丁を握り、もう片方の手をりんごに伸ばそうとしていた司馬懿が、曹丕を横目で見る。

「それは鍋だ。孔明先生が発明された調理器具で、鼎《かなえ》より繊細な調理が可能となる」

「ふぅん、……鉄でできているのか？」

「鍛冶工房に直接足をはこんでつくらせた、鉄を叩いて打ち出したものだ。小型の鍋だから、小さいほうの掛け口を使うといい」

鉄鍋をしげしげ見つめる曹丕に、司馬懿は心なしか得意そうに説明した。

私は不安をおぼえた。司馬懿はここで何を学んでいるのだろう？　いや、私は彼に何を教えているのだろうか？　エプロン姿の司馬懿が、慣れた手つきでりんごの皮をくるくるむきはじめる。それを見ている私の胸中では、不安がぐるぐる渦巻いているわけですが。……気にするのはよそう。司馬懿なら勝手に学ぶべきことを学ぶでしょう。

曹丕がかまどの焚き口に薪《まき》をくべる。私は私で菌桂《きんけい》の品定めをする。菌桂とは小枝の樹皮を乾燥させてつくる、シナモンスティックみたいな香薬のことだ。できるだけ風味のよいものを選ぼうとしていると、曹丕のぼやき声が聞こえてくる。

「果物をぐちゃぐちゃにするなんて台無しじゃねえか。梨はそのまま食べたほうがいいって。りんごはどうでもいいけどよ」

どうやら、梨とりんごのあいだには大きな格差があるようです。この時代のりんごは小粒で酸味が強すぎるとはいえ、りんごは泣いていいと思う。

「うむうむ。たしかに、りんごはすっぱいな。しかし、だからこそジャムにする価値があるというもの」

と、私はりんごをフォローする。

土産にジャムをもたせたいだけなら、できあがっているものを渡せばいい。だが、そうはいかない。曹丕にジャムをつくらせる。そこに私の思惑があるのだ。

狙いはふたつ。ひとつは、調理実習やキャンプでつくったものは、おいしく感じるというアレである。もうひとつは、司馬懿の将来に関することだ。

毎日のように司馬懿と顔をあわせていると、仕官の話題になることもある。いずれ出仕するつもりだと聞いたときは、心底安堵したものだ。しかし、私の弟子になった分、本来の歴史よりその夕イミングは遅れるとみていいだろう。

じつは司馬懿がいつ出仕して、どのような功績をあげて出世したのか、私はよく知らない。知っているとといえば、才能を危険視されて曹操には重用されなかったことと、次の代で大出世を遂げたことだ。次の代、すなわち曹丕の代である。

ここで共同作業をすることで、司馬懿と曹丕の親密度がアップしないかな。それで出世レースの出遅れを取りもどせたらいいな、なんて画策しているわけです。

もとからドラフト一位の司馬懿は、私のコネを使ったところで、それ以上にはなりようがないので。だったら、他の手を打とうじゃないか。司馬懿の出世ペースを元通りにするためなら、私はお料理教室だってひらいちゃうぞ。

ちょっとした期待をこめてこっそり様子をうかがっていたら、かまどが盛大に火を吹いた。曹丕が薪をポンポン投げこむからであった。

「火の勢いはもうすこし弱めにな。その服が料理用といっても、あくまで清潔にするためであって、燃えない布でできているわけではないぞ」

私の忠告に、曹丕は顔を上げてこちらをむいた。

「……燃えない布って、火浣布《かかんふ》のことか？」

「うむ？　そうだな」

火浣布とは火に投げいれても燃えることなく、汚れだけが焼け落ちるという、伝説の布である。火山に住んでいる火ねずみの毛で織られる、とされている。

「へえ……。皆が称賛するから、どんな人物かと思えば、こんなもんか。とんだ期待はずれだったな」

曹丕は白けた表情を浮かべて、立ちあがった。

「がっかりだぜ。まさか、火浣布などという、でたらめな話を信じているとはな。あんたもしょせん、そこらの腐れ儒者と同類だ。世間の目は騙せても、このオレの目はごまかせねえ」

「我が師に対する暴言はゆるさん。取り消してもらおうか」

包丁を片手に、司馬懿が静かな声ですごんだ。曹丕は、両手の薪をさながら二丁拳銃のように回転させつつ、鼻先で笑う。

「じゃあ、なんだ？　火ねずみなんて生き物が、本当にいるとでも思っているのかよ？」

司馬懿の冷えたはがねを思わす視線と、曹丕の燃えあがる炎のような視線が交錯する。まさに一触即発、親密度アップどころか、敵対関係が発生しそう。

やめて！　私のために争わないでッ！　なんていってる場合じゃやねえ!!

「まあまあ、落ち着きなさい。火浣布も火ねずみも存在しない。皇甫鑠、おぬしは、そういいたいのであろう？」

「当たり前だ。燃えない生き物なんていてたまるか」

私が仮の名を呼ぶと、偽名の少年は不快感をむきだしに吐き捨てた。

「ふむ。……私の意見は少々ちがうな。火ねずみが存在しないことには同意するが、火浣布は実在してもおかしくない」

「……どういうことだ」

曹丕は眉をつりあげた。のちの皇帝陛下に矢のような視線を突き刺されようが、私には余裕があった。火浣布の正体は想像がつくのだ。

「伝承では、火浣布は火ねずみの毛の織物とされているが、私の見解は異なる。おそらく、火浣布とは、綿《わた》のような石を紡いで織られたものであろう」

思いがけない言葉だったにちがいない、曹丕はまばたきした。

綿のような石、その名のとおり石綿は、繊維状になった石のことである。別名をアスベストともいう。耐熱性にすぐれ、建築素材などによく使用されていたのだが、人体への悪影響が判明して社会問題にまでなった、いわくつきの物質である。

「石とは不思議なものだ。玉のように美しいものもあれば、溶けて銅や鉄を生みだすものもある。それらの中で、もっとも不思議な石とは、どのような石であろうか？」

「……私は、燃える石だと思います」

私の問いかけに、期待どおりの回答をしてくれたのは司馬懿で、曹丕は口をへの字にむすんでいる。

「うむ、そのとおりだ。燃えないはずの石が燃える、なんとも不思議ではないか。自分の目で見なければ、とうてい信じられないであろう」

「知っている。黒い石のことだろ」

むすっとした顔のまま、曹丕はいった。黒い石――涅石《でっせき》だとか石墨《せきぼく》だとか、呼びかたはひとつじゃないが、石炭のことだ。この時代でも、石炭は少量ながら使用されている。

「けれど、綿のような石なんてあるのか？　どうしてそんな奇抜な発想になるんだ？」

少年の疑問はもっともである。私は物知り顔でうなずいた。

「うむ。私も残念ながら、火浣布の実物は見たことがない。だが幼いころに、羽毛をこすりつけたような石を見た記憶があるのだ。いまにして思えば、あれを気が遠くなるほど集めて糸を紡げば、布を織れるのかもしれぬ」

ホントは幼いころではなく、前世なんですがね。

「なるほど。燃える石ですら存在するのです。毛羽だった石があったとしても、なんらおかしくはないでしょう」

あごを撫でながら、司馬懿が首肯した。彼に賛同してもらえると心強い。ものすごく説得力が増す気がする。エプロン姿だけど。

曹丕は視線をそらしてうつむき、

「……わかった。さっきの発言は取り消す」

といって、かまどの前にしゃがみこんだ。そして、焚き口の炎を手にした薪で突っつきながら、ぶっきらぼうに。

「少なくとも、火ねずみのようなありえない話じゃない、ってのはわかったよ」

あまりに聞き分けがよかったもんだから、私は驚いた。傍若無人なクソガキと思いきや、もしかするともしかして。曹丕くんは悪い子じゃないのかもしれません。

一時はどうなることかと思われた料理教室も無事に終わり、私たちは割烹着やエプロンを脱いで、台所がある土間から板の間に上がった。席につくなり、曹丕はきちんと正座して、それまでの人を食ったような態度を一変させた。

「失礼いたした。じつは、貴殿がまことの賢者であるか試したく、名を偽っておりました。私の本当の名は曹丕、字を子桓《しかん》という……」

ふいに曹丕は口を閉ざした。私と司馬懿の顔に視線をはしらせると、わざとらしく肩をすくめる。

「あ〜、全然、驚かないんだな。とっくに気づかれていたのか」

うん、知ってました。けれど、自分で気づいたわけじゃないので、なんとなくフォローしたくなる。

「いやいや、驚いてはいるぞ。その年で字があるとは、たいしたものだ」

私の孔明だとか、司馬懿の仲達だとか、字とは成人と同時に名乗るものとされている。もっとも、私も司馬懿も二十歳になる前から字はあった。前倒しでもらうことは、けっしてめずらしいことではない。……のだが、それにしても曹丕は若すぎるような。

「そっちか……。オレが字をもらったのは、去年のことだ。初陣を迎えた十一歳のときに、一人前の証として字をもらったんだ」

得意にしていいはずなのに、曹丕はつまらなそうにいった。十一歳で字をもらえるなんて、すごいことだと思うんですがね。

「人より早く一人前あつかいしてもらえたのはうれしかったさ。けど、すぐに誇れるようなことじゃなくなったよ。ひどい負け戦だったからな」

「宛城《えんじょう》の戦い、か」

といって、司馬懿が眉をひそめた。曹丕が苦々しげに顔をしかめる。きっと、私も彼らとよく似た表情をしているだろう。

勝つも負けるもド派手な曹操が、惨敗を喫したのが宛城の戦いである。一度は降伏させたはずの張繡《ちょうしゅう》軍に奇襲をかけられ、まったく警戒していなかった曹操軍は、まともに戦うことすらできずに潰走した。この戦いで曹操は、長男の曹昂《そうこう》、甥の曹安民《そうあんみん》、護衛の典韋《てんい》といった将を失っている。

「ああ、最悪の初陣だった。オレと、兄上にとっても初陣だったんだ。十二も年上の兄と、初陣が同時だったんだぜ。父上に自分の才能を認めてもらえたんだって、オレは浮かれていたよ」

曹丕は自嘲するように頬をゆがめた。

「オレだけじゃない。みんな、父上もふくめて、みんな油断していたんだ。張繡軍なんかに負けるわけがない。みんなそう思っていた。十一歳のガキが初陣を迎えられたのだって、敵を寡兵とみて、あなどっていたからさ」

曹丕の視線が床に落ちる。ひざに置いた手に、力がこめられたようだった。

「天幕の外がいきなり騒がしくなって、何が起きたのか最初は理解できなかった。外から兵士が駆けこんできて、張繡軍の夜襲だと伝えられて、ようやく自分が戦場のただなかにいるんだって実感したんだ。あわてて鎧を着こんで天幕を飛びだしたら、いたるところから火の手があがっていて、生暖かい風が、焦げくさい匂いと血の匂いをはこんできた。父上のもとへいくにも、馬に乗っていかなきゃ、さまにならないと思った。オレは厩舎にむかって、そこで兄上にあったんだ」

曹丕はじっと床を見つめている。

「兄上は、自分の馬と父上の馬の手綱を引いていた。オレがついていこうとすると、敵の狙いは父上だから、おまえは先に逃げろっていわれた。子どもを追いまわすような余裕は、敵にだってないはずだって」

曹丕が見ているのは床ではなく、過去の戦場なのだろう。その戦場で命を落とした、長兄・曹昂の姿なのだろう。

「いわれたとおり、オレは兄上とは別の方角へ逃げた。……想像していた戦場とは、正反対の光景が広がっていたよ。統率のとれた動きをしているのは敵ばかりで、数が多いはずの味方は右往左往するしかなくて、ひとりでうろついているところを、敵の集団に襲われていく。次々と殺されていく味方を尻目に、敵と剣を交えることもできず、オレは馬の首にしがみついて、ただひたすら逃げつづけた。馬術だって、弓術だって、剣術だって、たくさん練習してきたのに。敵兵のひとりやふたり、討ちとれたはずだったのに」

曹丕は鼻で笑うように、ため息をもらした。

「気がついたら、陣営から遠くはなれた場所にいた。夜の闇に黒煙が立ちのぼり、陣営が真っ赤に燃えていた。オレと同じように脱出してきた兵士に、背中に矢が刺さっていますって指摘されて、馬からおりて、その矢を鎧から引き抜いてもらいながら思ったんだ。オレはもうすこしで死ぬところだったんだ、オレたちは負けたんだって。それから、本隊と合流しなきゃいけないと思って、散り散りになったうちの兵士たちに、父上の行方を聞いてまわった。敗残兵はそこかしこにさまよっていたから、聞く相手だけは不自由しなかった」

父の行方を、少年は必死に聞いてまわっただろう。あるいは毅然と胸を張ってか。どちらにせよ、聞くほうも聞かれるほうも、身なりはボロボロだったにちがいない。

「父上が東の舞陰《ぶいん》にむかっているとわかって、オレたちも舞陰をめざした。途中、ある兵士が、父上は敵に射られて討ちとられたっていったけど信じなかった。あの父上が、たった五千ぽっちの張繡軍に討ちとられるもんか、って」

曹丕の口元がひきつった。もしかすると、笑ったのかもしれない。

「敗残兵ってのはみっともないもんさ。なかには、味方に襲いかかるような連中だっている。そいつらをさけながら東へむかった。敵兵どころか、自軍の兵からも逃げなきゃいけないんだ。みじめだったよ。父上たちと合流できたのは、夜が明けてからだった。みんな疲れきっていて、だけど……、そこに兄上はいなかった」

曹丕はいったん言葉を切って、

「敵に射られて馬を失った父上に、自分の馬をゆずったらしい。囮になって、敵兵をくいとめて、それが兄上の最期だって。もちろん悲しかったさ。だけど正直いうと、一瞬ほっとしちまった。父上さえ生きていれば再起できる、って。薄情だよな」

床をにらみつけながら、肩を震わせる。

「兄上は正しいことをしたと思った。オレたちが生きていくためには、なんとしても父上を生かさなきゃいけなかったから。でも、父上の次に生きのびなきゃいけなかったのは、嫡子である兄上だったはずなんだ。オレが本当に一人前だったら、あのとき兄上と同行していたはずで、父上に馬をゆずって死ぬ役目は、庶子で三男のオレがやらなきゃいけなかったんだ」

そこで、少年は顔を上げた。

「正しいことをしてみせた兄上が死んで、何もできなかったオレが、結果的に曹家の跡取りになる。そんなの馬鹿げた話だろ。……だから、オレは決めたんだ」

何かを失ったような、全てを受け入れたような透明なまなざしで、宣言する。

「誰にも、『曹昂が生きていれば』なんていわせない。それくらい優秀な人物になってやる。父上にも負けない大物になってみせるんだって」

それは言葉の中身とは裏腹に、力強さを欠いた声だった。まるで、シルクロードをさまよう、ひとりぼっちの旅人のような。

曹丕はこれから常に、曹昂、曹操と比較されながら生きていかねばならないのだ。窮地の曹操を救い、功績と可能性だけを残して、この世を去った兄と。英雄がごろごろ転がっている三国志において、最も巨大な足跡を残した偉大な父と。

……話が重い。重すぎる。私はしばし思案してから、口をひらいた。

「ときには昔の話をしてみようか」

司馬懿さん（二十歳）ならともかく、曹丕くん（十二歳）が相手である。教えるべきことのひとつやふたつ、私にだってあるはずだった。

「あるおじさんの若かりしころ、いまの仲達くらいの年齢だったかな、そのころの話だ。大規模な日照りになるわ、河水が氾濫するわで、ついには黄巾党の反乱が起こり、天下は麻のように乱れていた。明日の見えない世を憂え、さかんに議論をかわす若者たちのなかに、彼の姿はあった。しかし同時に、彼は自分の才覚が友人たちにとどかぬことも自覚していた。周囲には、天下の俊傑がそろっていた。年長者を見れば荀攸《じゅんゆう》がおり、同年代には荀彧が、年少者には郭嘉がいた」

曹丕のまなざしが「おまえのことじゃねーか」と、ツッコんでくる。

そうです。私がそのおじさんです。自分の経験にもとづいた話は、興味をもたれやすく、説得力も格段にアップするというではありませんか。

私は荀彧たちとは別の道を選べたが、曹丕は曹操と同じ道を歩まねばならない。それでも。曹操をめざさなくていい、同じでなくともいいのだ、ということだけは伝えなければならないと思う。創業者と二代目とでは、もとめられる役割がちがうのだ。これは、前世では常識となっていたように記憶している。

いずれにしても、曹丕の話はすこしばかり長くなりすぎたし、私の話も長くなるだろう。日が傾き、穏やかな朱色の光が、部屋を奥まで染めあげている。いまから陸渾を出たところで、となりの邑《むら》に着く前に日は暮れてしまう。この様子だと、曹丕は今夜、私の家に泊まることになるだろう。

……ふむ。どうやらトラブル対策のため、司馬懿にも泊まってもらったほうがよさげですかね。

◆◆◆

「あんたの師は、自分のことを、うちの幕僚たちより下に見ているようだぜ」

曹丕は揶揄するような声を投げかけた。夕餉《ゆうげ》のあと、司馬懿に客室へと案内されているときのことである。

「私はそうは思わない」

気分を害した様子もなく、司馬懿は不同意をしめした。

「ふぅん、どうして？」

「仮に、彼らが野にいたとして、何ができた？　孔明先生にならぶほどの功業を遂げていたとは、とうてい思えぬ」

「……それはそうだな」

司馬懿の言葉を否定する理由は見当たらない。曹丕は素直にうなずいた。孔明の功績は、在野の士の中にあって群を抜いている。とくに農具の開発によって、どれほど多くの民が救われたかは想像もつかなかった。

「我が師にとって宮廷は狭すぎる、ただそれだけなのだ。誰に仕えずとも、千里先を見通し、万民を救える能力があるのなら、なにも権力争いや雑務などに追われることもあるまい」

「とんでもない自信家だな、おい」

「孔明先生がおっしゃったのではない。私がそう思っているだけだ」

ある部屋の前で、司馬懿は足をとめた。

「ここが客室だ」

「ああ」

「何かあっても勝手にうろつきまわるな。先生の手をわずらわせるな。私が泊まる部屋はすぐそこだから、用があるのなら、まずは私にいうように」

「……オレが曹操の子だとわかってからも、そんな態度をとっていいのか？」

曹丕が不思議がると、司馬懿は一瞬、少年を値踏みするような目つきをした。

「私は曹操の部下ではない。……しかし、若君がお望みとおっしゃるならば、いくらでも丁重なあつかいをいたしま――」

「やめてくれッ！」

曹丕は身体を震わせた。得体の知れない寒気をおぼえたのだ。

「なんだか気色悪りぃ」

すると、司馬懿は短い沈黙のあと、真顔で尋ねた。

「……皇甫と名乗ったのは、曹操が名乗った偽名にならったのだろう？」

尋ねるというよりも、確認するかのような声だと、曹丕には感じられた。

「ああ」

「鑠と名乗ったのは、病弱で外に出られなかった次兄のかわりに旅をしよう、とでも思ったのか？」

「…………」

曹丕は答えに窮した。家を飛び出してきたのに、家族とのつながりをもとめているなんて、とんだ軟弱者だ。そう思われてもおかしくはない。心外であった。

「では、長兄のかわりに自分が死ぬべきだったのではないか、と誰かに話したことは？」

あくまでも無表情に、司馬懿は言葉の槍を突きつけた。

「……話せるかよ、そんなこと」

ふてくされたふうに、じつのところ弱々しく、曹丕は吐き捨てた。

宛城の戦いから帰還したあと、曹操は周囲の者にこってりしぼられた。乱世の奸雄もさすがにこたえたのか、あの戦の話題になると、とたんに機嫌が悪くなる。亡兄の名を口にして、父の機嫌を損ねるような真似は、曹丕にはできなかった。

言葉として形にできぬうちに、曹丕の心には鬱屈した思いがたまっていった。兄が全てを失ったことによって、自分は全てを手に入れようとしている。それはひどい裏切りなのではないか。

荀彧あたりに相談していれば、このうえなく正しい答えが返ってきただろう。曹操の部下が、曹操の後継者に対して出す、疑う余地のない正答が。だが、その正しさゆえに、兄は命を落としたのだと考えると、気が晴れるとは思えなかった。

「そうか。ここに曹操の部下はいない。弱音を吐きたくなったら、また来るがいい」

「…………！」

司馬懿の硬質な視線が、曹丕を射抜いた。胸のうちを見透かすようなその眸が、曹丕は気に入らなかった。だが、不思議と不快ではない。

――ああ、そうか。

曹丕は知った。自分はただ、愚痴をこぼす相手がほしかったのだ。曹家とは関係のない相手が。

自覚すると同時に、口が動いていた。

「冗談じゃない。弱音なんて吐いてたまるかよ」

弱音なんて許されない、と曹丕は思った。兄の命を代償に、自分は生きているのだ。この体には、曹家の旗に殉じた将兵の血が流れているのだ。そう思うや否や、腹の奥がかっと熱くなる。その熱の塊は、一瞬にして全身の血潮をわきたたせ、弱腰な自分を灰になるまで燃やしつくした。

「オレを誰だと思ってる。将来、百万の将兵に号令をかけ、億の民草の上に立つ男だぜ」

のちに後漢王朝を滅ぼす少年は、胸を張って、昂然といってのけるのだった。

「父上、ただいまもどりました」

「おお、どこをほっつき歩いておった」

許都に帰った曹丕は、父の部屋を訪れた。忙しい業務の合間だったのか、曹操は楽にしていた。

「はい、洛陽周辺を。陸渾の胡先生にもお会いしてきました」

「ほう……」

曹操の眸に興味の色が浮かぶ。

「おもしろい人物だったろう。おまえの目にはどう映った？」

試されていると感じとった曹丕は、緊張して、かすかに身をかたくした。

「まことの賢者とは、野に在ろうとも千里先を見通し、万民を救えるものなのでしょう」

より適切な言葉も見つからなかったので、とっさに司馬懿の言葉を借りる。どうも自分はあの無愛想なでかぶつを、存外高く評価していたらしい、と曹丕は思った。

「じゃむの人は、無理に宮仕えさせなくとも、よろしいかと思います」

「……じゃむの人？」

聞いたことがないであろう単語に、曹操は目を丸くした。

「はい。これが胡先生といっしょにつくった『じゃむ』でございます」

陶製の小さな壺をふたつ、曹丕は差し出した。中にはもちろん、りんごと梨のジャムがたっぷり詰まっている。

「……ふむ？」

曹操が興味深そうにジャムのふたをひらくと、なんともいえない甘くさわやかな香りがふわっと広がった。紅い皮の色に染まった、つややかに輝くりんごのジャムである。

曹丕は思わず、のどをゴクリと鳴らした。りんごなんて食味が悪く、すっぱいだけ。小鳥にでも食わせておけばいい、と彼は思っていた。ところがジャムにするとぐんと甘さが凝縮されて、その酸味が果実らしい切れのよさに生まれ変わるのだ。小麦の粉を焼いた皮に、こんもりとのせて、包んで食べるのがまたうまい。口を大きくあけてほおばり、ひと噛みした瞬間、口の中にジャムがどっとあふれだす。とても甘くて、だけど上品で、舌がとろけそうなほどうまかった。思い出しただけで、唾がこみあげてくる。曹丕はゆるみそうになる口をひきむすんで、曹操の反応を待った。

曹操は子どものように目を輝かせ、ひとつうなずくと、さじに手を伸ばそうとした。そのとき、郭嘉が足早にやってきた。

「曹操さま。劉備の守る小沛《しょうはい》が、呂布に落とされたようです」

ゆるんでいた空気が、たちまち張りつめた。

なぜ、劉備が曹操の命を受けて、小沛を守っていたのか。これには、なかなかに奇妙ないきさつがある。

興平二年(一九五年)、曹操に敗れた呂布は、徐州の劉備を頼った。しばらくはおとなしくしていた呂布だったが、丁原《ていげん》、董卓と主君を裏切ってきた男は、やはり裏切りをくりかえした。劉備が袁術と争っている隙をついて、徐州を乗っ取ったのである。

本拠地を失って流浪する劉備軍は、深刻な飢餓に見舞われた。味方の肉を食らいあうに至って、劉備はやむをえず呂布に降伏し、呂布は劉備を小沛に駐屯させた。

小沛は、曹操、袁術、呂布の三勢力がぶつかりあう最前線の地である。当然のことながら、劉備は募兵をはじめた。しかし、これに不安をかきたてられたのか、呂布は小沛を攻め立てたのだ。

劉備軍は、数でも練度でも大きく劣っていた。そのうえ、天下無双の飛将軍・呂布が相手とあっては、対抗しようがない。劉備が小沛を放棄して、曹操のもとに身を寄せたのが、建安元年(一九六年)のことであった。

歴戦の劉備主従が転がりこんできたのだ。人材収集癖のある曹操にとっては、願ってもない展開である。曹操は劉備を厚遇し、手を尽くして小沛を奪いとると、小沛の人心をつかんでいる劉備に城をあずけ、呂布軍に対するそなえとしたのだった。

つまり、劉備はまたしても、呂布によって小沛を追い出されたのである。

「同じ相手に同じ城を奪われるとは、何をやっているんだ、劉備はっ!」

曹丕は眉を逆立て、劉備の不甲斐なさを非難した。

「まあ、そういうな。呂布と戦って勝てるのは余ぐらいのものだ」

曹操は苦笑を浮かべるにとどめ、手をつけぬままのジャムの小壺を、文机《ふづくえ》の上に置いた。

「あれで劉備はなかなかの良将だぞ。関羽もいるしな、関羽も。なあ、郭嘉」

「そうっすね。オレは、騎兵をおさえればなんとかなる呂布より、劉備のほうが厄介だと思いますよ。劉備は民だけでなく、商人にも人気があるんで。博打ってのは結局、金があるやつのほうが強いもんです」

「……賭博ですったのだな。そうだろう?」

主君に呆れ声で指摘されると、郭嘉はすっとぼけた。

「勝敗は兵家《へいか》の常というじゃないっすか」

「ふっ、勝ち運は戦にとっておけ」

曹操の鳳眼《ほうがん》に、機知と野望の炎が燃えあがる。

「さあ、戦の支度だ。今度こそ、呂布をしとめてみせよう」

異様な光を放つ父の双眸を見て、曹丕は胸の中心に疼痛《とうつう》をおぼえた。

この眼だ。おのれの才覚に絶対の自信をもつ、死中に活を見出してきた男の眼。自分には持ちえないものだと、薄々わかってはいたのだ。

曹丕はどうあがいても曹操にはなれない。目をそむけていたその現実を、受け入れなければならなかった。そもそも兄に対する罪悪感や、父に対する劣等感によって強いられた決意に、どれほどの価値があったろうか。

いつまでも曹昂の幻と、曹操の背中を追いかけてはいられなかった。あらたな時代を治めるに足る人物に、曹丕は成長してみせなければならないのだ。

※

曹丕の興味は詩文のみならず、未知の事象にもむけられた。その一例として、著書・典論で、火浣布について言及している。火浣布とは、周代に西戎《せいじゅう》から献上された燃えない布のことであり、炎火の山に住む鳥獣の毛でつくられたものだと当時は考えられていた。後漢の梁冀《りょうき》が宴席のさなかに、火浣布の衣を火に投げこませ、周囲の者を驚かせたとの記録が残されていたが、それから長らくこの布地が世に出ることはなく、人々はその存在を疑っていた。

曹丕は、全ての生命は火の性質の前に容赦なく焼きつくされるはずだと考え、火浣布の材料は、生き物の毛や皮ではなく石である、と典論に記した。この典論は、曹丕の子・曹叡が即位する際に、不朽の格言として石碑に刻まれた。二三九年、西域の使者が火浣布を献上したので問いただしたところ、典論に記されたとおり、火浣布の材料が石（石綿）であることが判明した。曹丕の理知に人々はみな感嘆し、その短かった治世を惜しみ、懐かしんだという。

後世、隋の開祖・楊堅《ようけん》は火浣布の記述が刻まれた石碑を見て、「魏の文帝は開明的な君主であり、民衆にとっては仁君であった」と評し、為政者は手本とすべきであるとした。

この石碑は元代に洛陽から大都へ移設する際、事故にあって水没してしまったが、二〇〇九年に発見され、古代中国の先進性をしめす貴重な経典刻石として一級文物に指定されている。

曹丕　三国志全書

第三章　涼州の若獅子

建安四年（一九九年）三月のある日、郭嘉から手紙がとどいた。手紙といっても木簡である。高価な紙ではなく安価な木簡を使っているのは、「飲む、打つ、買う」のせいで、散財しているからだろう。さっそく巻物をひらくと、カラカラッという小気味よい音とともに、ミミズが組体操をしているような文字があらわれた。ひどい文字である。郭嘉がとくに筆下手ということもないので、あきらかにふざけている。冒頭はだいたい、こんなふうに解読できた。

「孔明パイセン、おひさしぶりんご！」

私はクルクルと巻物を閉じた。

「……ふぅ。郭嘉め、なんという奇怪な文字を書いてくるのやら」

これが紙だったら、紙飛行機にして窓の外へ飛ばしていたかもしれなかった。まさか、そこまで見越して木簡にしたのだろうか。いや、まさかね。

「なにを遊んでいるのか知らないが、……ううむ、前世の黒歴史がよみがえるようだ」

中学生のころ、自分のサインを考案して練習したこともあったっけ。うへへ。

……気を取りなおして、私は郭嘉の挑戦を受けて立つことにした。この私に崩し字で挑もうとは十年、……いや、一八〇〇年早いのだ。崩し字になんか、絶対に負けないッ！

「ええと、なになに。『呂布を倒したことで、徐州にいた陳長文《ちんちょうぶん》がもどってきました』とな。ふむ」

陳長文、陳羣《ちんぐん》のことだ。九品官人法という官吏登用制度を制定することによって、三国志どころか歴史の教科書に名を残すことになる、超大物政治家である。

天才肌の郭嘉は、同年代の少年たちと話が合わなかったようで、年上とつるむことが多かった。それが私や荀彧であり、陳羣だった。祭りやなにかの集会があるたびに、遊び歩いて羽目をはずそうとするのが郭嘉という男で、行動をともにしてそれにブレーキをかけるのは、年の近い陳羣の役目だった。

注意したり、叱りつけたり、ときには逃げる郭嘉を追いかけまわしたり。性格は正反対でも天才同士、どこか馬が合ったのだろう。なんだかんだ文句をいいながらも、陳羣はつきあいをやめようとはしなかったし、郭嘉のほうも忌憚のない態度で接していたように思う。

「さて、次は……と。『あいつ、新入りのくせに、オレの品行をいっつも批判してくるんすよ。マジうぜえ』、さっそくかい！」

にしても、郭嘉よ。悪態を書きつらねているが、陳羣が帰ってきたうれしさは隠しきれていないぞ。心なしか、ミミズ文字が胸を張ってイキイキとして見える。ふふふ、私でなきゃ見逃しちゃうね。

「この件につきましては、全面的に陳羣に協力したいところですが。さて、最後は。『例のモノができあがりました。めずらしい人が送りとどけると思いますよ』、……ほう？」

例のモノとは、乗馬時に足をかける馬具、あぶみのことだ。私はかつて、下馬する際に足をくじいてしまい、とても痛い思いをした。その帰り道、涙をこらえながら、天に誓ったのだ。この悲劇をくりかえしてはならない。あぶみを開発しよう、と。

けれど、あぶみとなると、単なる馬具ではすまされない。革新的な兵器として、軍事利用されるのは明白である。そんなものを勝手に制作したら、おえらいさんににらまれてしまう。というわけで、折よく訪ねてきた郭嘉におおまかな設計図を渡して、開発を依頼しておいたのだ。

「なるほど、そういうことか」

なぜ、郭嘉がふざけた手紙を書いてよこしたのか。内容に目を通して、理由がわかったような気がする。

「こんないいかげんな手紙に、軍事機密に関する情報がのっているなんて、誰も思わないわな」

私は呆れながら、手紙を見る。この時代、意外と郵便制度は発達しているのだが、手紙の紛失はちょくちょくある。そのため、第三者に見られることも想定しておかなければならないのである。

極秘裏に進んでいたあぶみの開発も、試作品ではなく完成品が私にまわってくる時点で、最終局面とみていいだろう。すでに量産体制をととのえ、軍に配備する段階まで到達しているはずだ。

ここまでくると、情報どころか実物の流出も時間の問題である。とはいえ、なにも自分のところから情報を流出させることもあるまい。用心するに越したことはない。この手紙も消去しておこう。

私は小刀を取りだして、木簡の文字を削りはじめる。

「それにしても、めずらしい人ねえ。誰だろう？　……まぁ、曹操でなければいいか」

前フリじゃないよ。曹操だけは勘弁な。

それから五日後。我が家を訪れたのは、私のよく知っている人物だった。

「やあ、孔明。ひさかたぶりだね。わしだよ、わし」

「これはこれは、鍾兄《しょうけい》、おひさしぶりです」

私は兄弟子の顔をまじまじと見て、あいさつをした。年のころは五十ほど。ひたいには深くしわがきざまれ、頬にはやわらかい笑みが浮かんでいる。彼の名は鍾繇、字を元常《げんじょう》という。

郭嘉の手紙にあったとおり、たしかにめずらしい人物だった。

鍾繇は司隷校尉という高官についているため、多忙な日々を送っている。私に会いにくるほど暇ではなかっただろう。私からもとりたてて用事はなかったので、手紙のやりとりこそあったものの、長らく顔を合わせていなかった。

鍾繇のうしろには兵が三人、四頭の軍馬をつれて、いかにも護衛らしくひかえていた。司隷校尉のお供に選ばれるだけあって、人馬いずれも熟練の気配をただよわせている。ちなみに、私の背後には司馬懿が無表情に突っ立っているので、迫力ならこちらも負けていない。

「そちらの方々を、厩舎に案内してさしあげなさい」

私が指示すると、家人がうなずいて、護衛たちを裏手へと案内する。

彼らの物々しい姿に、ふと思う。昔、私が師のもとで書を学び、鍾繇が新米官吏だったころとは立場がちがう。いまや私の兄弟子は、苦境の天子を救って、長安脱出を成し遂げた、漢室の功臣である。自衛隊の一方面におけるトップと、警察庁長官を兼任するに等しい大物なのだ。

いくら新兵器とはいえ、あぶみをとどけるためだけに、わざわざこんなところにまで足をはこぶだろうか？

お供の相手は家人にまかせることにして、私と鍾繇、司馬懿は主屋に上がった。

「孔明は昔から、型破りなことを思いつく男だったがね。このあぶみという馬具は、じつによくできている。心の底から驚かされた」

鍾繇は目の前に置いた鞍《くら》をぽんぽんと叩いた。その鞍は従来のものより、いくぶん複雑な形状をしている。あぶみをつけるために、鞍の形から見直さなければならなかったのである。

「ここへの道中も、ずいぶん楽に移動できた。軍の連中が大騒ぎするわけだ」

といいつつ、鍾繇はわざとらしく両手を広げた。

「おお、孔明よ。ついに、才能が花ひらいたか。しかし、惜しいかな。その真の才は書ではなく、発明にあったのだ。……いまからでも遅くはない。書家の看板をたたんで、本格的に発明家を名乗ってみるかね？」

ニヤニヤ笑う兄弟子に、私は肩をすくめてみせる。

「まあ、発明のほうが儲かっているのは認めます。なにせ、軍が相手ですので。……で、まさか皮肉をいうために来たわけではないでしょう？」

さらに、突き放すように、

「もしそうなら、さっさと帰ってくださってけっこうですよ。洛陽ではあなたの部下が、首を長くして上司の帰りを待ちわびていることでしょう。決裁待ちの書類を、両手にめいっぱい抱えながらね」

「はっはっは。……はぁ、恋文をもった美女と交換できないもんかのぉ」

鍾繇は肩を落として嘆いてから、ひとつ首を横に振った。

「よし、本題に入るとしよう。わしの仕事を、ちょっと手伝ってもらいたいのだ」

「仕事とは？」

「人さらいだ」

私の問いに、鍾繇はきわめて簡潔に答えた。承諾しようのない返答だった。

「仲達。帰路につく準備をするよう、お供のかたに伝えてきなさい」

「はっ」

「まあ待ちなさい、待ちなさい」

席を立とうとする司馬懿を、鍾繇はあわてて制して説明する。

「董卓軍によって荒廃した洛陽を復興するため、わしらは尽力しておる。だが、まだ人手が足りん。関中に流出した洛陽の民を、故郷へ帰したいのだ」

「そうなら、そうといえばよろしい。鍾兄、あなたはたまに過激な発言をなさる」

私はぴしゃりと苦言をていした。

「関中の諸将は反発するのではありませんか？　人手不足で困っているのは、彼らも同じであるように思うのですが」

と訊いたのは、座りなおした司馬懿である。彼の疑問は事態の本質を突いていたのだろう。鍾繇はうれしそうに口元をほころばせた。

「そう、そのとおりだ。だから、人さらいといったのだよ。関中をまとめている韓遂《かんすい》、馬騰《ばとう》と交渉せねばならん。こちらとしても、できるかぎり誠意をしめすつもりだ。そこで、このあらたな馬具と、その開発者である孔明先生の出番となるわけだ」

鍾繇はそういって、茶目っ気たっぷりに片目をつむってみせた。

私が手伝うことになった仕事は、要約すると次のようになる。

洛陽復興の人手を確保するために、関中から人を移住させたい。その見返りとして、関中諸将にあぶみを提供する。

最新兵器をそんな簡単に譲渡していいのか、と思わないでもないが、そもそもあぶみの肝は、既存の常識にとらわれない斬新な発想にある。模倣品をつくるのはむずかしくないのだ。いずれ陳腐化するなら、価値が高いうちに交渉に使ってしまおう。合理的な曹操らしいといえば、らしい判断だと思う。

そうなると、関中軍閥はうってつけの相手だった。関中軍閥の主力は、精強な騎兵軍団として知られる涼州兵である。彼らは馬を愛し、馬とともに生きる、この国きってのウマ男《おのこ》だ。あぶみが驚異的な馬具であることを、ちゃんと理解してくれるはずだ。

また、地理的な要因もある。四方を敵に囲まれる曹操軍には、関中方面で戦をする余力などない。もし、関中軍閥と敵対した場合、おそらく曹操は長安を放棄して、函谷関《かんこくかん》の守りを固めるだろう。どうせ野戦にはならないので、あぶみによって強化された敵騎兵と戦うことになる可能性も低いのである。

私と司馬懿はいったん洛陽にむかった。ひと足先に洛陽にもどっていた鍾繇と合流し、五百の兵とともに長安へ出発する。韓遂と馬騰がやってきたのは、私たちが長安に入った翌日のことであった。

「鍾繇どの、こちらは？」

と問いかけてきたのは、ひと癖もふた癖もありそうな男だった。年齢は六十近くに見える。

「おぬしらも名は聞いていよう。彼は、わしの弟弟子の胡昭だ」

「おおっ、あなたが胡昭どのか！　ようこそ、関中へ。私は韓遂、字を文約《ぶんやく》と申す」

つづいて、韓遂より年下だろう、堂々とした男が名乗る。

「お初にお目にかかる。馬騰、字を寿成《じゅせい》と申します」

「胡昭、字を孔明と申す。よしなに」

私は羽扇を揺らして、微笑をたたえる。意識するのはモナ・リザ、うふふ。

どうして、私が余裕をかましていられるのか？　この場に顔を出した時点で、私の仕事は終わったも同然だからである。

私が長安まで来たのは、関中の代表者と交渉するためではない。あぶみに箔をつけるためなのだ。

現代でも、ミ〇ュランの星を獲得したら、そのレストランはがぜん注目を浴びるようになるだろう。それと同じで、「最新の馬具」よりも、「胡昭が発明した最新の馬具」のほうが、訴求力が高いのである。

くわえて、「胡昭が発明した最新の馬具」という名にはもうひとつ、交渉を有利に進める効果があった。あぶみの有用性は歴史が証明している。この交渉の結果にかかわらず、韓遂たちはあぶみの模倣品をつくりはじめるだろう。だからこそ、彼らは交渉を決裂させるわけにはいかない。決裂してしまうと、「名士の発明品を受けとらなかったくせに、偽物をつくっている」という悪評が立って、彼らの信望に傷がついてしまう。

するとどうなるか。韓遂や馬騰だって、関中での立場は盤石ではない。中央の名士たちとの関係が悪いとみれば、とって代わろうとする者はいくらでもあらわれるのだ。

というわけで、私の仕事はおしまい。気楽な立場になると、交渉相手の韓遂と馬騰よりも、その背後に立つ護衛のほうが気になってくる。韓遂の護衛は壮年の偉丈夫だ。そちらはまあ、いったん置いとこう。注目すべきは、馬騰の護衛のほうである。

フランスあたりの映画俳優を彷彿とさせる白皙《はくせき》の美貌と、みずみずしいたくましさを兼ねそなえた若武者である。白銀の鎧に、獣面模様の帯、兜には獅子の金具がついていて、これでもかってくらい派手なのに、衣装に着られている感じはまったくない。

……これ、馬超《ばちょう》じゃね？

馬超といえば、蜀漢の五虎大将のひとりにして、三国志の中盤で大活躍する猛将である。トレードマークは獅子に噛みつかれているような兜だ。兜は微妙に一致しないけど、いちおう獅子の文様はあるし、なにより、ただのモブキャラが出していい存在感じゃなかった。武勇に秀でた馬超が、父の馬騰を護衛している可能性はけっこう高いと思う。

そんなふうに、私が推定馬超をこっそり観察しているあいだにも、鍾繇は話を進めていた。

韓遂は、司馬懿がもっているあぶみ付きの鞍を、じろじろ見ながら、

「……なるほど。関中の民を洛陽に連行する。見返りとして、そちらはこの馬具を供与する。ということですな」

「さよう、さよう」

うなずく鍾繇を見て、韓遂は渋い顔をする。

「しかしですな。長年の争乱によって荒廃しているのは、関中とて同じこと。洛陽の復興は順調に進んでいると聞いているが、それでもこの地の民をつれていこうというのか？」

「いやいや、順調といっても、形になってきたのは市街のみよ。洛陽周辺には、いまだに耕作を放棄した土地がありあまっておる」

「ふうむ。……市街の次は、農地の復興に力を入れるつもりとな。しかし、洛陽盆地は広い。必要な民の数は、百や二百ではすまぬであろう」

韓遂は難色をしめした。盆地に位置する洛陽は、天然の山と人工の関によって守られており、その盆地全体を巨大な都市圏としている。盆地全体となれば、農地の面積は広大だ。その広さに応じて、必要な農民の人数も多くなる。あまり大勢つれていかれては、関中側だって困るだろう。

「うむ。だから、関中の代表者たる、おぬしらと話しあっているのだ」

鍾繇が肯定すると、韓遂は唇の端をつりあげる。

「鍾繇どの。確認しておくが、まだ洛陽の宮城を再建するめどは立っておらぬのだな？」

「いかにも」

「漢室の臣として提言する。陛下のためとあらば、宮城の再建を優先すべきであろう」

「民の生活を優先せよ、と陛下は仰せである」

鍾繇の言葉に、韓遂の目がぎろりと光った。

「はたしてそうかな？　宮城の再建をあとまわしにしているのは、曹操の要望ではないのか？　宮城を廃虚のままにしておけば、陛下が洛陽にもどられることはない。天子をみずからの本拠地である許都にとどめおこう、という腹積もりが透けて見えるわ」

正解。さすが韓遂、何度も反乱をくりかえしてきて、これからも反乱する予定の男である。生粋の反逆者《トリーズナー》から見れば、洛陽復興を誰が差配しているかなど明白にちがいない。だが、鍾繇も一筋縄でいくような人物ではなかった。

「いやいや。宮城の再建には、人も金も、時間もかかる。民の暮らしもおぼつかない現状でおこなえば、怨嗟の声はいや増すであろう。まずは、豊かな洛陽を取りもどすのが先決よ」

と、鍾繇はまったく動揺を見せず、それどころか人の悪い笑顔を浮かべた。

「それにだな。わしの見たところ、あぶみを提供することに、曹司空はあまり気乗りしていなかったようだぞ」

「む？」

韓遂は、相手の真意を探るような目つきをした。曹操が望んでいなければ、この交渉自体がおこなわれていないだろう、という顔だった。鍾繇は両眼に冷笑をひらめかせて、

「なにせ、曹司空はあぶみをたいそう気に入ったようでな。みずからの親衛騎兵隊に、あぶみをそろえて、天下にならぶものなき最強の騎兵隊をつくると意気込んでおられるのだ」

それでも、曹操は関中軍閥との友好を優先させた。最強なんてものは幻想だと知っているからだろう。呂布は負けた。かの覇王、項羽《こうう》ですら敗れたのだ。まして、あぶみによる軍事的優位なんて、早ければ一、二年で失われる。長く見積もっても、せいぜい五年といったところだろう。

「ほう、最強の騎兵隊か。涼州の兵をあずかる身として、その言葉は看過できんな」

「我ら涼州兵、馬のあつかいにおいて、おくれをとるつもりはない」

韓遂と馬騰が、不快げに眉根を寄せた。

最強の騎兵という言葉が彼らの矜持を刺激するのを、もちろん、鍾繇はわかっていて発言している。私の兄弟子は、世評では人格者とされているが、私はその意見にくみさない。美しい文字を書くから、心根まで美しいと思ったら大まちがいである。それを私に教えてくれやがった張本人が、他でもない、鍾繇なのだ。

「いかにも、いかにも。おぬしらの言はもっともよ。涼州は、異民族の侵略をふせいできた最前線の地である。その兵は屈強にして、馬のあつかいにも習熟しておる。涼州兵こそ、最強の騎兵集団であると、誰もが知っていよう。……だがな」

鍾繇は声を低めてつづける。

「曹司空の親衛騎兵隊に選ばれる条件が、驚くべきことにな。『馬を走らせながら、左右のどちらにも矢を放つことができる』というものなのだ。その水準の腕前となると、騎射に長けた涼州兵とてそうはいまい」

鍾繇の声には、嘲笑一歩手前の、愉悦のひびきがあった。墨汁でも飲んだのか、と疑わずにはいられない腹黒さである。……なんだか懐かしい。この人、えらくなっても全然変わってねえや。

「何をいうかと思えば、ばかげたことを。それほどの技量があれば、一兵卒などやっておらんわ」

話にならないといわんばかりに、韓遂は呆れ顔をした。鍾繇は勝ち誇るように鼻の穴を広げて、

「ところが、あぶみを使えば、それが可能となるのだ。その精鋭部隊は、人員の選抜も武具の配備も、ほぼ完了しておる。虎豹騎《こひょう》という部隊名も決まった。最強の騎兵隊、虎豹騎がお披露目される日も近いであろうよ」

おっ、虎豹騎だ。たしか、曹一族の曹純《そうじゅん》が率いる親衛騎兵隊だったかな。まだ、組織されていなかったみたいだ。

「……むむむ」

馬騰がうなった。涼州兵を凌駕する騎兵集団が、現実のものとなりつつあるのだ。心穏やかではいられまい。そんな馬騰を韓遂が叱咤する。

「何が、むむむだ！　馬騰、しっかりせい！　そこまでいうのなら、馬術にすぐれた涼州兵にとって、あぶみがどれほど役に立つのか。試させてもらおうではないか。よろしいかな、胡昭どの？」

「よしなに」

悠然と答えつつ、私は気づく。「よしなに」の使いかたって意外とむずかしい。「よろしく」よりも「よきにはからえ」に近い高慢な印象をもたれかねない。気をつけるとしよう。

「おお、感謝いたす。我らとて、陛下のご意向に逆らうつもりはないのだ。まずは、あらたな馬具がいかほどのものか、たしかめようではないか。そのうえで、こちらが受けとるあぶみの数と、そ

ちらが洛陽につれていく民の数、つりあいがとれるように決めればよかろう」

「うむ。それでよかろう」

韓遂と鍾繇が合意したところで、馬騰の護衛が小声でいった。

「父上。そのあぶみ、私にも試乗させていただきとうござる」

「ああ、私もそう考えていたところだ。胡昭どの、これは私のせがれでな。親の欲目を抜きにしても、武芸については光るものがある」

「ほう」

馬超かな？　馬超だろ！

護衛は黒目がちの眸を輝かせて、名乗りをあげた。

「姓は馬、名は超、字を孟起《もうき》と申します！　高名な胡先生にお会いでき、光栄に存じまするっ！」

馬超キターーッ!!　なんて叫ぶわけにもいかないので、

「うむ、よしなに」

私はとりあえず、名士ムーブをするのだった。


かたい蹄《ひづめ》の音が、途切れることなくつづいている。長安城内の庭では、馬超と韓遂の護衛、二名の武人が馬を走らせていた。

「見事なものですね」

「うむ」

司馬懿がもらした感嘆に、私はうなずく。私たちは涼州の馬術を見学していた。

馬超は芦毛《あしげ》の愛馬を、足だけで巧みにあやつっている。槍を右へ左へ鋭くしごき、最後に頭上で旋回させる。緑色の槍が白銀の鎧に映えて、京劇のように華やかだ。……京劇見たことないけど。

次に、馬超は弓を手にとった。揺れる馬上をものともせず、彫像のように身じろぎもせず、矢をつがえずに引きしぼる。狙いをさだめて、弦をはじく。これまた右に左に、後方に。次から次へと、弦音をひびかせていく。

そして、ふたたび槍にもちかえる。もう一方の手で手綱を握るや、芦毛の馬はぴたりと足をとめた。と、そのまま横歩きにうつってから、後退をはじめる。軽やかな蹄の音は、まるで踊っているみたいだ。

まさに、人馬一体。流れるような一連の動作には、見とれるしかない。私は素直な感想を述べた。

「これを見るだけでも、長安まで来たかいがあったというものだ」

仕事を手伝ってくれ、と鍾繇にいわれたとき、正直にいうと、「めんどくさいなあ」と私は思った。「厄介だなあ」とも。だって、交渉相手が反乱マイスターの韓遂だもの。

けれど、顔を貸すだけでいいといわれれば、断るわけにもいかない。私が暮らしている陸渾は、洛陽盆地の南に、盲腸のようにくっついた場所にある。この一帯を統括する兄弟子との関係は、おざなりにするわけにはいかなかった。つきあいを優先させた形だったけど、いまとなっては来てよかったと思う。

――ああ、「錦《きん》馬超」とうたわれただけあって、当時の人からも馬超の姿は輝いて見えたんだ。

思い返せば、この時代に生をうけて、もうそろそろ四十年になる。いつも戦の回避に全力だったから、有名武将の雄姿を見る機会もほとんどなかった。

「ははは。いかがかな、我らの馬術は」

誇らしげな声がした。韓遂だ。

「と、自慢したいところだが、あのあぶみという馬具がなければ、ああもうまくはいきますまい。胡昭どのの発明は、騎兵の運用に変革をもたらすやもしれませんぞ。なんとも、すごいものを発明されましたな。はっはっは」

さきほど声を荒らげたのが嘘のように、韓遂は相好を崩している。

……なるほど、わざとだったか。

私が名士ムーブをすることで、交渉に干渉しないと意思表示しているように。韓遂も気分を害したふりをしていたのだろう。交渉の場を、屋内から屋外へとうつすために。

自分が用意した場所で交渉できれば、それだけ心理的に余裕がもてる。鍾繇が用意した部屋より、屋外のほうが韓遂にとってはやりやすいはずだ。となると、次は――。

「しかしながら、彼らはもとよりすぐれた騎手だ。どうかな、胡昭どの」

「……うむ?」

「あなたの発明品が、我らの兵にどれほどの効果をもたらすのか。直接その目で、たしかめてみてはいかがかな?」

「………………」

韓遂の陣へと、誘いこもうとする。そういうことだ。韓遂と馬騰はそれぞれ千の兵をもって、長安郊外に陣どっている。そこが、彼らにとって最も有利な交渉場所だ。

私は無言でいた。口をはさむ人物がいるであろうことは予想できた。

「城内におぬしらの兵を数名、呼び寄せるぶんにはかまわぬぞ。だが、あの護衛たちから、感想を聞くのが先ではないかな。韓遂どの」

案の定、鍾繇が苦笑しながら、くぎを刺した。

「ふむ……。では、そうするとしようか。おおーい！」

自陣に場所をうつせなかったからか、韓遂も苦笑をひらめかせてから、大声で呼びかける。韓遂の護衛と馬超は、その声にすぐさま反応した。

栗毛の馬と芦毛の馬。二騎は競うように、ほぼ同時にもどってきた。下馬するのもほぼ同時、いや、わずかに韓遂の護衛のほうが早い。

「胡昭どの。あぶみの乗り心地、まことにすばらしきものでございました」

「この閻行《えんこう》は、我が軍随一の勇将だ。関中においても比類なき剛の者よ」

主君に紹介され、韓遂の護衛はうやうやしく拱手した。

「閻行、字を彦明《げんめい》と申します。以後、お見知りおきを」

「うむ、よしなに」

ん、閻行？　もしかして……。

閻行はちらと馬超を見やり、得意げにいう。

「ふふふ、そうむくれるな。関中一の座は、まだまだおぬしには早い」

「………」

馬超は苦虫を噛みつぶしたような顔をしている。

「私と馬騰は、かつて敵対しておってな。戦をしたこともある。その際、閻行は一騎打ちで馬超を圧倒しておるのだ」

韓遂の説明が、前世の記憶と一致した。

やっぱりそうだ！

馬超に一騎打ちで勝った武将だ。いわれてみれば、ご立派なお身体、お強そう。馬術でも、馬超と遜色ない動きをしていた……ような気がする。あまり見ていなかった。失礼いたしました。

「あくまでも、三年前のことにございますれば」

馬超が不機嫌そうにいいすてると、馬騰が深々と嘆息する。

「いまでも顔を合わせるたびに、この調子よ。敵対していたのは、過去のことだというのに」

「父上、ちょうどよい機会ではありませんか」

「む、何がだ？」

馬超は、槍の石突きで地面を突いた。若獅子の両眼に、挑戦とも挑発ともとれる光が宿る。

「馬に乗り、槍を振るい、矢を放つ真似事をする。それだけで、あぶみを十分に試したといえるでしょうか？　もっと実戦に近いほうがよいのでは？」

「ほう、私との手合いを所望するか。おもしろい」

好戦的な言葉に返答したのは、馬騰ではなく閻行だった。

ふたりの武人が、視線を交わす。

「いつまでも、過去の勝利を誇られてはたまらぬ」

「いまなら勝てる、と聞こえるぞ。ふん、拾った命だろうに」

これはもしや、……一騎打ちが発生しようとしている？

ふと、懐かしい記憶がよみがえった。

前世の、小学生のころの記憶。学校の図書室で、三国志の漫画を読んだ思い出だ。その漫画は全巻そろっていなかったし、表紙カバーなんかとっくになくなっていて、すり切れてボロボロになっていた。それでも、私にとってはお気に入りだった。

他にも歴史物はあったけれど、三国志ほど心を躍らせるものはなかった。一番わくわくしたのは、やっぱり豪傑同士の一騎打ちだったと思う。……そのほとんどが、三国志演義での創作だと、あとで知って、ちょっとがっかりもしたっけ。

その一騎打ちを見る、チャンスかもしれない。戦場で発生する本物の一騎打ちでこそないが、けっして練習ではない。意地と誇りをかけた真剣勝負だ。ましてや馬超クラスの一騎打ちとなると、きっと私が目にする機会は二度とないだろう。

馬超と閻行は、お互いに視線をそらそうとしなかった。にらみあったまま、圧迫するような緊張感が場を支配する。両者の闘志が高まるにつれ、私の胸中でも期待が高まるのを感じる。

「これ、閻行。客人の前だぞ」

韓遂が注意するも、閻行の耳には入らなかったようで、

「そういえば馬超よ。ずいぶんと立派な鎧を身につけているではないか。おぬしの代わりに風穴をあけた鎧には、ちゃんと感謝したか？」

「むっ」

「ふふふ、我が槍を折ってくれたあの鎧には、私も感謝せねばならぬ。あやうく、馬騰どののご子息を殺してしまうところであった」

「三年前のようにはいかぬ」

「三年前とちがうのは私も同じこと。特別にきたえたこの虎頭湛金槍《ことうたんきんそう》こそ、折れることのない、関中一の勇士の証よ」

閻行は獰猛《どうもう》に笑い、手にした槍を勲章のように誇った。黄金の虎をあつらえた、輝かしい槍である。馬超がもつ深緑の槍もあざやかで印象深いが、閻行の槍はそれ自体が威を放っているかのようだ。

「ふたりとも、黙れ」

馬騰の声は静かだったが、有無をいわせぬ力強さと迫力があった。

「やれやれ、一騎打ちの真似事だと？　そんな危険なことを許すわけがなかろう」

あごひげを撫でながら、韓遂も軽はずみな行動をいましめた。その冷や水を浴びせるような声と視線が、ひりつく空気をたちまち雲散霧消させてしまう。

まずい。主君がそろって乗り気でない様子。このままでは一騎打ちはお流れになってしまう。

「父上、韓遂どの、何をおっしゃるのですか。手合わせなど、めずらしいことではありますまい」

「刃を布で包めば、問題はなかろう。それで怪我をするような軟弱者は、捨ておけばよい」

馬超と閻行が反論を試みたが、彼らの主君はかけらも感銘を受けなかったようだ。

「ならん。頭を冷やせ」

「ぐっ……」

馬騰が息子を黙らせた。

「閻行、おぬしも時と場所を考えろ」

「……ははっ」

韓遂の叱責に、閻行も頭を下げる。だめだ。やはり主君には逆らえない。

だが、私は馬超の一騎打ちを見たいのだ！　一騎打ちを実現させるには、外部からの圧力が必要に思えた。ここは、私が説得するしかない。

私の脳内で、一騎打ち推進委員会が発足される。

孔明Aいわく、

「馬超は、めずらしいことではない、といいました。手合わせそのものは、普通におこなわれているのでしょう」

孔明Bいわく、

「韓遂は、危険なことは許さない、といいました。つまり危険を減らす方法があれば、説得は可能と思われます」

孔明Cいわく、

「韓遂は、時と場所を考えろ、ともいいました。なるほど、私たち外部の者がいる場で、死者でも出たら縁起が悪い。これも危険を減らせばよろしいかと」

……なんということでしょう。どの孔明も自分の顔をしているせいで、イマイチ確信がもてません。けれど、まちがってはいないはず。

私は前世の記憶を洗っていく。何かヒントになるものはないか。探して、探して……それらしきものにたどり着く。

思い当たったのは、世界中の不思議やミステリーを発見すると題した、司会者がスーパーなクイズ番組だった。

「韓遂どの、馬騰どの。危険を減らすことができればよいのだな?」

「あ、ああ……」

「それはそうだが……」

韓遂と馬騰が意表を突かれたような顔をした。極力発言をさけていた私が、急に口を差しはさんだのだから、戸惑うのもむりはない。

「ならば、私によい案がある」

「孔明?」

「…………」

私の方針転換が理解できないのは、鍾繇と司馬懿も同じようだった。彼らも私の意図をつかみかねて、怪訝そうな顔をしている。

だがしかし、いかな司馬懿とて、私の真意は見抜けぬであろう。

私は、馬超のリベンジマッチが見たいのだ！

「柵をひとつ用意してほしい。長く、まっすぐな柵を」

参考にするのは、中世西洋の騎士文化、馬上槍試合である。

多くの死傷者を出した馬上槍試合は、危険性をすこしでもおさえようと、さまざまな工夫を取り入れた。その大きなものが、柵である。柵をはさむことによって、騎馬同士の正面衝突をふせいだのだ。私に馬上槍試合の詳細な知識があるわけではないし、中世西洋と古代中国とでは、戦いの形式も異なる。現場とのすり合わせが不可欠だろう。私たちは相談しながら、案をつめていった。

かくして三国志版、馬上槍試合の準備がはじまった。


さあ、一時は開催をあやぶまれた、関中最強決定戦！

馬超ＶＳ閻行の好カード！

いよいよ、試合開始の時刻がせまってまいりました！

というわけで、私の目の前には、試合会場となる柵が左右にのびている。場所は、長安郊外にある小高い丘のふもとである。傾斜を利用すれば、それだけ多くの人が観戦できると思い、ここを選ばせてもらった。どうせやるなら、観客をたくさん入れて、盛りあげようではないか。このエンタメ精神、三国志の時代に生きる方々にも、わかっていただきたいところである。

すでに、その傾斜地をふくめて、会場の周囲はびっしりと兵士で埋めつくされている。韓遂軍、馬騰軍、そして鍾繇軍の合計で兵数は二千五百になるそうだが、どうやら全員観戦できるようだ。

また、自軍を代表して馬超と閻行が一騎打ちをするとなれば、兵士同士《サポーター》の喧嘩沙汰も予測される。

そのため、クッションとして、鍾繇軍を真ん中に配置してみた。兵士、すなわち観客の配置は左手から馬騰軍、鍾繇軍、韓遂軍となっている。

……自分で決めといてなんだが、とてつもなくデンジャラスな布陣であった。もし馬騰軍と韓遂軍に挟撃されたら、兵数五百の鍾繇軍は一瞬で壊滅する。

ヤバくね？

どうりで、鍾繇と司馬懿がピリピリしているわけだ。エンタメ脳全開で、軍事的な要素は考慮しておりませんでした。……なんて、とてもいえない。

なに、逆に考えるんだ。四倍の涼州兵と野戦になったら、どうあがいても蹴散らされる。……これも、口に出せたもんじゃなかった。

「…………」

司馬懿さんの無言の圧力、冷ややかな視線を、横っ面にひしひしと感じる。じつは彼の機嫌が悪い理由は、もうひとつあった。

例によって白い羽扇をもっている私は、もう一方の手に木札を握りしめていた。賭け札である。

この一戦は、賭けの対象になっているのだった。

さきほど馬超に賭けてきてから、ずっとプレッシャーを感じる。賭け事に興じるのは名士らしくない、といいたいのだろう。

けれど、自分が推し進めた一騎打ちだし、賭けにも参加せず、高みの見物というのもノリが悪いように思う。

「踊る阿呆に見る阿呆、同じ阿呆なら踊らにゃ損々」といいたいところ。でも、現代日本じゃあるまいし、きっと通用しないだろう。むむむ。

私がひそかにむむむってると、そこに救いの手を差しのべるようなタイミングで、韓遂と馬騰がやってきた。何があったのか、韓遂は満面に笑みを浮かべている。心の底から愉快そうな、影のない笑顔である。

「やあ、胡昭どの。貴殿にはかないませぬな」

「さあ、そろそろはじまりますぞ」

と馬騰もほがらかに笑いながら、あごをしゃくって試合会場を指ししめす。見れば、柵の左端に馬超が、右端に閻行が。それぞれ馬に乗ってあらわれたところだった。

◆◆◆

時はすこしさかのぼり、一騎打ちの準備にうつる直前のことである。長安を出た韓遂は、不機嫌そうに黙りこんでいた。怒りをこらえているのは明白であったから、同行する馬騰、馬超、閻行の三名も無言をたもっていた。

四人の中で比較すれば小柄な韓遂も、涼州で名をはせる武人なだけあって、体格はよい。最も大柄な閻行にいたっては、岩のような巨躯《きょく》の持ち主である。さらにいえば、彼らが乗っている馬は、筋肉質でたくましい、一見してわかる優駿だった。それが四騎、不穏な空気を発しているのだから、近づく勇気がある者はひとりもいない。あたりに人影がなくなると、韓遂が沈黙を破った。

「かつて、曹操は自分を評価してくれるよう、許子将に頼みこんだ。いやがる許子将にしつこくつきまとい、強引に評価を聞き出したそうだ。そうして得た『治世の能臣、乱世の奸雄』という評価は、手放しの称賛とはいえなかったろう。なにしろ、奸雄なのだからな」

韓遂の声は低い。彼は昔話をしているのではなかった。説教をしているのだ。

「だが、曹操はよろこんだ。一流の名士が認めた人物として、自分の名が天下に広がることを知っていたからだ」

この話の主旨は、曹操云々ではなく、名士に評価される意義にある。

「胡昭どのは人物批評にも定評がある。彼におのれの武勇を認めてもらえれば、その名は関中どころか、天下にあまねく広まるだろう」

そこでついに、韓遂は声を張りあげた。

「閻行！　ついでに馬超もだ！　おまえら、功名心にはやったな！」

閻行と馬超は、大きな身体を縮こまらせた。馬上でうつむく彼らに、韓遂は憤懣《ふんまん》やるかたない様子で追い打った。

「自分たちが何をしでかしたのか、わかっているのか!?　我々は、あやうく天下の笑いものになるところだったのだ！　客人の前で私闘をはじめる野蛮人だとな!!」

「今回は幸いにして、胡昭どのが話に乗ってくれた」

と、馬騰が顔をしかめて、説教を継ぐ。

「彼が助け船を出してくれたおかげで、笑われずにすんだが……」

「ああ。馬騰のいうとおり、胡昭どのが推し進めた手合いを笑う者はいまい」

だがな、と韓遂は鬼のような形相で叱りつける。

「おまえらが訓練の延長だと思っている手合わせは、中央の者からしてみれば、粗野な私闘でしかないのだ。胡昭どののように、我らの風習に理解をしめしてくれる御仁は例外なのだと、よくおぼえておけ!!」

「……申し訳ありませぬ」

閻行が頭を下げておそれいった。馬超もばつが悪そうに頭を下げる。彼らの様子を見て、溜飲を下げたのか、韓遂は説教を切りあげて、鼻を鳴らした。聞こえよがしに、「うちの閻行は中央志向が強くて困る」とぼやく。馬騰が呼応するように、「うちの息子は頭に血がのぼりやすくて困る」と嘆息する。

閻行と馬超は、ますます下をむいた。


主君からきびしい言葉をいただこうとも、本日の主役はまぎれもなく、馬超と閻行のふたりである。彼らが雌雄を決するための準備はつつがなく終わり、あとは手合わせの開始時刻を待つばかりとなった。準備といっても、必要なのは柵一枚のみ。簡素なものだ。馬騰と韓遂は、血の気の多い兵が問題をおこしていないか、周囲の様子を見まわっていた。

「もはや、ただの手合わせと呼べる規模ではないな。そう思わぬか、韓遂」

「うむ。兵卒たち全員が観戦できるように、か。胡昭どのは、奇妙なことを考える御仁だ」

「鍾繇どのの兵も、賭けに参加しているようだぞ」

「……なるほど、そういうことか」

韓遂は得心してうなずいた。

「兵たちの交流が深まれば、争いの種も減る。胡昭どのの狙いはそこにあったか」

狙いと結果をどう結びつけるかは韓遂の自由であるが、この場に孔明がいたら、そっと目をそらしていただろう。馬騰はうなずいて、

「柵を使った一騎打ちを取り入れれば、訓練での死傷者も少なくなる」

「そうだな。……馬騰よ、ときに尋ねるが」

韓遂は声を低めて、慎重に訊いた。

「董卓は、悪だったと思うか」

「むろんだ。あの男が権力を握ったのは、悪夢以外のなにものでもなかった」

馬騰は嫌悪感をむきだしに答えた。

「ああ。私もそこに異を唱えるつもりはない。やつのしたことに、擁護の余地など一片もなかろう」

と、韓遂は苦笑さえ浮かべずに、

「だがな、やつは涼州ではそれなりにうまくやっていた。ちがうか？」

「……ちがわぬな」

「奪い、分けあたえ、力をしめす。それができなければ、異民族とまじりあう辺境を治めることなどできはせん。董卓は、そうした人心掌握には長けていた。……だが、そんな野蛮な方法が、中央で通用するはずもない。あの男はそれでも力を誇示しようとして、どこまでも残虐になっていった」

韓遂は、董卓という男をよく知っていた。何度も戦った。勝ったことも、負けたこともある。部下となったことも。粗野な男だった。冷酷な一面のある男だった。それでも涼州にいるときは、暴虐非道な大悪党ではなかった。韓遂は結論づけるしかなかった。董卓は、洛陽に行くべきではなかったのだ。気風のあわない朝廷を牛耳るよりも、辺境で王様を気取っていたほうが、本人にとっても民にとっても、よほど幸福であったろう。

「馬騰。中央の統治方法で涼州を治めようとしたら、どうなると思う？」

「不可能だ。お行儀のよいやりかたをしていては、内外ともに治まらん」

考えるまでもない、馬騰は即答した。

「うむ。李傕のような残忍な男を御しきれず、寝首をかかれるか。それとも異民族に抗しきれず、全てを奪われるか。どちらにせよ、ひと月ともたぬだろう」

韓遂の声に冷笑や皮肉のひびきはなかった。ただ、淡々と、

「結局、風習がちがうのだ。函谷関を境に東を関東といい、西を関西という。両者は対等ではない。関東が主で、関西が従だ。関東が中央であり、関西は辺境にすぎないのだ」

疲労を感じたように、韓遂はため息をついて、

「漢王朝が安定して、関東が太平の世を謳歌しているときですら、関西は異民族の侵略にさらされ

てきた。ときどき思う。我々は本当に同じ国の民なのだろうか、とな」

武帝以来十余万をかぞえた漢朝の中央軍は二万を下まわり、辺境軍も縮小した。兵が不要になったのではない。軍事費の削減が理由である。これでどうやって異民族をおさえろというのか。中央を当てにできぬ戦いの日々は、関西の民に根深い不信を植えつけた。

韓遂の人生もまた、戦いの連続だった。相手が異民族か中央軍か、選り好みなどできはしない。手をとり、その手をはなし、生きるために戦いつづけてきた。

深くしわのきざまれた盟友の顔を、馬騰はまじまじと見た。

「老いたな、韓遂」

「ぬかせ」

「あれを見ろ」

馬騰の視線の先では、商人らしき白い衣服の男が軽食を売っていた。客となっているのは韓遂の兵であり、馬騰の兵であり、洛陽からきた鍾繇の兵である。

「どうだ。同じものを食い、同じ賭け事に興じ、同じように騒ぐ。関東の兵と我らのあいだに、なんのちがいがある。なにも変わらないではないか」

その言葉に、韓遂はようやく苦笑を浮かべた。そして気分転換のつもりか、閻行に賭けた木札を、懐から取り出した。

「ところで、馬騰。おぬしも、もう賭けたのか?」

「むろんだ」

馬騰も、馬超への賭け札を取り出した。今度は勝たせてもらうぞ、と息子の代わりに息巻く馬騰を見て、韓遂は苦笑を深めると、注意をうながした。

「賭けがおこなわれていることは、胡昭どのの前では話題にせぬほうがよいぞ」

「ああ。話を聞くに、名士とはとかく風聞や品行を重んじるそうだからな」

彼らは木札をしまって、貴賓席にむかった。貴賓席といっても、椅子があるわけではない。立ち見である。つくづく孔明は、彼らの考える名士像を破壊してくれる。とはいえ、自分が推し進めた手合いが、賭けの対象になっていると知れば、いい顔はしないだろう。そう思っていた彼らは、顔を見合わせることになった。

「…………」

騎馬民族はすぐれた視力をもつ。彼らは遠目に、孔明の手に木札が握られているのを発見したのである。韓遂と馬騰はどちらからともなく、破顔した。

関西の武を軽んじ、関東の文を重んじる中央において、いまや最大の勢力となっているのが潁川閥である。その中心人物が、おのれの足でこの地を踏み、おのれの身をもってこの地の風習に溶けこもうとしているのだ。辺境蔑視の風潮を疑問視し、一石を投じているのだ。

彼らは捨ておかれた民ではなかった。悲観に別れを告げると、韓遂は孔明に笑いかけた。

「やあ、胡昭どの。貴殿にはかないませぬな」

「さあ、そろそろはじまりますぞ」

馬騰はそういって、晴れがましい舞台に立つ息子を見やるのだった。

韓遂が叱責したとおり、閻行のように目をギラつかせるほどではないが、馬超にも功名心はあった。孔明に武勇を認めてもらえれば、武名は天下にとどろくだろう。

馬騰が頭を抱えたように、その孔明の前で過去の敗北を蒸し返されて、頭に血がのぼったのも事実ではあった。

だがしかし、馬超の本懐はそこにはなかった。

「ようやくだ。ようやく、このときが来た」

彼はこの日が来ることを、かねてより渇望していたのである。

馬騰と韓遂が手を組んだとき、「それはようございました」と、馬超は祝福してみせた。表向きは戦がなくなるのを歓迎しながら、しかし、胸にあったのは失望と絶望だった。閻行を倒す機会は失われた。もう、雪辱がはたされることはない。あの敗北は、永遠の汚点としてきざまれたのだ。

ぽかりと、胸に穴があいたようだった。

あの敗北を夢に見て、何度夜中に跳ね起きたことか。どれほど鍛錬を積もうと、地平の果てまで馬を駆けようと、心にこびりついた屈辱を拭いさることはできなかった。もうすこし頭を使え、と父にいわれることもある馬超だが、そんな彼にもはっきりわかることがある。

——敗北を上書きできるのは、ただひとつ。勝利だけだ。

まっすぐのびる柵の端に、馬超は馬を進めた。この場で馬に乗っているのは馬超と閻行だけであるから、視線は高く、周囲の景色がよく見える。会場はすっかり兵に囲まれていた。左手の斜面では大観衆が、右手では孔明、鍾繇と名だたる人物が、この一騎打ちに注目している。申し分ない。これ以上ないほどの大舞台だった。どうやら、刻限がきたらしい。漏壺《ろうこ》（水時計）をつぶさに確認していた兵士が、バチを手に陣鼓を打ち鳴らした。

「我こそは槐里侯《かいりこう》・馬騰が長子、馬孟起なり！」

馬超は名乗りをあげ、布をきつく巻いた穂先で敵手を指ししめした。応じる閻行は、同じ処置をほどこされた槍を天にかかげる。

「関中にその人ありと知られたる、閻彦明とは、我がことよ！　馬超よ。またしても、我が前に立つこととなった、おのれの運命を呪うがいい！　地に叩き伏せ、馬乗りになり、後ろ髪をむんずとつかみあげて、その生白い首を絞めあげてくれよう！　三年前と同じようにな!!」

閻行の大音声とともに、韓遂の陣がどっとわいた。嘲笑は風となって斜面を流れ落ち、馬超めがけて容赦なく吹きつける。

「…………っ！」

激怒と恥辱に、馬超の顔は朱く染まり、その双眸は煮えたぎった。

口上が終わったとみて、兵士がふたたび陣鼓を叩く。

次の瞬間、大地を蹴って勇ましく、風を切って猛然と。馬超を乗せた芦毛の馬と、閻行を乗せた栗毛の馬は、はじかれたかのように飛びだした。

鬨《とき》の声にも似た大歓声が渦巻くなか、馬超と閻行はみるみる距離をつめる。柵の中央に近づき、お互いにのみ声がとどく間合いになるや、彼らは思いの丈をぶつけあった。

が激突した。

「死ね、馬超！」

「死ね、閻行！」

はからずも、選んだ罵声は合致していた。刃を布で覆い隠そうとも、闘志まで覆い隠す理由はない。あふれでる戦意に遠慮のない殺意をかさねて、馬超がもつ深緑の槍と、閻行がもつ黄金の槍とが激突した。

衝撃はすさまじかった。両者の身体が大きく揺らぎ、あまりのはげしさに乗馬までもがよろめいた。動揺する愛馬を、彼らは足のみで支配してみせる。一瞬、柵からはなれようとした二騎は、馬首をひるがえして再接近した。

第二撃が放たれる。わずかに先んじたのは馬超だった。閻行の顔面めがけて、緑槍がするどく突きだされる。かろうじてかわした閻行だったが、体勢がくずれ、攻撃は中断せざるをえない。

すかさず馬超がたたみかける。飛燕のごとくひらめく槍を、閻行は完全ではないながらもしのぎつづけ、しのぎきった。そして馬超の呼吸に合わせて、反撃に転じる。

長大な槍が振るわれ、うなりをあげた。

ただ一撃だった。ただ一撃で、万全の姿勢で受けとめたはずの、馬超の顔がゆがんだ。痛みによるものではなかった。衝撃の重さによって、敗北の記憶を呼びおこされたのである。馬超とて剛力自慢である。三年の鍛錬で、さらに力は強くなった。それでも閻行の巨躯が生みだす膂力には、およんでいなかったのだ。

単純な力比べの優勢が、閻行の攻勢を勢いづかせた。黄金の槍が、暴風となって襲いかかる。馬超は守勢に立たされた。

「ああ……」

と、手に汗握る観衆の目には、防戦一方となった馬超が追いこまれたかに見えた。閻行の苛烈な連撃には、見る者にそう思わせるだけの迫力があった。しかし、注意深い者であれば、別のことに気づいたであろう。閻行の槍は、燎原《りょうげん》の火のごとく馬超を攻め立てているが、その白銀の鎧に一度たりとも触れていないのである。攻めきれていない。少なくとも戦っている当人たちは、はっきりとそれを認識していた。

「こしゃくな！」

閻行がはきすてた言葉に焦りがある。焦っているのであれば、さらに焦らせてやればよい。馬超はすぐには攻撃に転じず、そこから十合、二十合と、完璧な防御に徹した。粘り強く守りつづけ、閻行の猛攻にようやく陰りが見えたところで、その間隙をぬって、ついに緑槍が突きだされる。神速の突きが狙うのは、閻行の喉元であった。

「くっ」

のけぞって回避したものの、閻行はあやうく落馬しそうになった。たまらず、鞍の前輪に右手をかけ、馬の腹を蹴って逃げにかかる。馬超は逃げる背中を追わなかった。追う必要はなかった。

この手合わせには取り決めがある。交戦する範囲は柵の中央付近とさだめられており、そこから先に離脱した者は、逃げたとみなされて減点されるのだ。こうした減点がふたつで、落馬と同じあつかいになる。すなわち敗北である。一度逃げた閻行に、もう逃走は許されない。

「次で終わりだ、閻行！」

逃げ帰る敵の背中に声を投げかけ、馬超は悠然と自陣にもどる。凜然たる姿の若武者を、歓呼の声が迎え入れた。

「ふぅ……」

馬超は息をついた。はげしい撃ちあいに耐えられず、穂先を包む布が痛み、ゆるんでいた。兵に槍をあずけて、布を交換してもらいながら、馬超には敵手を観察する余裕がある。閻行の顔は憤怒と屈辱に紅潮している。槍をまじえる前と、立場は逆転していた。閻行の思惑どおりに事がはこんでいないのは、誰の目にもあきらかである。たしかに、馬超の膂力は鍛えてなお、閻行のそれにとどかなかった。だが、馬超の技量は、閻行の予想を凌駕していた。膂力の差を埋めるどころか、くつがえしてみせるほどに。

両者が準備をととのえると、貴賓席の孔明が一歩前に進み出て、白羽扇をさっとひるがえす。合図を受けて、兵が再開の陣鼓を打ち鳴らした。

決着をつけるべく、ふたりの勇士は愛馬を疾駆させた。

「おおおおおっ！」

閻行が獣のような咆哮をあげた。尋常ではない気迫だった。馬の勢いをのせた、この一撃でもって、勝利をもぎとろうというのである。力で押しきれず、撃ちあいで競り負けた。馬超の力量が上まわっているのであれば、閻行はどこかで賭けにでるしかない。ここが最大にして、唯一といっていい勝機であろう。

この機を闇行は逃さなかった。つい今しがた、馬超の呼吸を読みきって攻勢に転じてみせたように、彼はただ力まかせに槍を振るうだけの男ではなかった。数々の戦功を積みかさねてきた歴戦の勇士であり、本物の武勇の持ち主であった。

「おうっ！」

と馬超も吠えて、雄敵の覚悟にこたえるように馬を速める。

黄金と深緑、二条の軌跡が交差した。

黄金の槍が馬超の兜の表面を流れ、深緑の槍が閻行の胸元に吸いこまれる。

鎧を砕かんばかりの衝撃が、閻行の巨躯を宙に浮かせた。

砂塵をまきあげながら人馬がすれちがったとき、鞍上から、閻行の姿は消え失せていた。

決着がついたのだ。歓声は頂点に達した。

万雷の喝采を浴びながら、馬超は手綱を握った。芦毛の馬がいななき、さお立ちになって脚をとめる。彼は敵手の姿を探した。

閻行は大地に叩きつけられていた。その姿を見た馬超の顔に、勝利の実感がゆっくりと広がっていく。やがて馬超は天高く槍をかかげた。

「今日このときをもって、関中一の座は、この馬孟起がもらいうけた！」

天をつんざく熱狂の中心で、堂々と宣言する。その声は高らかに、誇らかに、全軍にひびきわたるのだった。

◆◆◆

いやあ、闇行は強敵でしたね。

一騎打ちは盛況のうちに幕を閉じ、その場で、関中軍閥との交渉もすんなり終わった。

関中側は一万の民を洛陽に送りだし、曹操側はあぶみと鞍のセットを百組提供する、という形で話はまとまった。これ以上ない成果といっていいだろう。人身売買といってはいけない。この時代、民を無料《ただ》で引っ張ってくることすら、めずらしいことではないのだから。悲しいけど、これが乱世のならいなのよね。

「お疲れさん。孔明が手伝ってくれたおかげで、いい結果を持ち帰ることができそうだ」

長安にもどったその夜、私は鍾繇と酒を酌み交わしていた。

鍾繇は上機嫌に酒杯をかたむけ、笑った。

「もっとも、あんな危険な真似は二度とごめんだがね。いつ韓遂軍と馬騰軍が牙をむいてくるかと、気が気でなかったわ」

「虎穴に入らずんば虎子を得ず、というでしょう。先人にならっただけですよ」

私はしたり顔ではったりをかました。計算どおり、ということにしておく。

「ふむ。おまえさんも、ずいぶん大胆なことをするようになったもんだ。……弟子をとって変わったか?」

「仲達のことですか……」

長安にもどる道中、司馬懿は、「先生の真意を見抜けなかった、おのれの不明を恥じるばかりです」と、しきりに感服していた。彼がいうには、私が一騎打ちを推し進めたり、賭け事に参加したりしたのは、すべて民心融和のためであったそうな。そういう解釈もあるのか、なるほど？

「彼は、優秀な若者ですよ」

私はそういいながら、煮豆を箸でつまんだ。

「うむ。あれは凡百に埋もれるような人材ではないだろうな。わしより出世するかもしれん」

鍾繇はうなずいて、竹簡をひらいた。と、眉間にしわを寄せる。

どうしたのだろう？　私の視線は、兄弟子の顔と、彼のかたわらに存在する巻物の山を行き来した。

「む、これか？　読んでみればわかる」

鍾繇は、なかば放り投げるように竹簡をよこした。ぞんざいなあつかいに驚きつつ、私は書を一瞥する。

「これは、蔡邕《さいよう》どのの書!?　……いや、偽書ですかね」

蔡邕が書いたにしては、いびつな文字だ。本物とは思えない。

「うむ。長安は蔡邕どのが亡くなられた地だ。彼の書がどこかに残っているのではないかと、めぼしい廃屋を部下に探させておいたのだが、……彼の名を騙った偽物ばかりでなぁ」

蔡邕は、董卓の破滅に巻きこまれて獄死した、博覧強記で知られた政治家である。書物の校訂に多大な貢献があり、有名な書家でもあり、私や鍾繇のような書にたずさわる者にとっては、手本ともいうべき人物だった。三国志では初期に退場してしまうので、あまり存在感はないかもしれないが。

「で、もし本物が見つかったら、鍾兄はどうするおつもりで?」

「…………」

鍾繇は不思議そうな顔をして、しらばっくれた。当然のことながら、本物の蔡邕の書であれば価値は高い。本来なら、朝廷におさめるのが筋というものだ。

「……くすねるつもりですね?」

私はあらためて尋ねた。断定するように。鍾繇の目が泳ぐ。それって、犯罪ですよね? あなた、警視総監とか警察庁長官とか、そういう立場の人ですよね?

「そうそう、優秀な若者といえば、馬超も見事な武者ぶりだったね」

「はぁ」

強引に話を変える鍾繇に、私は呆れた。

「孔明が、『錦馬超』といいあらわしたのも見事だった。彼の英姿が目に浮かぶようではないか。うむ、しっくりくる。じつに、すばらしい表現だ」

「はぁ。それはどうも」

そりゃ、しっくりくるでしょうよ。遠い未来まで、錦馬超という異名は残るのだから。なんだか、私が命名したみたいになってしまったけれど、馬超も馬騰もよろこんでいたから、よしとしましょうか。

警察権力の腐敗から目をそむける、わけでもないが、私はなんとなしに西の窓を眺めた。乾いて澄んだ星空の下、馬騰陣営では、馬超の勝利を祝って宴がひらかれているはずだった。

◆◆◆

馬騰軍では一兵卒にまで酒と膳が出され、大宴会がくりひろげられていた。本陣の天幕の中は酒のにおいが充満し、飲めや歌えと騒いだあげく、酒壺どころか酔いつぶれた人間まで転がっているありさまである。

まだ正気をたもっている者たちが宴席に興じていると、ふいに天幕の出入り口が揺れうごき、彼らはそこに思いがけない顔を見た。天幕に入ってきたのは、今回の長安行きに同行していないはずの、馬騰の三男・馬鉄《ばてつ》であった。

「親父っ、超兄貴っ！」

敷物の上にあぐらをかいていた馬騰が、目を丸くする。

「鉄？　どうしておまえがここにいる」

「どうしたもこうしたもあるもんか。たった千ぽっちの兵しかつれていかなかったから、心配になって、追いかけてきたにきまってる」

「千ぽっちというが、我々は戦をしにきたわけではないのだぞ。本拠地の守りを手薄にしてどうする」

「でも」

「鉄、おまえには城を守るよう、命じていたはずだ」

「そ、それは、休《きゅう》兄貴と龐徳《ほうとく》がいれば大丈夫だろ」

馬鉄の声がすこしうわずった。追及をさけるように、

「それより、超兄貴だ。あの閻行に勝ったんだって⁉」

「おう」

酒をあおりながら、馬超が返事をした。すでに酔いがまわり、体が火照っているのだろう。衣服をはだけて、上半身をむきだしにしている。

「あれが閻行から奪ってやった戦利品、勝利の証だ」

馬超があごをしゃくった先に、黄金の槍が飾られている。虎頭湛金槍――関中一の勇士の証、と閻行が自慢していた槍である。

「やった、さすが超兄貴だ！　あの野郎、図体よりでかい面してやがるから、気にくわなかったんだ。さすがだぜ！」

小躍りしてよろこぶ馬鉄を見て、馬超が得意げに笑う。

「ふふふ。奴のくやしそうな顔を、見せてやりたかったな」

「それだけではないぞ。名士の胡昭どののことは、鉄も知っているな？」

馬騰が満面の笑みでつづけた。

「胡昭？　あの孔明先生のことか？」

「そうだ。その孔明先生が、超の武勇をご覧になって、『錦馬超』と称えてくださったのだ」

「あの孔明先生が⁉　すげえ、すげえよ超兄貴っ！」

はしゃぐ弟に気をよくして、馬超は立ちあがった。今宵の彼は最高の気分である。不倶戴天の敵に勝利して、天下の名士に認められた。まさしく竜門をのぼった心地であった。

口笛、指笛、はやしたてる声。

馬超は右手で黄金の槍をとると、それを頭上で水平にかまえた。そして、たくましい三角筋と広背筋、ひきしまった腹斜筋を見せつけながら、左腕に力こぶをつくってみせるのだった。

※

建安四年（一九九年）三月、鍾繇との交渉の席で、馬騰と韓遂はどちらが関中の代表者となるかで争いになった。鍾繇の離間策であったという。そのとき胡昭がふらりとあらわれ、馬騰軍と韓遂軍の不和を解消するために、馬超と閻行の一騎打ちを提案した。かねてより辺境差別問題に関心を寄せていた胡昭が、余興を利用して鍾繇側と関中側の融和をはかろうとしたのだといわれる。

この一騎打ちに勝利した馬超は、胡昭に錦馬超と評され、その武勇を称賛された。馬超はいたく感激し、曹操に敗れて故郷を追われ、張魯《ちょうろ》や劉備にくだってからも、涼州の錦馬超と名乗りつづけた。

馬超　三国志全書

第四章　官渡の戦い

さらば公孫瓚《こうそんさん》、易京《えきけい》に死す！

いまから三か月ほど前の建安四年三月、易京城にたてこもっていた公孫瓚を、袁紹が攻め滅ぼした。袁紹は五年もの年月をかけて、ようやく易京城を落としたことになる。

公孫瓚という男は、私の周辺ですこぶる評判が悪かった。劉虞《りゅうぐ》という人望の厚い皇族に対して、「こいつは帝位を狙っている」と難癖をつけて処刑してしまったり、優秀な人材をおとしめては凡庸な人物を重用し、「出世して当然と考えているような者を取り立ててやったところで、私に恩義を感じるわけではなかろう」と公言したり。

こりゃあかんわ。ただし、私のおもな情報源は名士ネットワークだ。名士たちと公孫瓚は折りあいが悪かったから、彼の悪評は差し引いて考えたほうがいいかもしれない。

公孫瓚の首級が許都に送りとどけられた、との報が伝わったとき、司馬懿はこう評した。

「五年も籠城できたことを踏まえれば、有能な将軍ではあったのでしょう」

私はもっともらしくうなずいた。

「うむ、有能な将軍か。名将ではあったが、君主の器ではなかったのであろうな」

公孫瓚は異民族との戦いで頭角をあらわした人物である。彼は白馬義従という強力な騎兵隊を率いて、北の大地を縦横無尽に駆けまわった。将兵の意気は雷《いかずち》のとどろくがごとく、騎兵の突進は稲妻のはしるがごとき、とまでいわれていた。その武威は幽州、冀州どころか、青州や兗州《えんしゅう》にまでおよび、袁紹をも圧倒するほどだった。

しかし、界橋《かいきょう》の戦いで流れが一変する。公孫瓚優勢と思われた界橋の戦いにおいて、勝敗を決定づけたのは、袁紹配下の麴義《きくぎ》という武将である。この麴義、涼州出身なのだ。騎兵戦法を熟知した麴義の活躍によって、白馬義従は壊滅した。

公孫瓚は、その後も袁紹と戦をくりかえしたものの、次第に追いつめられていった。白馬義従を失い、軍事力で圧倒できなくなった公孫瓚には、袁紹に勝る点がなにひとつ残されていなかったのである。

そして六月になって、またひとり、群雄が覇権レースから脱落した。

さらば袁術、江亭《こうてい》に死す！

曹操に負けて逃亡していた袁術が、江亭の地で病没した。もっとも、皇帝を僭称した袁術の場合、覇権レースから脱落したというより、ひとりだけ別の山に登っていったと思ったら、勝手に崖から転落したような感じである。

司馬懿も袁術に対しては容赦がない。いわく、戦をしては敗北をかさね、謀略を好みながら場当たり的である、と。

「民を餓えさせながら、自身は贅のかぎりを尽くすなど、言語道断というしかありません」

「うむ。民を餓えさせる者に、王たる資格はないな」

高祖劉邦《りゅうほう》の臣、酈食其《れきいき》も、「王は民をもって天となし、民は食をもって天となす」といっている。真理だと思う。最近、私は「食」について考えることが多い。どうしてかというと、じつは洛陽に食事処を出店したばかりでして。

レストランのオーナーですよ、オーナー！

事の発端は三月にさかのぼる。長安から帰ってきてすぐのことだ。洛陽に店を出してみないか、と鍾繇からお誘いがかかった。どうやら旅の途中、麦粥《むぎがゆ》の味がものたりなくて私がつくった、「焦がしにんにくのごま油」を気に入っていたらしい。癖になるのよね、ああいうの。庖人《ほうじん》（料理人）も用意してくれるとのこと。それならば、と私は了承した。腕のよい庖人と提携できるのは心強い。

私には、ある料理を打倒するという、ささやかな夢があるのだ。

私の宿敵、その料理の名を「膾《なます》」という。なますというと、現代日本では酢の物を思い浮かべるかもしれないが、この時代のなますは生肉、生魚を細切りにした料理をいう。ユッケや刺身に近い。「おまえをなますのようにしてやろうか！」とは、お酢に漬けこんでやるという意味ではない。細切りにしてやるぜ！という脅し文句である。

三国志には、このなますに関する、けっこう有名なエピソードがある。劉備にも曹操にも高く評価された陳登《ちんとう》という武将がいるのだが、彼は川魚のなますを食して、寄生虫によって死んでしまうのだ。

二十歳のころ、前世の記憶がよみがえると同時に、私はなますを食べられなくなった。とくに魚のなますが無理になった。だって、生の川魚だもの。私が料理にこだわるようになったのは、それからだ。家族や友人にも、生肉、生魚はさけて火を通すように忠告はした。寄生虫の存在はこの時代でも知られているので、理解してくれる人はいた。理解してくれない人もいた。理解はしめしたけれども、パクパク食べる奴もいた。郭嘉とか。

おまえだよ、おまえ！　おまえが一番危ないんだよォォ！

いや、郭嘉の死因は寄生虫や食中毒ではないから、大丈夫だとは思うけども。結局、言葉だけで変わるほど、文化や風習は軽くないってことだろう。あらたな食習慣をつくりだして、すこしずつ変えていくしかないのである。

しばらくたつと、洛陽の店の評判が陸渾に伝わってくるようになった。幸いなことに、人気は上々のようだ。ここから寄生虫対策、食中毒対策などを広めていければいいと思う。

「そういえば、父から手紙がとどきました」

司馬懿が思い出したようにいった。

「ほう、司馬防どのから」

「はい。洛陽の店に行ってみたようです」

「ほほう？」

「ぜひ、温県にも店を出してほしい、協力は惜しまない。とありました」

ふっふっふ。庶民的な店を心がけたつもりですが、味は妥協しちゃいませんぜ。

温県か……。温泉が湧いていることに由来して、温県と命名された地だ。まさかの温泉旅館フラグ？　おほほ、夢がふくらむざます。

「ただ……。私が思いますに、いまは時期が悪いかと」

司馬懿は苦々しげな表情を浮かべた。

「うむ……」

司馬懿が何を懸念しているかは、はっきりしていた。河北四州を平定した袁紹が、次の標的にすえるのはまちがいなく曹操である。袁紹と曹操が争えば、司馬懿の故郷、温県は巻きこまれる可能性が高い。

ちまたでは、「後背の敵をかたづけた袁紹は、すぐにでも曹操領に攻めこむだろう」と予想する声が多い。後世、田豊《でんほう》や沮授《そじゅ》が主張する持久戦をとらずに、郭図らが主張する短期決戦を採用したことが、袁紹の敗因であるともいわれていた。だが、郭図の進言は奇抜なものではなかったのだ。そう考えている人が多いから正しいとはかぎらないが、司馬懿も袁紹は動くと見ているようだし、短期決戦が下策というわけでもないと思う。うん、聞いてみよう。

「仲達、袁紹は持久戦をとらないだろうか？」

「袁紹はみずから動かなければ、ほしいものが手に入りません」

「ほしいものか……」

「民人殷盛《みんじんいんせい》、兵糧優足《ひょうろうゆうそく》、冀州は天下の重資といわれております」

「うむ、肥沃な地だな。人口も多い」

「しかし、袁紹がほしいものは、冀州にはありません。天子があらせられるのも、汝南郡《じょなんぐん》があるのも豫州です」

帝は、豫州潁川郡の許都にいる。曹操の傀儡なのはあきらかだった。袁紹は歯噛みをしているだろう。この状況を変えなければ、袁紹は朝廷を介して曹操に命令される立場のままだ。

汝南郡は潁川郡のとなりにある、こちらも文の中心地で、袁紹は汝南袁氏の出身である。そう、袁家の本貫地があるのは豫州であって、冀州ではない。

袁紹自身には、地縁がなくとも冀州の豪族たちをまとめあげて、河北を制する能力があった。

……しかし、後継者はどうだろうか。一族の後ろ盾がないのだ。冀州の豪族たちのいいなりになってしまうのではないか。袁紹は、冀州を安寧の地とは考えていないのだろう。

「ふむ。天子も汝南も、待っているだけでは手に入らぬな」

「はい。ですから、袁紹には動かない理由がありません。それでも、袁紹が持久戦を選ぶとしたら……」

「したら？」

「冀州の豪族たちの主張が、袁紹の意思を上まわった場合。豪族を従えるだけの指導力を、袁紹が発揮できなかった場合かと」

「冀州の豪族たちは、持久戦をのぞむ、か」

たしかに、田豊も沮授も冀州の人だ。

「彼らからしてみれば、公孫瓚を倒したことで、ようやく冀州の安定が見えてきたのです。力を入れるべきは治安であり、内政であり、河水を渡っての遠征ではありません」

冀州の豪族たちは、冀州の安定を重視する。当たり前だ。あくまで南をむいている袁紹とは、冀州の重みがちがう。

「袁紹軍の中核をなしているのは、冀州の豪族たちです。彼らは、『二、三年は内政に専念して、足元をかためるべきである。そのあいだに、四方の群雄と手をむすび、曹操を包囲して、疲弊させていけばよい』と、声をそろえて具申するでしょう」

それ、三国志で見たセリフだ！　田豊だったか？

「持久戦で得られるものは、第一に河北の安定です。河北の雄として生きるつもりならば、それでよいのですが……」

「袁紹にそのつもりはない、か。彼はあくまで天下を見ている」

「はい。自領よりも、曹操領のほうが混乱していることを、袁紹は知っています。みすみす曹操に時間をあたえる手はありません。袁紹にしてみれば、持久戦は悪手でしょう。自身の大望や袁家の繁栄よりも、豪族たちの利益を優先させろといわれているようなものです。袁紹はそうした要望をおさえつけて、軍を南に進めなければならない。……持久戦を主張する人物は、その発言力が高ければ高いほど、袁紹に疎まれることになるでしょう」

そこまで読めるのか。

三国志における袁紹軍のイメージといえば、武の二枚看板が顔良と文醜、知の二枚看板が田豊と沮授である。立場は文人のほうが上だから、トップにいるのは田豊と沮授といっていい。このふたりは持久戦を主張したあと、袁紹に冷遇されている。おそらくは、反発する冀州の豪族たちに対する、みせしめの意味合いもあったのだろう。

こうしてみると、袁紹は最初から、短期決戦の腹づもりだったのだ。

田豊と沮授は冀州に基盤があった。豪族たちの意見を代弁する立場にいたからだろうか。彼らは持久戦を主張して、その結果、袁紹の不興を買うことになった。

一方、袁紹と同じ豫州出身の郭図は、主君と価値観を共有していた。だから、短期決戦を主張した。まるで、袁紹の意を汲んだかのように。

……郭図、郭図か。このまま史実どおりに歴史が推移すれば、郭図は百%の確率でフォーエバーしてしまう。

さらば郭図！　と、いうつもりはない。なんとかしないとな……。

◆◆◆

天下に最も近い男となった袁紹にとって、目下の悩みは曹操ではなく、不平不満をつのらせる冀州の豪族たちであった。袁紹と彼らとの関係は、韓馥から冀州を騙しとったときにはじまる。豪族たちはあらたな統治者を歓迎し、進んで協力を申し出た。士大夫層を目の敵にする公孫瓚から身を守るため、彼らは強力な指導者を必要としていたのである。袁紹もまた豪族たちを厚遇した。精強な軍勢を擁する公孫瓚と戦うには、彼らの私兵が不可欠であった。共通の脅威に対抗するために、互いに欠けたものを補いあう。八年ものあいだつづいたこの関係は、変わりつつあった。公孫瓚を地上から葬り去ったからには、変わらざるをえないのだと、袁紹は痛感していた。

「何かお悩みのようですな、袁紹さま」

榻に腰かけて沈思している主君に、参謀の郭図が声をかけた。

「……豪族たちのことで、すこしな」

「はっ、困ったものでございます。彼らの厭戦気分《えんせんきぶん》が、将兵の士気に影を落としております」

「うむ。むりもなかろう。全軍の指揮をとる沮授が、短期決戦はすべきでない、と主張しているのだからな」

「沮授どのなら積極策を支持してくれる、と、それがしは考えていたのですが……」

「私もだ。沮授はかつて、天子を迎えにいくべきだと強く主張していた。いまになって、なぜ消極策をとりたがるのか。解せぬ」

天子を擁立する曹操と戦えば、朝敵になってしまう。この戦には大義がない。沮授はそう主張しているが、袁紹の敵が曹操であることは、諸人《もろびと》の目に明白である。漢室に弓を引いたなどとは誰も思わないだろう。沮授らしからぬ、説得力のない言葉だった。

「……当時とは、状況が異なるからかもしれませぬ」

と、郭図は首をかしげた。

「何がちがうのだ?」

「曹操を破ったあと、袁紹さまは、どこに都を置かれるおつもりでしょうか?」

「考えるまでもない。洛陽にきまっている」

洛陽は交通と商工業の中心であり、由緒正しい王都である。天下に号令をかけるのに、これほどふさわしい場所はない。

「許都など、曹操が都と称しているまがいものにすぎん」

「さようでございます」

郭図はうなずいた。

「もし、沮授どのの献策どおりに、天子を推戴していれば。いまごろは、この鄴が都となっていたはずでございます」

袁紹が本拠地としている鄴は、河北を代表する大都市である。もとより栄えている地ではあるが、帝を迎え入れて、漢王朝の首都となっていれば、さらなる繁栄がもたらされていたはずだ。経済的な利益だけではない。冀州の士大夫たちの前には、地方の豪族にすぎぬ身から、中央の名家へと栄達をとげる道が、大きくひらけていたにちがいない。

「ふん、そういうことか」

袁紹は舌打ちした。曹操を倒せば、河水の南・河南へと袁紹領は大きく伸長する。天下を統べようとするなら、この旧曹操領の禍乱《からん》をしずめなければならない。冀州の豪族たちがどう思おうと、袁紹は軍本隊を河南に常駐させ、本拠地も洛陽へうつすであろう。

また、南方の諸将ににらみをきかせるためにも、そのほうが都合がよい。河北の鄴では遠すぎる。やはり、この国の首都は洛陽なのだ。

沮授はそれを見越したうえで、曹操を倒したところで冀州にもたらされる益は少ない、と判断したのではないか。彼は袁紹の臣であるが、それ以上に冀州の士であったのだ。

「豪族どもが増長するわけだ。我が軍の総司令官が、味方についているのだからな」

今の今になって、袁紹は悔やんだ。沮授に権限をあたえすぎたのである。

「沮授どのの力は、一家臣がもつには巨大すぎます。兵権をそがねばなりますまい」

「だが、どうやってだ？　沮授に咎《とが》はない。麹義とはちがう」

公孫瓚との戦で活躍した麹義を、袁紹は処刑していた。かの勇将は大功におごり、軍規違反や略奪をくりかえしたのである。その処断の正しさを証明するように、麹義を擁護する声はほとんどあがらなかった。しかし、麹義と沮授とでは事情が異なる。

「麹義は涼州出身のよそ者だった。沮授はちがう。我が軍における最大派閥、冀州閥の中心人物なのだ。落ち度のない沮授から兵権を奪えば、反発の声は大きなものとなろう」

「それでも、やらねばなりませぬ。袁紹さまに代わりうる次席の存在は危険でございます」

郭図は語気を強めて、主君に決断をうながした。

「むむむ」

袁紹はうなった。沮授は切れ者である。もし袁紹が不慮の死をとげたとしても、軍をまとめあげ、河北の混迷をふせいでみせるだろう。それは、冀州の豪族たちにとって、袁紹が唯一無二の主君ではなくなったことを意味していた。彼らは袁紹を用済みとみなして、沮授をかつぎだすかもしれない。八年前、この地の豪族たちは韓馥に見切りをつけて、袁紹に鞍替えしている。同じことが起こらないと、どうして断言できよう。

「韓馥がこの地の出身者であれば、豪族たちはああもたやすく、私を受け入れはしなかっただろうな……」

袁紹は眉間にしわを寄せた。韓馥は袁紹と同じ豫州の出身だった。よそからやってきた支配者だった。あわれな韓馥。手のひらを返す豪族たち。記憶にある韓馥の顔が、自分のものと入れかわり……、袁紹は悪夢を打ち消すように、頭を振った。

「この際、沮授どのに逆心がなくとも、それは関係がないのです」

「わかっておる」

袁紹に対抗できる者、代わりになりうる者が存在していては、不幸の元となろう。「沮授さえいれば河北は治められる」と、豪族たちが声をあげはじめてからでは遅いのである。

袁紹は逡巡した。やがて、その乾いてひびわれた唇から、うめくように、

「できるのか？　この地の豪族たちを、敵にまわすわけにはいかぬのだぞ……」

「おまかせくだされ。敵意や恨みは、それがしがひきうけましょう」

「いいのか？」

「組織が大きくなれば、鉈を振るう憎まれ役も必要にございます。負の感情が主君にむけられることだけは、さけねばなりませぬ」

郭図の声に、ためらいはなかった。

「沮授、本日をもって、おぬしの監軍の任を解く！」

翌日、袁紹の声が政庁にひびきわたった。なんの前触れもない、突然の出来事である。袁紹軍の柱石である沮授の身に、いったい何が起こったのか。いならぶ文武官はざわついた。

「全軍をあずかる監軍の地位と権限を、これより三人の都督に分ける。ひきつづき沮授を、あらたに郭図と淳于瓊《じゅんうけい》を、その都督に任ずる！」

「……ははっ」

沮授は平静をよそおうが、屈辱は隠しようもなく、その肩は小さく震えていた。つづいて、郭図と淳于瓊が拝命するも、群臣たちの動揺はいっこうにおさまる気配がない。

「ふむ。この人事に、納得がいかない者もいるようだな」

と、袁紹は郭図に目配せした。

「こたびの軍制改革の要旨は、発案者である、この郭図が説明させていただきます」

前に進み出た郭図は、これは沮授どのの降格人事ではありませぬ、と前置きをしたうえで、

「規模が変われば組織の形も変わるもの。河北を平定して、袁家の軍勢もふくれあがりました。従来のまま、沮授どのひとりに全軍をまかせておくわけにはいきますまい」

「郭図どの。貴殿はたしか、兵を指揮した経験が少なかったはず」

「そのとおりだ。都督という大役、はたして郭図どのにつとまるのであろうか？」

群臣から疑問の声があがった。その声には、単なるやっかみにとどまらない、毒がふくまれている。郭図は主君の代弁者であるかのようにふるまっているが、それに唯々諾々と従ういわれも、かしこまるいわれも、彼らにはなかった。

「なるほど、もっともな意見でございますな。されば、それがしより都督にふさわしい人材が見当たらぬことを、嘆くべきかと存じます」

郭図は冷然といいはなって、ふてぶてしく鼻を鳴らした。袁紹軍に人がいない、と吐き捨てたようなものである。色を失う者、激発しそうになる者もいるなか、袁紹は気分を害した様子もなく、声を立てずに笑った。

「郭図と淳于瓊を抜擢したのは、私だ」

袁紹は一同を見まわすと、

「我らの敵は曹操だ。戦場として想定される、豫州や兗州の地理に明るくなければ、話にならぬ。そうは思わぬか？」

郭図と淳于瓊の出身は豫州である。いわれのない抜擢ではなかった。なおも不満をくすぶらせる家臣たちに、袁紹は厳然と告げる。

「朝廷を壟断《ろうだん》している曹操を、排除せねばならんのだ。天下を憂い、忠義の心に燃える者は、のちほど申し出るがよい。しかるべき役をあたえよう」

換言すれば、南征に積極的な者から出世の機会を得るということである。

実例が目の前にある。郭図と淳于瓊が、先だって短期決戦を主張していたことを、この場にいる者は知っていた。彼らは押し黙ったまま、顔を見あわせた。まるで、困惑を分かちあうかのように。あるいは、競争相手の反応を探りあうかのように。

◆◆◆

袁紹陣営にいる辛毗から、手紙がとどいた。毎度のごとく、「うちの娘が天才すぎて困る！」という親バカ全開な内容だったのだが、申し訳程度につけたされた最後の一文に、気になることが書いてあった。郭図と冀州の豪族たちとの仲が険悪になっている、というのだ。

もうちょっと詳しく！　そこ重要だからッ！

私がむずかしい顔をしていたら、司馬懿が補足してくれた。

「袁紹軍では、郭図どのが主導して、大規模な軍制改革がおこなわれたようです。それで割をくったのが、沮授どのや冀州の豪族だった、と聞いております」

基本的に、司馬懿の情報収集力は、私よりも上をいく。名門、司馬家が代々つくりあげてきた情報網は伊達じゃない。司馬という姓自体が軍務の官職に由来してるだけあって、とくに軍事関係には強いようにも感じる。

まあ、情報網のことはいいや。問題は郭図である。郭図がいつ、どこで、どのように死ぬのか。正確なところを、私は知らない。ただし、官渡の戦いを生きのびることだけはわかっている。官渡の戦いで負けたあと、袁紹は失意のうちに病没し、後継者をさだめていなかったことから、袁家の分裂がはじまる。その内紛を誘発した人物のひとりが、郭図とされていた。つまり、袁紹が亡くなってからも、郭図は元気に暗躍していたのだ。

ここで気をつけなければいけないのは、官渡の戦いは史実どおりに進めなければならないということである。この天下分け目の決戦において、曹操は薄氷を踏むような思いをして、奇跡の勝利を手に入れる。何かひとつでも歯車が狂えば、氷が割れてしまいかねない。

郭図についてもそうだ。史実と異なる形で敗北すれば、どこかで戦死してしまうかもしれない。

私が何をするにしても、官渡の戦いが終わるまでは待ったほうがいい気がする。とりあえず、余計な手出しは無用である。

ちなみに辛毗は、司馬懿と諸葛亮が対峙する五丈原で出番があったはずだから、長生きする予定だ。出世する可能性も高い。後世、けちょんけちょんな評価をされる郭図とは、えらいちがいである。

評価が低い軍師は他にもいるだろうけど、郭図はそんじょそこらの軍師とは格がちがった。「出ると負け軍師」に「迷軍師」、不名誉なダブルタイトルホルダーとして、不動の地位にあった。単に失敗しただけでは、こうもひどくはいわれないと思う。この時代で広まった悪評が、後世にも伝わったんだろうけど……。

あっ。ふと思いついたことがあったので、司馬懿に尋ねる。

「仲達。郭公則と冀州の豪族たちは、以前から対立していたのだろうか？」

「いえ。郭図どのが表立った動きを見せはじめたのは、つい最近のことです。それまでは、特段、問題は生じていなかったかと」

「ふむ、……なるほど」

急に行動が変わったということは、なにかしらの要因なり、動機なりがあるのだろう。となると、……自分が泥をかぶることを承知のうえで、豪族たちの力をおさえようとしている？　考えすぎかな。過大評価かもしれない。でも、私の知るかぎり、郭図は意外にけっこう優秀だった。袁紹に心酔もしていたし、そのくらいやりかねないんだよなぁ。

八月になって、ついに状況が動きだした。先制攻撃をしかけたのは曹操である。曹操本隊が河水を渡って、黎陽《れいよう》に布陣しているらしい。

えっ、マジでっ⁉

官渡の戦いは、袁紹が曹操領内に深く攻めこんで、勝利まであと一歩というところまでせまる。しかし追いつめられた曹操が、袁紹軍の兵糧庫がある烏巣《うそう》を急襲して大逆転勝利！　という筋書きだったはず。

河水の北、袁紹領の黎陽が戦場では、兵力の劣る曹操に勝ち目はない。

ちょっと曹操さん⁉　なに考えてんですかッ‼

その情報をもってきた司馬懿の顔にも、困惑がありありと浮かんでいた。めずらしい。軍事にかかわる話で、司馬懿がこんな表情を見せるのはめったにないことである。

「曹操は河北で戦うつもりなのでしょうか？」

「……わからぬ。仲達はどう思う？」

「先生にわからぬものが、私にわかるはずもありません」

そんなことないから。絶対ないから！

「さもあらず。よく考えてみなさい。なにかしら見えてくるであろう」

私は先生っぽい顔をして、それっぽいことをいった。ついでに腕組みもしてみせる。自分で考えるつもりはなかった。だって、まったくの無駄だもの。それこそ、司馬懿にわからないものが、私にわかるわけないでしょうがッ！

司馬懿は眉間にしわを寄せ、あごを撫でながら考えこんだ。

「曹操に、河北を切りとって維持する力はありません。ならば、目的は敵地を侵略して荒廃させる。もしくは、民を拉致して自領につれさるといったところでしょうか。このような嫌がらせは、乱世において常道といえます」

「うむ。よくあることだな」

「……ですが、そのような活動は、部下にまかせればよいはずなのです」

そう、敵地を荒らしまわるなんて行為は、部下にやらせればいい。小部隊でもって電撃的におこなえば、袁紹が軍を出してきても、すみやかに逃げられる。もし捕捉されたとしても、被害は軽微ですむ。けれど曹操本隊だと、軍の規模が大きくなるぶん、動きが鈍くなる。最悪の場合、大河を背に撤退戦をやるはめになるだろう。曹操みずから動くメリットがないように思える。

「となると、狙いは他にあるのかもしれませんが……」

と、司馬懿はお手上げといわんばかりに、首を振った。他に思いつかないでもないが、どれも曹操本人が動くほどの理由とは考えられない、といったところか。

「ふぅむ。まぁ、そう落ちこむことはない。曹操と袁紹の戦は、天下の覇権を決める一大決戦となるであろう。全てを把握することなど、誰にもできぬのかもしれぬぞ」

「はぁ」

「たとえばだ。当事者の曹操とて、自領内の不安要素を甘く見ているふしがある」

「不安要素……ですか」

「うむ。下邳《かひ》の劉備など、いつ曹操に叛旗をひるがえしてもおかしくない。許都では、漢室の忠臣たちが、曹操を排除しようと画策しているやもしれぬ。そういった不安要素を甘く見ているから、許都をはなれていられるのだ」

「……っ」

司馬懿は息をのんで、数瞬後、顔をしかめた。現実に起こりうると判断したのだろう。

このあと、徐州で劉備が反乱したり、許都で曹操暗殺計画が発覚したりする予定である。もし、それらが起こらなかったら、どうなるのだろうか。曹操にとっては有利な変化かもしれないが、歴史が変わったという証拠でもある。先行きが不透明になるのは、あまり歓迎したくないが……。

しばしの沈黙のあと、司馬懿は神妙な顔でつぶやいた。

「曹操は……勝てるのでしょうか？」

私が曹操派なのは、いまさらいうにおよばないが、じつは司馬懿も曹操派である。いや、反袁紹派といったほうがいい。というのも、董卓軍と反董卓連合軍が争っていたとき、袁紹軍は司馬懿の故郷で略奪をはたらいたのだ。

反董卓連合軍は、連合軍といってもひとつの場所に集まっていたのではなく、おおまかに三方向から洛陽をめざしていた。

東の酸棗《さんそう》方面には、曹操がいた。諸将が董卓軍におそれをなして動こうとしないなか、曹操は果敢に戦いを挑んだ。衆寡敵せず敗北したが、この行動によって、曹操の義心は一躍天下に知れわたった。

南の南陽方面には、孫堅《そんけん》がいた。孫堅は、反董卓連合軍にとって唯一といっていい勝利をあげた。

あの呂布をも打ち破っている。多くの諸侯が義挙につどったが、最も活躍したのは、まちがいなく孫堅だった。

そして、北の河内方面にいた袁紹は、董卓軍に怖じ気づいて河水を渡ろうとせず、洛陽の対岸にとどまりつづけた。そこに、司馬懿の故郷はあった。

連合軍と呼べば格好はつくが、実態は寄せ集めの烏合の衆である。練度がひくい、統制もとれない軍隊がひとつところに長くとどまれば、やることは決まっている。司馬懿の故郷温県は略奪、虐殺の犠牲となり、連合軍が解散したとき、民は半数になっていたそうだ。

「いずれにせよ、黎陽で本格的な戦になっては、曹操に勝ち目はないであろう」

「はい……」

私の言葉に、司馬懿はうなずいた。やはり、他の要素がどうなるかはともかく、戦場は官渡であるべきだ。私は心を決めた。

そうだ、許都、行こう。

尚書令《しょうしょれい》と侍中という官職についている荀彧は、朝廷をとりしきるのが仕事だから、従軍せず許都に残っている。「黎陽ではなく、官渡で戦ったほうがいいんじゃないかな〜」と荀彧に伝えれば、戦場を官渡にうつせるかもしれない。

◆◆◆

郭嘉は夜、あくびをしながら、陣中を歩いていた。真夜中だというのに、本陣に呼び出されたのである。

「おっ」

前方に見知った人影を発見して、足を早める。

「公達《こうたつ》先輩」

呼びかけられたその人影、荀攸は立ちどまって振りむいた。

「……奉孝か」

「先輩も呼び出されたんすか？」

「…………」

荀攸はぼんやりとうなずいた。彼らはつれだって本陣にむかう。

先輩という呼びかたからわかるように——といっても郭嘉が先輩と呼ぶのは孔明、荀彧、荀攸の三人だけなのだが——荀攸の出身地も潁川である。

字は公達といい、荀彧にとっては年上の甥にあたる。あえて世代でわけるならば、鍾繇、郭図と近い世代で、とりわけ鍾繇とは親しくしている。容貌はごく凡庸で、ひかえめな性格ゆえにあまり目立たず、そのおとなしさから臆病者とあなどられることもある。が、勘違いもはなはだしい。荀攸は董卓暗殺をはかった気骨の士であり、計画が露見して投獄され、死刑を宣告されようとも、獄中で平然と食事をたいらげていた胆力の持ち主であった。

たわいもない話を、郭嘉が一方的にしつつ、彼らは本陣の天幕に入る。

「おお、来たか」

と、天幕の中で待ちかまえていた曹操が、胡床から立ちあがって、

「許都の荀彧から、急使がきたぞ」

「へえ。どんな知らせっすか?」

「いい知らせと悪い知らせ、両方ある。まずは、悪い知らせからだ。……劉備が叛旗をひるがえした」

「だからいったじゃないっすか。劉備は危険だって」

「……」

郭嘉が口をとがらせ、それに同意するように荀攸が無言でうなずいた。

「むっ、すまん」

曹操は頭をかいて謝った。そして、残念そうにため息をつく。

「城をあずけて、左将軍の位もくれてやった。余は、劉備を引き立てたつもりだったのだがな
……」

「我々が許都をはなれて北へ軍を進めたのを、好機と見たんでしょうねえ。袁紹と戦になれば、劉備をかまっている余裕なんてありませんから。機を見るに敏な男っすよ、劉備は」

「ふん。だが、あやつは機を見誤った。余は戦をするために、この黎陽まできたわけではない」

「まあ、本隊が渡河しちゃってますし、戦になると判断するのも、当然っちゃ当然なんすけどね」

郭嘉は苦笑した。曹操は戦をするためではなく、ある目的をもって黎陽に布陣している。その結果、後方をがら空きにしたことで、劉備の反乱をまねいてしまったのだから、軽挙のそしりはまぬがれまい。しかし、それも考えようである。袁紹との戦のまっただなかに裏切られるより、よほど

対処しやすい。

「どうだ、荀攸？　当初の目的は達した、と余は思うのだが」

「……はっ、もう充分でございます」

「よし、ずらかるか。袁紹の追撃には、どうそなえる？」

「……おそれる必要はありませぬ」

荀攸は断言した。郭嘉が肩をすくめて説明を継ぐ。

「どーせ、我々はこの地から撤退するんです。大軍を動かす必要はない、と袁紹は判断するでしょうよ。曹家の軍勢を追い払ったという成果が同じなら、少ない兵力でやったほうが見栄えがいいっしょ？」

「くっくっく。見栄えがいい、か」

曹操は思い出にひたるように笑った。

名家出身で裕福な育ちの袁紹は、派手な服装を好んだが、許子将に会うときは、つつましい服装に着替えていた。高名な人物批評家に酷評されるのを、袁紹はおそれたのだ。

「そうだな、袁紹はそういう男だった。それに、全軍を動員せねば、余の首を取ることはできぬとわかっていよう。まだ準備不足だと判断するであろうよ」

袁紹軍の兵力は十万をゆうに超える。これだけの規模の軍勢を動かすとなると、準備も大がかりなものになる。武器を修繕し、河水を渡るための船舶を増産し、なにより兵糧を集めなければならない。全軍がすぐに動けるわけではないのだ。

準備が不十分なまま、劉備と連携するか。万全の態勢をととのえてから、河水を渡るか。後者を選ぶのが、袁紹の為人であった。

「準備を入念にするのはよい。いかに強大な軍勢を誇ろうと、物資がなければ動かせんからな。……もっとも、余であれば全力で追撃して、劉備と連携するが」

曹操と袁紹の決定的なちがいは、この行動力の差にあった。

袁紹が易京の城をひとつ落とすのに五年かけているあいだ、曹操は四方を敵に囲まれ、常に戦場を飛びまわっていた。準備をする時間も、戦力を分散させる余力もなかった。曹操は前線に立って、目の前の敵に全力でぶつかりつづけた。

もちろん、何もかもがうまくいったわけではない。留守にした本拠地を、呂布に乗っ取られたことすらあった。それでも、曹操は動きつづけ、戦いつづけた。失地は回復すればよい。次に勝てば取りもどせるのだ、と。

もともと曹操は即断即決の人であったが、その気質は、苛烈な戦の日々によって、余人の追随を許さぬほどに研ぎ澄まされていた。司馬懿が、曹操の真意を読みきれなかった原因もここにある。

建安四年、四十五歳の曹操は心身ともに充実し、最盛期を迎えていた。彼の行動力は、若き司馬懿の計算を上まわり、人間の限界にかぎりなく肉薄していたのである。

「それで、『いい知らせ』ってのは?」

気楽な調子で郭嘉が訊くと、曹操はにやりと笑った。

「許都を訪れた胡昭が、『袁紹とは官渡で戦うべきだ』といったそうだ」

「あ～。完全に見透かされてるっすね」

「……孔明の見立ても、我々と同じでしたか」

思いもよらない知らせに、郭嘉と荀攸はそれぞれ感嘆の息をはいた。

曹操と幕僚たちは、最も勝算が高い場所を割りだすべく、さまざまな要素を重層的に検討した。できるかぎり、袁紹軍の補給線をのばさなければならない。だが、あまりに引きすぎては、そのまま敵の勢いにのみこまれてしまう。大小さまざまな要素を考慮して、さだめた決戦の地が、官渡であった。官渡には、河水の支流が流れている。これを利用して、濠《ほり》をはりめぐらせた堅牢な城塞を築けば、有利に戦えるだろう。

とはいえ、曹操にも必勝の自信はなかった。なにしろ袁紹軍は大軍である。不安要素はいくらでもあった。それに、曹操軍内部の者だけで考えると、どうしても希望や楽観がまざってしまう。しかし、公平無私な観察者たる孔明の言葉によって、そうした不安は一掃されたのであった。

「胡昭が外から見て、官渡でならば勝てる、と判断しているのだ。我々は正しかった」

曹操は嬉々として口をひらくと、

「この戦、勝てるぞ」

勝利を確信して、会心の笑みをひらめかせた。

建安四年九月、冀州の鄴では、いかにも頑固そうな男がふたり、回廊で仏頂面をつきあわせていた。袁紹に会ってきたばかりの田豊と、袁紹に会いにいく途中の郭図である。

「郭図どの、貴殿が提唱する次席不要論は正しいのだろう」

いかめしい顔立ちをさらに険しくして、田豊はしぶしぶ認める。

「臣下が力をもちすぎると、ろくな結果にならん。たしかに、沮授どのがもつ権限は巨大にすぎた」

「おお、おわかりいただけましたか」

郭図が強行した軍制改革に対して、冀州の豪族たちは一様に反発している。そうした状況下であっても、田豊は郭図の主張に理解をしめしてみせた。が、

「だが、これまでうまくいっていたことを、あえて乱す必要はないのだ。正しさにこだわるあまり、身を滅ぼすこともあろう。貴殿のやりかた、私は気に食わんな。いや、私だけではなかろう」

結局のところ、それも批判の言葉で締めくくられた。

田豊は肩をいからせて去っていった。そのうしろ姿を、郭図は一瞥して、

「面とむかって、それがしに直言をぶつけてくるとは。ふふふ、田豊どのらしい」

田豊の声には愛想のかけらもなかったが、それは批判であると同時に、郭図への反感が高まっているという忠告でもあった。侍臣たちのぶしつけな視線を鉄面皮ではねかえしながら、郭図は傲然と、奥の間に足を進めた。

「郭図。参上いたしました」

窓辺に立っていた袁紹が振りむいた。

「うむ。先ほど、田豊が来たぞ」

「田豊どのは、なんと?」

「劉備の離反はまたとない好機。退却する曹操軍の後背に襲いかかり、その勢いをもって、許都を一気に攻め落とすべし、と」

「おおっ。冀州一の知者である田豊どのが、積極的な姿勢に転じてくれたとは。よろこばしいことでございますな」

祝福する郭図に、袁紹は首を横に振ってみせた。

「ところが、そうでもないのだ」

「と、おっしゃいますと?」

「私が曹操の追撃に本腰を入れないと知るや、自分は短期決戦に反対する、と田豊はいいだしてな」

「はぁ。田豊どのはなぜ、そのようなことを……」

「この機を逸したら、しばらく曹操を討つ機会はない。力をたくわえて、次の機を待つべきだ、とな」

袁紹は鼻にしわを寄せ、うんざりしたようにいった。

「曹操は詭計《きけい》が得意な男です。中途半端な兵力で追撃したところで、伏兵に翻弄されるだけでございましょう」

「うむ。私もそう思う」

袁紹は大きくうなずいた。

「なに、気に病むことはありますまい。千載一遇の好機は、すぐにでも訪れましょうぞ」

郭図が励ますと、袁紹はくり返しうなずいた。

「そう、そのとおりだ。劉備の独立を活かせぬのは残念だが、曹操の敵は、私と劉備だけではない」

南陽の張繡、関中の韓遂と馬騰、荊州の劉表、そして江東の孫策。曹操は、周囲の勢力に頭を悩ませているだろう。袁紹としては、その悩みの根を容易には取りのぞけぬよう、より深くはりめぐらせていけばよいのである。ただそれだけで、かならずや好機は訪れる。

「はっ。……その件につきまして、お耳に入れたき儀がございます」

郭図の声が緊張をはらんだ。

「ほう、なんだ?」

「曹操包囲網に参加するよう、各勢力にはたらきかけておりますが。……関中軍閥の反応が、どうにもかんばしくないようでして」

「韓遂と馬騰か……」

「それが、韓遂と馬騰の力関係に変化があったらしく、馬騰が関中の代表者となっているようでございます」

馬超が一騎打ちで勝利して以降、関中では馬騰の発言力が増していた。韓遂がその流れに逆らおうとせず、一歩身をひいたことによって、関中の人々は、馬騰を代表者と見なすようになっていたのである。

「もともと双頭体制とはいびつなものだ。長くはつづかぬと思っていたが……。ふむ、これからは馬騰との交渉に力を入れるべきであろうな」

袁紹は首をかしげたが、あまり興味をそそられなかったのか、それ以上、関中について言及しようとはしなかった。

「まあよい。本命は許都の朝臣たちよ」

「はっ」

袁紹は逆賊になるつもりはなかった。郭図も主君に天下を盗ませるつもりはなかった。袁家の旗は、虜囚の天子に歓呼とともに迎え入れられるべきなのだ。そのためには、禁中にくすぶる曹操への不満に火をつけて、朝廷と曹操との対立を表面化させねばならない。

立ちはだかる壁は、尚書令と侍中を兼務する荀彧である。尚書令とは、皇帝への上奏文や宮中の文書発布を管理する尚書台の長官であり、侍中とは、天子のそばにひかえる相談役である。つまり、天子の目となり、耳となり、口となる立場に荀彧はいる。天子の住まう禁中においてすら、彼は目を光らせていよう。

「荀彧の監視をくぐり抜けて、朝臣たちに決起をうながす。それができるのは、調略に長け、許都に多くの伝手《つて》をもつ郭図、おぬしだけだ」

ちかごろ、袁紹が郭図と密談をかさねているのは、この朝廷工作のためであった。

「御意に。かならずや許都にて、変事を起こしてごらんにいれましょう」

郭図が拱手する。袁紹は不敵に笑った。

「ふふふ。成功せずともよいのだ。失敗しても、朝廷と曹操とのあいだに横たわる亀裂が、鮮明になりさえすればな……」

◆◆◆

私と司馬懿が荀彧の屋敷に逗留して数日後、黎陽の曹操軍が撤退をはじめたとの連絡がとどいた。

「やれやれ。これで気苦労の種がひとつ消えたよ」

荀彧が安堵の色を浮かべて、酒杯に口をつけた。じつは曹操みずから出陣することに、荀彧は反対していたらしい。なぜ、反対だったのか。なぜ、曹操は反対を押し切って黎陽におもむいたのか。司馬懿が質問したのだが、

「司馬懿。君が考えているよりも、あるいは私がそうであってほしいと願うよりも、曹操さまはずっと腰が軽いのだよ。それはもう、信じられないぐらいにね。不思議と、それがいい結果につながるから、諫めるわけにもいかないのだが」

と、荀彧は直接答えようとはしなかった。ヒントはあげるけど、あとは自分で考えるように、ということだろう。

……あれっ？　なんだか私より、教育者っぽくね？

まあ、荀彧の立場になってみれば、曹操には許都にいてもらいたいだろう。曹操が出陣してしまえば、許都で兵糧の差配などをおこなうのは、荀彧の仕事になる。けれど、仕事が増えたからといって、朝廷をコントロールする役を人にまかせるわけにはいかない。人材には格というものがあって、格的にも能力的にも、朝廷をおさえられるのは荀彧しかいないのだ。

「袁紹が攻めてくるという噂は、宮中にも伝わっていよう。朝廷にも動揺が広がっているのではないか？」

荀彧の目の下にくまを発見した私は、朝廷の様子を訊いてみた。

お疲れのようだし、必要とあれば、宮中で曹操暗殺計画が進んでいることをほのめかしてもいい。余計に忙しくなるかもしれないけど、後手にまわるよりは楽なんじゃないかなと思う。

「ああ。動揺だけならいいのだが……」

「ふむ、……よからぬ考えをもつ者もいそうか？」

顔を曇らせる荀彧に、私はかさねて問いかけた。

「いるだろうな。……というか、董承《とうしょう》なんだが」

おお、すでに曹操暗殺計画の主犯を割りだしている。助言する必要なんて、まったくなかったみたいだ。

「車騎将軍の董承ですか……。大物ですね」

司馬懿が深刻そうにいうと、荀彧は苦笑して、

「車騎将軍となり、将軍府をひらいたことによって、自由に動かせる手駒ができた。だからこそ、悪さをくわだててしまうのであろうよ」

車騎将軍とは、つい最近まで曹操が司空と兼務していた、とてもえらい将軍位である。

けれど、漢王朝には実権がないから、董承の将軍位はしょせん名前だけだ。せっかく将軍府をひらいたところで、雇える部下なんてたかがしれている。大勢の兵士を動かせるわけではない。

……名目だけでもそこまでえらくなってしまうと、中身を近づけたくなるのが人情なのかもしれない。

「漢王朝に昔日《せきじつ》の威光を取りもどす、という忠義のあらわれなら、同情の余地もあるのだがね。董

承は、自分の権力欲を満たすために動いているだけだ。そんなやつの好きにはさせんよ」

荀彧は自信たっぷりにいった。

「なかなか尻尾をつかませてくれないが、裏で手を引いているであろう人物にも、きっちりやり返すさ」

顔には疲労の色が残っていても、その声は芯からの力強さを感じさせた。このタイミングで朝廷に工作をしかけて、反曹操の動きを焚きつける。裏で手をまわしているのが袁紹であろうことは、説明されるまでもなかった。


翌朝、私と司馬懿は、荀彧の屋敷を発った。「もっとゆっくりしていけばいい」と引きとめられはしたが、そもそも荀彧だって、宮中と官庁を行き来する日々で、あまり自宅に帰ってないようだ。長居をしては悪いだろう。それに、曹操が帰ってくる前に、さっさと退散したほうがいい。あの人材コレクターに遭遇してしまうと、逃げだすのもひと苦労である。

というわけで、胡孔明はクールに去るぜ！

朝日を背に、馬の手綱を引いて、埃っぽい街路を歩く。旧暦の九月だから、けっこう肌寒い季節なのだが、いたるところにできた人だかりの熱気が、寒さを感じさせなかった。道ゆく人々のバリエーションも豊富だ。動物の毛皮を着ているのは匈奴、茶髪で彫りの深い顔立ちの男は大秦国《ローマ》、青い瞳の男は貴霜国《クシャーナ》といった、遠方からの旅人だろう。ありとあらゆる場所から、人が集まっているようだった。都になるとはこういうことだ。往時の洛陽のように絢爛豪華、とまではお世辞にもいえないが、街全体に活気があふれている。

「なにか土産を買っていかねばな」

購買意欲を刺激されて、私はつぶやいた。

「西の市に寄っていきましょう」

司馬懿の声も、そこはかとなく楽しげに聞こえる。のんびり言葉を交わしながら歩いていると、うしろからやってきた馬車が、私たちを追い越したところで急停止した。なにかと思ったら、

「孔明先生じゃねえか」

「ごぶさたしております、孔明どの」

馬車に乗っていたのは生意気そうな少年と、まじめを絵に描いたような男——曹丕と陳羣だった。

なんてこった。せっかく曹操を回避したのに、曹丕に見つかってしまうとは。

彼らの馬車に同乗して、私たちは陳羣の屋敷にむかうことになった。屋敷に着くや、それまでのなんの変哲もない雑談は、当然のように、殺伐とした話題に切り替わる。きっかけは、曹丕がいい放ったひとことだった。

「オレ、虎豹騎に選ばれたよ」

曹丕がいうと同時に、陳羣が静かに席を立った。曹丕はちらりと陳羣の背を見てから、かまわずにつづける。

「什長《じゅうちょう》だってさ」

「ふむ……、什長か」

私は反応に迷った。什長、すなわち部下が十人つくということである。少年の身でありながら部下がつくことを、称賛すべきなのか。それとも、曹操の息子であるにもかかわらず、わずか十人しか部下をつけてもらえなかった、と見るべきなのか。

「そんな心配そうな顔をしないでくれよ」

私のあいまいな反応を見て、曹丕は不満そうに口をとがらせた。

「虎豹騎は、孔明先生のあぶみを配備した最精鋭部隊だ。選抜された兵も、場数を踏んだ精兵ぞろいなんだぜ。しかも、父上が直々に指揮をとるんだ。ここが壊滅するようなら、どこの部隊にいようが関係ない。もうおしまいだろ」

なるほど。曹操は自分の目がとどく範囲に、曹丕を配属させたのか。あたえる兵士の人数を増やすよりも、自分の近くに置いたほうが安全だと判断したのだ。これが、曹操なりの親心の形なのだろう。私が納得していると、竹簡を手にした陳羣がもどってきた。

「孔明どの、これをごらんください」

差し出された竹簡を受けとって、ひらく。どうやら、虎豹騎を運営するうえでの取り決めというか、マニュアルのようだった。太鼓や銅鑼の合図に応じて、前進や後退、武器や戦列の変更をおこなうよう、詳細に決められている。

……うわっ、逃げだした味方の処刑方法まで書かれていますわ。このマニュアル、一般には流出しちゃいけないやつなんじゃないかな。現代に残る「孫子の兵法書」は曹操が注釈をつけたものだというし、おそらく、これも曹操自身が作成したものだろう。だが、あいにくなことに。これがどれほどすごいものなのか、他の部隊と比較できるわけでもない私には、にわかに判別がつかなかった。こういうときに、私がやることは決まっている。軍師の助言をあおぐのである。司馬懿に丸投げ、ポイッ！　である。

「仲達」

「はっ」

打てばひびくような返事をして、司馬懿は竹簡を受けとると、ささっと目を通した。

「なるほど。精鋭と自負するのもうなずけます」

だ、そうです。

ふっふっふ。これが、師弟の阿吽の呼吸ってやつよッ！

「だろ？　父上の目の前で、手柄を立ててみせるぜ」

曹丕は口の端に、自信ありげな笑みを浮かべた。

「……将たらんとする者は、個人の武功を追いもとめるべきではない、と思うが」

と、司馬懿が少年のやる気に水を差した。

「いまのオレは将じゃない。あたえられた立場で全力を尽くすのは当然だろ？　おまえに批判されるいわれなんてねえよ」

曹丕が半眼で司馬懿をにらみつけた。

「…………」

司馬懿はなにもいわずに、困惑顔だ。忠告はした、理解できないならご自由に、といったふうに見える。ふと気がつくと、若者たちのやりとりを眺める陳羣の目に、興味深そうな色が浮かんでいた。

「あたえられた任に全力で取り組む。曹丕さまの心意気は壮でありましょう。ですが、功を焦って手柄に執着するより、あなたにはやらねばならないことがあります」

陳羣はおごそかに言葉を紡いだ。

「それは、本質を見きわめることです」

「……本質？」

つぶやいた曹丕に、陳羣は噛んでふくめるようにいう。

「司馬懿の言葉は、批判ではなく忠言でした。美辞麗句でもって曹丕さまの武勇を称え、追従《ついしょう》する者もいるでしょうが、そうした者の発する言葉よりも、ずっと価値のある言葉だったのです」

「………」

曹丕は渋面で、なにごとかを考えこんだ。思い当たる人物がいるのかもしれない。

「ひとつお聞きしましょう。孔明どのが、曹操さまの帰還を待たずに帰ろうとすることについて、曹丕さまはどうお考えですか？」

陳羣が訊くと、曹丕はわけがわからないといった表情で、

「そりゃあ……、なにもそんなに急いで帰らなくてもいいだろうに。父上が帰ってくれれば、献策に対する褒美ぐらいはもらえるだろう。もらえるもんは、もらっとけばいいんだ」

「では、司馬懿はどう考えているのかな？」

陳羣は、質問の矛先を司馬懿にむけた。

「先生はすでに、許都にきた目的をはたしておりますゆえ」

静かな口調で答える司馬懿に、陳羣はうなずいた。

「そう。袁紹との戦は官渡でおこなうべし。孔明どのは、伝えるべきことは伝え、やるべきことはやり終えた。だから、帰るのです」

いえ、曹操と会いたくないからです。

「論語に、『君子は本《もと》を務む』とあります。平たくいうなら、物事の本質を見きわめて、やるべきことをやりなさい、という教えです」

陳羣の言葉を聞いて、私は奇妙な不安に襲われた。……なんだか、風向きがおかしくなってきたような。私の不安を知るよしもなく、陳羣は滔々《とうとう》とつづける。

「金や名声、そういったものは、およそ枝葉末節にすぎません。やるべきことをやって功を誇らず、人を助けて恩に着せることもない。これが、君子のおこないなのです。孔明どののおこないを見ていれば、仁者とはいかなるものか、おのずと理解できましょう」

曹丕と司馬懿は、真剣そのものの顔でうなずいた。

ぐああああああっ！

恥ずかしい！　いたたまれないっ！

やめて陳羣！　顔から火が出そう！

私は表情を隠すように酒杯を口元にあてて、濁った中身を一気に飲み干した。

「君子のよい手本として、孔明どのを例にあげました。悪い例としては、……そうですね。いいたくはないのですが、私の事例に言及するといたしましょう」

私の心の声が聞こえたはずもないが、陳羣はさらりと話を進めた。むむ、うまい。安堵と同時に感心する。他人の成功談や自慢話なんか、聞いたところでおもしろくもなんともない。そんなものより、失敗談や恥ずかしい話に興味をひかれるのが、人間の性《さが》というものだ。そこに自分の話をもってくるのが、なんだか陳羣らしいなと思う。

「郭奉孝の素行について、私がたびたび弾劾していることを、曹丕さまはご存じでしょうか？」

「ああ。この前、おおやけの場で紛糾していたからな」

「まさしく、そこに問題があるのです。恥ずかしながら、私のこの行為は、仁にもとるおこないといえましょう。奉孝の素行を注意したければ、本人にいえばよい。罰すべきと判断したなら、曹操さまに上申すればよい。そこまでで充分なのです。おおやけの場で指摘した私の行為はやりすぎであり、まちがっているのです」

「……？」

曹丕が不審そうに目をすがめた。そらそうよ。まちがっているとわかっていて、どうして陳羣はそんなことをしたのか。私だって疑問に思う。

「ですが、そのまちがった行動も、一見すると職務に励んでいるように見えるのでしょう。私の行動を支持して、近づいてくる者もいます。物事の表面だけを見て、本質を見きわめようとしないそのような人物を、私は信用しておりません」

陳羣の主張に同調して郭嘉を批判していたら、いつのまにかその陳羣に信用できない人物あつかいされていた件。陳羣長文の役職は、司空西曹掾属《せいそうえんぞく》という人事担当官であるからして、その人たちの人事考課にも影響はあるだろう。引っかけられた側からしてみれば、たまったものではない。もし、彼らがこの話を聞いていれば、「これは長文の罠だ！」といいたくなるにちがいなかった。

「武功のいかんにかかわらず、これから曹丕さまのそばには、多くの人が近づいてくるでしょう。彼らの本質を、曹丕さまは心眼をひらいて、見きわめていかなければならないのです。それがどれほど重要なことか。おわかりですね？」

そういいながら、陳羣はじっと曹丕の顔を見つめた。わずかな間を置いて、曹丕はうなずいた。

「心眼をひらいて、本質を見るか。なんとなくだけど、わかったよ。……でも、まちがっていると知っていながら、どうして郭嘉を批判したんだ？」

そんな彼の疑問を受けて、陳羣は嘆息した。

「奉孝の素行に問題があるのは事実です。衆臣の中には、彼に白い目をむける者も多いのです」

私もため息をつきそうになった。儒教にこりかたまった人たちの目には、郭嘉は不道徳の塊に見えるだろう。批判されるのもしかたない面はある。儒教を重んじるというのなら、荀彧や陳羣もそうなのだが、彼らのように柔軟な思考ができる人物はあまり多くないのである。……そもそも、郭嘉に模範的な人物像をもとめること自体が、無理難題というものなんですがね。

「そうした不満をほうっておけば、彼らはいずれ、奉孝を陥れようと画策をはじめるでしょう。ですが、私が先鋒に立てば、奉孝に批判的な者は、まず私のもとに集まってきます。あとは、彼らの不満が悪い形で噴出せぬよう、私がとりはからっていけばよいのです」

説明する陳羣の頬には、困ったものだといわんばかりに、微苦笑が浮かんでいた。

「長文、おぬしはそうした事情を、奉孝本人には伝えていないのであろう?」

なかば確信しながら、私は訊いた。

「ええ。伝えるつもりはありませんよ。こんなことを知ったら、あいつはぜったいに調子に乗りますからね」

と、陳羣は呆れたように首を振った。……うむ。つまり、こういうことであるな。

べ、別に郭嘉を護るためじゃないんだからね! 不品行を批判してるだけなんだからッ!

私の中で、陳羣ツンデレ説が誕生した瞬間であった。ツンデレ乙。


年が明けて建安五年は、いつにもまして波乱の幕開けとなった。一月九日、司空曹操の暗殺をくわだてた罪で、董承たちが処刑されたのである。うん、知ってた。

「この計画への参画が発覚した劉備を討伐するため、曹操みずから出陣するもようです」

と例によって例のごとく、耳の早い司馬懿が知らせてくれる。

九月に徐州で独立した劉備は、曹操が差しむけた討伐軍を次々と撃破して、いまだ健在である。いつもの曹操なら部下にまかせず、とっくに自分で討伐にのりだしていたはずだ。そうしなかったのは、みずから官渡へおもむき、城塞建築の陣頭指揮をとっていたからだった。だが、暗殺計画に関与していたとなると、もう劉備を野放しにはできない。これ以上放置すれば、曹操の沽券にかかわる。

「袁紹の関与は、取りざたされておらぬか」

「はい。証拠をつかめなかったのでしょう」

むむむ。袁紹側にも智謀の士は多いだけに、尻尾はつかませなかったか。暗殺を未然にふせいだ時点で及第点ではあるのだろうけど、荀彧は悔しい思いをしているにちがいない。

「それと、曹丕から文《ふみ》がとどきまして」

「ほう?」

ほほう、司馬懿と曹丕に手紙のやりとりがあったとは……よい傾向に思える。なにせ、曹丕は魏の皇帝になる人物。仲よくしていれば、司馬懿のスピード出世は約束されたようなものでしょう。

「どうやら、虎豹騎は許都で留守番のようです。劉備討伐には参加できそうもない、と曹丕は不満がっておりました」

「となると、虎豹騎の初陣は、やはり袁紹との戦になりそうだな」

曹操は官渡までさがって籠城戦を主体に戦うつもりだが、袁紹軍の侵攻に対して、無抵抗でさがるわけにはいかない。領地を守ろうとするそぶりを見せなければ、その地にゆかりのある部下の忠誠はがた落ちだ。部下の寝返りが連鎖でもしたら、目も当てられない。戦おうとせずにさがってばかりでは、兵の士気だってもたないだろう。有利なポイントで局地的な勝利を積みかさねつつ、戦線を後退させる。それが理想的なひきかたといえる。

とくに重要なのは、戦の流れに大きな影響をあたえるであろう、緒戦である。史実では、官渡の戦いの緒戦である白馬の戦いにおいて、曹操の客将となっていた関羽が、袁紹軍の猛将顔良を討ちとっている。この戦果は、曹操軍を大いに盛りあげたはずだ。

虎の子の虎豹騎を実戦投入するなら、白馬の地だろう。兵法に長けた曹操は、機を逃さないはずだ。そうそう、兵法といえば、司馬懿に見せとかなきゃいけないものがあった。

「仲達、私の書斎に『孫子』と『呉子』がある。それに目を通しておきなさい」

「孫呉の兵法書ですか？」

司馬懿が首をかしげた。孫子と呉子は孫呉の兵法書と呼ばれ、最も代表的な兵法書とされている。私だって何度も読んだことはあるし、司馬懿だったら丸々暗記していてもおかしくない。いまさら、と思うのも当然だが、

「張繡の軍師だった賈詡《かく》を知っているな？」

「はい。曹操をさんざん翻弄した人物ですから」

「その賈詡が注釈した孫呉の兵法書を、写したものだ」

賈詡は三国志を代表する名軍師のひとりである。きっと、司馬懿にも得るものがあるだろう。

「……!?　ありがとう存じます」

司馬懿はかしこまって謝意をあらわした。司馬懿に兵法を教えることなんて、私にはとてもできない。だったら、人を頼ればいいのです。

賈詡先生、お願いしやす!!

私にその写本を送ってくれたのは、荀彧である。昨年の十一月、張繡は賈詡の進言を受けいれて、曹操に降伏した。その後、荀彧が賈詡と親交をもち、彼の注釈した兵法書を手に入れて、写本を送

ってくれたのだった。

戦は矛を交える前からはじまっている。曹操の行動力はすさまじい。袁紹が朝廷で反曹操の動きを煽っているあいだに、曹操は官渡に城を築き、張繍を帰順せしめ、さらには劉備討伐に動きだした。一ターンに三回行動してくるラスボスもかくや。荀彧が舌を巻くのもわかる気がする。チートに片足を突っこんでますわ。

◆◆◆

曹操親征に反対する臣下は少なくなかった。

「我々の主敵は北の袁紹である。劉備討伐に動いた隙に、袁紹軍が南下してきたらどうするのだ」

こうした諸将の声を、曹操は一笑に付した。

「部下にまかせて失敗したのだ。余がいくしかあるまい」

主君の気勢に賛同したのは、郭嘉や荀攸である。

「なに、袁紹軍は大軍であるがゆえに、行軍速度が遅いんすよ。袁紹が河水を渡る前に、ささっと劉備を片づけちゃいましょう」

「……劉備の軍勢は、いまや二万にも達しようかという勢い。袁紹と対峙しながら、これを片手間に相手取るのはむずかしい。まずは、劉備こそ討つべきと存じます」

頼もしい幕僚たちの見解は、曹操の思惑と一致していた。こうして曹操は三万を超える軍勢を率いて、徐州に進軍した。この戦は劉備だけでなく、時間との戦いでもある。

劉備がいる小沛を目前としたとき、曹操のもとに先陣から伝令がとどいた。

「劉備軍が城から打って出ました」

曹操が最もおそれていたのは、劉備が城にこもり、時間ばかりが経過していくことであったから、この報告は朗報である。

「劉備め。野戦で余に敵うとでも思っているのか」

だが、曹操の声はほろ苦い。状況はよくなったものの、劉備にあなどられたと感じたのだろう。矜持を傷つけられた声であった。

「……小沛は守りにくい城です」

「うむ」

なぐさめるかのような荀攸の言に、曹操はうなずいた。籠城したところで守り切れないと判断したのであれば、打って出る選択肢もあろう。気をとりなおした曹操は、一刻も早く先陣の救援にむかうべきだと進言する部下に、ゆっくりと首を振った。

「先陣を率いるのは曹仁《そうじん》だ。郭嘉もついている。あわてる必要はない」

一門衆の曹仁は、曹操軍屈指の名将である。郭嘉がいれば、詭計に惑わされる可能性も低い。

劉備軍は二万近いというが、それはあくまで総兵力である。彼らは劉備領各地に分散しており、小沛にいるのは、せいぜい一万二千といったところだ。しかも、その大半は新兵弱卒である。おそれるほどのものではなかった。劉備軍にも、中核となる戦歴の長い将兵はいる。しかしその数、千から二千とみられる彼らもまた、各地に散らばっていた。

その代表例が、関羽である。劉備につきしたがう豪傑、関羽と張飛《ちょうひ》の武名は広く知られているが、小沛にいるのは張飛だけで、関羽は下邳の守りについているのだ。

「前線は崩れぬ。予定通り行軍せよ！」

曹操は号を発した。さらに、

「隊列を乱すな。劉備のことだ、兵を伏せているかもしれんぞ！」

曹操の予言は当たった。本陣めがけて、張飛が奇襲をかけてきたのである。これあるを予期していた曹操軍の反撃は、峻烈をきわめた。とりわけすさまじかったのが、かつて呂布の旗下にいた張《ちょう》遼《りょう》という武将である。張遼が指揮する騎兵隊は、それ自体が一個の生き物であるかのように戦場を疾走し、張飛隊の横っ腹に喰らいつくと、散々に暴れまわった。いかに張飛が万夫不当の豪傑であろうと、曹操にたどり着けないようでは、戦局は変えられない。張飛隊をあぶなげなく撃破した曹操が、前線に到着したころ、すでに戦は終わろうとしていた。曹仁の攻勢のまえに、劉備本隊も、あっけなく潰走をはじめていたのだった。


「劉備は、現状を正確に認識していた」

いましがた破った敵を、曹操はそう評した。彼の足元にある小沛の城壁は、血ではなく、夕暮れに赤く染まっている。

投降した小沛の兵士たちによると、曹操が派遣した将を撃破したとき、劉備は得意満面に、「おまえらごときに、この劉備の首が取れるものか！　私を倒したければ、曹操みずから来るがいい！」と豪語していたそうだ。その言葉には、そこらの将には負けないという強気と、曹操には抗しがたいという弱気が混在していた。

「やつは負けたあとのことを考えて、打って出たのだ」

「……逃げるため、ですか」

荀攸は、曹操のいわんとするところを正確に理解した。

「うむ。籠城して包囲されてしまえば、脱出するのは容易ではないからな」

野戦であれば、総大将の劉備は後方で指揮をとることになる。戦場の全容を見ながら、敗色が濃くなったなら、すぐさま逃げだせばよい。後方にいるのだから、まず無事に逃げおおせられる。

「どうりでもろかったはずだ。もとより、やつには必勝の覚悟などなかったのだ」

脱兎のごとく逃走した劉備を、曹操軍は捕捉できなかった。部下を見捨て、小沛に妻子を残しての逃亡である。その不甲斐なさを嘲笑する者もいよう。だが、曹操の声にあるのは侮蔑ではなく、感嘆のひびきだった。

「笑いたい者には、笑わせておけばいい。戦い、生きのびることが、どれほど困難な世か。劉備は身をもって知っているのだろう」

そこへ郭嘉が歩み寄ってきて、おどけた調子で声をかける。

「おや、下邳を落とす算段っすか？」

「いや……」

曹操は、しばし逡巡してから、

「関羽には降伏をうながすつもりだ」

「たしかに。それが一番、被害が少ないっすね」

うなずく郭嘉に、曹操は意外そうな顔をする。

「郭嘉、おまえは劉備を警戒していたな。関羽はかまわんのか？」

「どうせ、反対したところで、気持ちは変わらないんでしょう？」

「まあな」

曹操は小さく笑った。

「そうっすねえ。劉備は人の下につく男ではない、って判断しただけなんで」

「そうか。……では、孫策はどう思う？」

江東で雄飛する若者の名を、曹操はあげた。郭嘉は肩をすくめて、

「さて、会ったこともありませんし」

「……孫策が気になりますか？」

荀攸が静かに問いかけた。

「うむ。現状はゆるやかではあるが、同盟関係にあるといっていい。だが……」

曹操は、息子に孫家の娘を娶《めと》らせ、一族の娘を孫家に嫁がせていた。孫策との関係は良好といってよい。

盤面は悪くなかった。関中の馬騰とは、鍾繇を介して交渉している。袁紹との戦がはじまれば馬を供してもらう、と約を交わしてあった。どちらかといえば曹操側とみていいだろう。南陽の張繡

は曹操に帰順した。荊州の劉表は、荊州南部の長沙太守が反乱を起こしているため、曹操と戦う余裕はない。劉表軍は豪族の力が強く、地元の乱を無視して外征することなどできないのである。もちろん、この反乱には、曹操も裏から協力している。そして劉備勢力は消えようとしている。これで袁紹との戦に専念できるはずだ。

だがそれも、孫策の気質に左右される。もし劉備と同じく、誰かの下風に立つことを潔しとしない気概の持ち主だとしたら……。婚姻関係など無視して、曹操に牙をむくかもしれない。そうなれば、劉備の反乱どころの騒ぎではない。

「……孫策は江東の地を手に入れたばかりです。急拡大した領地を治めるのに、苦心しているようですが……」

荀攸が首をひねった。

「だが、楽観はできぬ。強引に軍を動かす力強さが、孫策にはある。いざとなれば、領内の混乱など無視するであろう」

曹操の懸念は晴れなかった。脳裏に浮かぶのは面識のない孫策の姿ではなく、彼の父、孫堅の雄姿である。董卓軍を倒した唯一の男。江東の虎は、まさに英雄と呼ぶにふさわしい男だった。

「広陵《こうりょう》太守の陳登を支援する、ってのはどうですかね?」

と郭嘉は、星が見えはじめた東南の空を、すっと指さした。東南の空の下には、関羽の守る下邳があり、さらに先に広陵がある。

「むっ、陳登か……」

郭嘉の提案に、曹操は考えこんだ。陳登は、徐州ではめずらしい親曹操派である。彼の故郷・淮《わい》浦《ほ》は、曹操軍による虐殺をまぬがれており、彼を広陵太守に任じたのが曹操だからである。また、劉備とも親しくしていて、徐州の動乱においても抜け目なく力をたくわえていた。

陳登はいま、江水《こうすい》（長江）の南の地を、虎視眈々と狙っている。一方、そこを治める孫策も、江水の北に位置する広陵を狙っており、両者は敵対関係にあった。

「だが、陳登に兵を貸せば、それこそ孫策を敵にまわすのではないか？」

「いえ、一兵も用いません。金銭による支援で充分っす」

「なんだと？」

「陳登のもとには、孫策に土地を奪われた者、主君を殺された者たちが集まっています。復讐の機をうかがっている彼らを、こっそり支援してやるんですよ。孫策はおのれの武勇を頼むあまり、警戒心が薄く、単独行動を好むとか。いずれは、彼らの手によって……」

口調こそ軽いが、郭嘉の眸にはしる光は、刃物のように鋭かった。

「……なるほど。漢朝の司空まで、暗殺されそうになる世の中だ。孫策の身に何が起きようと、不思議ではあるまい」

曹操は毒々しい笑みを浮かべた。

数日後、曹操軍は大挙して下邳に押しよせた。幾重もの包囲のなか、関羽説得の使者となったのは、かねてより関羽と親交のある張遼である。下邳を守る将兵と、捕らわれた劉備の妻子の安全を約束して、張遼は真摯に降伏をすすめた。それでも渋る関羽に、劉備が生存していること、北に逃

走したことを伝えて、

「ここで死んだところで、主君に殉じることにはならないのだ。それでは、ただの無駄死にではないか」

「……やむをえまい。わかった、世話をかける」

死を選んだところで守れるものは何もないのだと説かれ、忠義にあつい関羽も、ついに首を縦に振った。

こうして、劉備の乱は鎮圧された。曹操に叛旗をひるがえしてから、わずか四か月後の出来事であった。


鄴において、董承一派が処刑されたとの報を最も早く知ったのは、おそらく郭図であったろう。彼は間者の報告を聞いて、策が完全な成功にいたらなかったことを知った。さりとて、失敗というわけでもない。成功が曹操の死であるのなら、失敗は袁紹の関与が明るみに出ることである。満足とはいえぬ結果であったが、包み隠さず全てを報告すると、袁紹は手放しの賛辞で迎えた。

「すばらしい。すばらしい成果だ。郭図よ、おぬしの策は見事であったぞ」

「曹操の命は奪えませなんだ」

「よい。董承も、私の敵であることに変わりはない」

「しかし、最大の敵は曹操でありましょう」

「だが、私にとっては、これが最善の結果だ」

命を落としたのが董承たちではなく曹操であったなら、袁紹は労せずして天下を取れただろう。だがそのあとには、董承たち朝臣との権力争いが待っている。彼らを排除するとなれば、少なからず汚名をかぶらねばなるまい。

「逆賊の汚名は、曹操が引き受けてくれた。よくやった」

袁紹は、満足げに郭図の労をねぎらった。董承たちが処刑されて、帝は頼みとする忠臣を失った。これで、曹操を倒したあかつきには、抵抗する力を失った丸腰の帝が手に入る。天子ですらはむかうことのできない、絶対的な権力を手に入れる好機が、ついに訪れたのである。

「機は熟した」

河北の覇者は重い腰をあげると、出陣の準備を急ぐよう、すぐさま全軍に命じた。

「南下せよ！　逆賊曹操を、君側の奸を討つ!!」

君側の奸を討つ。使い古された大義名分は、陳腐であるがゆえに伝わりやすい。袁紹の言葉は、またたく間に将兵ひとりひとりの心に染みこんでいった。だが、これに頑として反対する者がいた。田豊である。

「大義を得たところで、戦局が変わったわけではありませぬ！」

この諫言に、袁紹はみるみるうちに不機嫌になり、士気を乱したとして、田豊は投獄されてしまった。冀州一の知者は、おのれの不遇を嘆くよりも、怒りを発散させることを選んだ。牢の床を主君に見立てて、憎々しげに踏みつけたのである。

「……反対すればこうなると、おぬしなら予想できただろうに」

牢の外から、呆れたような声がかかる。田豊は声の主をじろりとねめつけた。面会に訪れたのは、沮授であった。

「ふん、沮授どのか。そうはいうが、貴殿とて本心では出兵に反対しておろう」

「そうだな。だが私は、曹操相手の戦は大義がない、として出兵に反対してきた。大義を得てしまったからには反対できん。……前言をひるがえして反対したところで、誰もついてこないだろうよ」

沮授は自嘲するように唇をゆがめた。

「大義か。都合がよすぎるな……」

といって、田豊はひげを撫でながら思案すると、真実にたどりついた。

「郭図か」

「おそらくはな。うまくやったものだ」

沮授が舌打ちをして、同意した。袁紹が郭図と密談をかさねていたのは、これが目的だったのだ。許都を揺るがした郭図の手腕は、田豊と沮授をうならせた。彼らが同じように工作したところで、こうもうまくはいかなかっただろう。許都に地縁がない彼らでは、お粗末な連絡網しか構築できず、曹操の監視に引っかかっていたにちがいなかった。

「だが、大義を得たのなら、それこそ劉表が長沙の反乱をしずめるまで待つべきなのだ。さすれば、かならずや劉表は動いたであろう」

田豊の主張は正論である。せっかく手にした大義を、なぜ活用しないのか。大義をもとめたであろう袁紹に、郭図がこたえてみせた。そこで策が終わってしまったのが、田豊と沮授にはもどかしくてならない。冀州きっての切れ者であるこのふたりには、郭図の策が天下を確約する一手になりえたことと、仕上がりを欠いていることが見えてしまったのである。沮授は苦々しげに毒づいた。

「郭図め。主君の勘気に触れるのをおそれたか。待ちの手を打てば、より効果があることぐらい、あの男ならわかっていように」

「ふん、郭図どのは忠臣であらせられる。主君の意に反した手など、はなから打つつもりはなかったであろうよ。……あの狗《いぬ》めが！」

田豊の言葉は痛烈をきわめた。こみあげてくる口惜しさのあまり、彼らは歯を食いしばらずにはいられなかった。袁紹が大義をかかげ、各地の群雄がそれに呼応して、曹操を包囲する。千里の外からなる壮大な包囲網が、ようやく絵空事ではなくなりつつあるだけに、性急な開戦が無念でならない。沮授はため息をついて、頭を振った。

「いまさらいっても詮ないことだ。正面から曹操に勝つ。もはやそれ以外に道はあるまい」

建安五年の二月、満をじして、袁紹軍は南下をはじめた。河北四州から動員された、総計十一万にも達する大軍勢である。その行進はどこまでもつづき、まるで河水の流れのように、あらゆるものを呑みこむかと思われた。

◆◆◆

とうとう袁紹軍が動きだしたらしい。許都はその対応に追われて、てんやわんやになっているはずだ。天下分け目の一大決戦がはじまろうとしているのだが、洛陽の南に位置する陸渾に戦火がおよぶ予定はないので、心配はご無用である。

私はのんびりと、さとうきびから砂糖を作ろうとして……断念していた。いちおう黒糖みたいなものはできたのだが、とにかく労力が尋常ではない。燃料だってかかるし、苦みや雑味があって、味もイマイチ。となったところで、やる気がきれいさっぱりなくなった。やっぱり、さとうきび畑を作って、大量の人員を投入するといった、大規模な形でなければ現実的な話ではないのだろう。いつか曹操軍に頼むとしよう。けど、南方じゃないと、さとうきびはとれないしなあ。

そんなある日、忙しいであろう許都から手紙がとどいた。

「たしかに、おとどけしましたよ。それでは！」

と、郵人《ゆうじん》が元気に走り去っていく。

手紙は二通あった。私あてと司馬懿あてである。私の家にちょうど司馬懿がいたので、彼もここで手紙を受けとったのだ。差出人は、司馬懿の手紙が曹丕からで、私の手紙は関羽からだった。

えっ、なんで関羽？

驚きはしたが、司馬懿がいる手前、「げえっ、関羽⁉」というリアクションはやめておく。

「先生は、関羽と面識がおありなのですか？」

「いや……」

私が首をかしげると、瞬時に司馬懿の目尻がつりあがった。

これは、あれです。関羽のことを「面識もないのに手紙を送りつけてくるとは、無礼なやつめ！」と思ってる顔です。この時代はけっこうな階級社会、差別社会でして、そうした悪習のひとっに、文人が武人を見くだすという風潮があるのです。民衆に対しては思いやりのある司馬懿さんでも、そうした悪弊《あくへい》から、完全に自由ではいられないのでしょう。

私の手にある手紙を、司馬懿は眉をひそめてにらんでいる。

「ふむ」

私も司馬懿のもつ手紙を見る。しばし思案して、提案する。

「書斎にいくか？」

「はい」

なんとなく、いっしょに見てみよう、という雰囲気だったのだ。曹丕がどんなことを書いているのか、ちょっと気になったし。司馬懿は司馬懿で、関羽の手紙が気になるようだし。なんとなくだけど、そんな空気だったのである。

書斎に入り、肘かけ椅子に座った私は、関羽と曹丕の手紙を机の上にならべた。こうした椅子文化は異民族から伝わったもので、まだこの国ではそれほど広まっていない。ただ、私が愛用しているのを見て、司馬懿や荀彧も椅子を使うようになっている。荀彧の真似をする人は多いから、そのうち広まっていくだろう。

「さて。では、関羽の書簡から見てみるか」

「はい」

横に立つ司馬懿に語りかけてから、私は手紙の封を切って黙読する。

『突然の手紙を差しあげる失礼をご容赦ください。私は司隷河東郡、解県《かいけん》出身の関羽、字を雲長《うんちょう》と申します。若き日より義兵に身を投じて、世にはびこる賊を平定せんがため、戦って参りました。武運つたなく戦に敗れ、いまは曹司空の客将として、許都に滞在しております。曹司空には厚く遇していただき、過分にも数多くの賜り物をさずかりました。ですが、私はいずれ主君・劉備のもとにもどる身です。受けとるわけにはいかないと思い、それらの賜り物には封をしております。その中で、たったひとつの例外が、胡先生の発明されたあぶみであります。このあぶみがあれば、主君が千里先にいようとも、たちまち駆けつけることができるでしょう。曹司空から真紅のあぶみを拝領したときの、私の感激はひとしおでございました。ぜひとも胡先生にお礼状をしたためねば、と思い、こうして筆をとることに――』

以下つづいているが、まあ、それはともかく。どこかで聞いたような話である。

人材コレクターの曹操は関羽をいたく気に入って、配下にしようとあれこれ贈り物をするのだが、劉備への忠義をつらぬく関羽は、それに封をして受けとろうとしない。ところが、そんな関羽でも、名馬・赤兎だけはよろこんで受けとった。これは、と曹操は一瞬期待するが、関羽が名馬を受けとったのは、劉備のもとに帰るためであった。という、関羽の忠義をあらわすエピソードである。

……赤兎馬はどこいった？　いや、関羽が赤兎馬に乗るのは、三国志演義での創作か。

「なるほど、お礼状でしたか。律儀な人物です」

中身に目を通して納得したのか、司馬懿の顔から険がなくなった。

「ときに訊ねるが、関羽とはどのような人物であろう？」

ふと思いついて、私は訊いた。前世の知識がたしかならば、関羽は士大夫にきびしく、部下に寛容な人物である。対して、張飛は士大夫に媚びて部下にきびしい人物であったはずだ。文面からはそんな印象は受けないが、実際どうなんだろうか。

「関羽ですか……。義理を重んじる人柄で、その武勇は一万の兵に匹敵するとか。風貌は長身で、ひげが長い、と聞いております」

「ふむ……」

私の耳に入ってくる噂とたいして変わらない。司馬懿なら私の知らない情報を知っているかもしれない、と思ったのだが。とくに名士を嫌悪している、という話はなさそうだ。

「では、次は曹丕の書簡を見てみるとしよう」

「……はい」

私は曹丕の手紙を開封する。

『仲達どの、いかがおすごしですか。あなたのことだから、天下の争乱にも我関せずと、学問にいそしんでいるのではないでしょうか。山紫水明な陸渾の風景は、じゃむをひとさじ舐めるたびに、昨日のことのようにくっきりと思い出されます。春光あふれ、緑はいきいきと色づいていることでしょう。花は清々しい香りに包まれ、風はあたたかくなってきました。しかし、白馬城を思う私の心中には、いまだ寒風が吹いています。ああ、袁紹軍に包囲されている白馬の人々は、どのような気持ちですごしているのでしょうか。彼らの身は震え、心は凍えているにちがいありません。弾棋《だんぎ》をしていても、気はそぞろで楽しむことなどできません。一刻も早く出陣せねばと、心ばかりが北へと飛んでいきます――』

……た、ただの手紙なのに、そこはかとなく詩才がにじみ出ておられる。父の曹操・弟の曹植《そうしょく》とならんで、詩の名手となる片鱗がこんなところで⁉

「……ふぅ」

手紙を読み終えたとき、私はため息をもらしていた。なんだか読みごたえがあったのだ。まだ中学生ぐらいなのに。やっぱりこういうのは、もって生まれた才能なのだろうか。司馬懿も無言だったのだが、やがて、消え入りそうな声で、

「先生は……曹丕を弟子にしたいとお思いですか?」

なんでやねんッ!

曹丕を弟子にするなんて、厄介ごと以外のなにものでもないでしょうがッ!

「……天才はいます。悔しいですが」

司馬懿は無念そうな表情を浮かべた。見ていて気の毒になるほどの意気消沈ぶりである。

「うむ」

「残念ですが、私に詩文の才能はありません。それはわかっているのです」

「……うむ」

それは私もわかっていた。司馬懿の詩はなんというか……報告書っぽい。

「仲達、たしかに、おぬしに詩才はない」

「はい……」

「だがそれは、おぬしが感性の人ではなく、理性の人であるからだ」

「…………」

「鳥を見あげて空に思いをはせるのを感性とするなら、鳥が地上を見おろすように全体を俯瞰《ふかん》するのが理性といえよう。常に理性的な判断を優先しようとする、おぬしの資質は得がたいものだ。常人が得ようとしても、身につくものではない」

「……はい」

「司馬仲達のその資質は、いずれ多くの民を救うであろう。私はそう期待している。そう、大いに期待しているのだ。それと、私が権力と距離を置いているのは、おぬしも知っていよう。曹丕を弟子にするなど、ありえんよ」

私が断言すると、司馬懿は安堵したのか、ほっと息をついて表情をやわらげた。

いや、まさか。曹丕の才能を、司馬懿がうらやんでいる？　いやいや、逆でしょう。私が曹丕だったら、「ふざけんな！　おまえの頭をよこせ！」といいたいところですよ。

その日の夜、私は関羽に返書を書くため、筆をとった。現時点で名士を嫌っているわけではなさそうだが、気をつけるにこしたことはない。こういうときは褒めるにかぎる。いつも褒めてるような気がする。いいんです、これが私の処世術なんです。

関羽よ。見せてやろう！　ベテラン媚びへつらーの力をな！

「ええ〜と。関将軍の武名は天下にひびき、と……」

ひげ自慢だから、外見も褒めときましょう。

「火徳の漢王朝の色である赤いあぶみに足をかけ、長いひげをなびかせて戦場をかける姿に、人々は赤龍の化身を見るでしょう――」

こんな感じで、よいのではないでしょうか。

――で、どうやら、よろしかったようで。この件以来、私と関羽は文通するようになるのだった。

※

建安五年（二〇〇年）、小沛の劉備が曹操に敗れて袁紹のもとに逃走すると、下邳に孤立した関羽はやむなく曹操に降伏した。曹操は関羽の義勇を高く評価して、偏将軍に任命するなど厚遇した。さらに曹操はさまざまな贈り物をして、関羽の心を得ようとしたが、関羽は劉備への忠節をまげず、それらに封印をして手をつけなかった。唯一、赤い鐙《あぶみ》をあたえられたときだけは、「この赤鐙《せきとう》があれば、はなればなれになっている主君のもとにも、たやすく駆けつけることができるでしょう」として、これを受けとり、よろこんだという。

関羽　三国志全書

◆◆◆

建安五年四月。袁紹軍に包囲された白馬城を救うため、曹操軍三万五千は北上していた。その途上、本営に集まった部下たちを、曹操が驚かせたのは、これから軍議をはじめようというときであった。

「江東の孫策が、死んだそうだ」

四月四日、刺客に襲撃されて負った矢傷が悪化し、孫策は二十六歳の若さでこの世を去った。後継者に指名された弟の孫権《そんけん》は、器量の大きな若者らしいが、まだ十九歳である。家中をまとめるために、しばらくは時を費やさねばならないだろう。

「孫策は若く、勇ましく、おそれを知らない強力な指導者であった。個人的な好悪はともかく、我が軍にとって、この知らせは南からの追い風となろう」

浮かれは見せずに、きまじめな表情で曹操は告げた。

この訃報は吉報である。北の袁紹と南の孫策。もし、同時に敵対することがあれば、どれほどの難事となっていたことか。この場にいる者で、それが理解できぬ者はいない。部下たちの顔を、天幕の隅でかしこまっている曹丕の顔を見まわして、曹操は小さくうなずくと、

「あらためていうまでもない。我が軍の目的は、白馬城の住民と守備兵二千の救出である。彼らを救ったうえで、袁紹の鼻っ柱をへし折ってやれれば申し分ない」

誰からともなくあがった笑声が、気負いと緊張と重苦しい空気とを緩和させた。

曹操の視線を受け、荀攸が作戦の説明をはじめる。

「これより我が軍がむかうのは、延津《えんしん》であります」

白馬にむかうのではなかったのか？　と、諸将がざわめいた。

延津は、白馬の西に位置する渡し場である。河水は川幅が広すぎて、橋を架けることができない。船で渡らなければならないため、渡し場をおさえることが、戦略上きわめて重要になる。白馬津《はくばしん》と延津、この二点が曹操領と袁紹領とを分かつ渡し場であった。

白馬津をおさえているのは袁紹である。袁紹本隊はいまだ対岸の黎陽にとどまっており、先鋒部隊が白馬津に上陸して、白馬城を攻めている。先鋒は郭図・淳于瓊・顔良を大将とする三万であった。一方、延津はまだ曹操の支配下にある。于禁・楽進といった武将たちが一万の兵で先行して、延津を死守していた。

「先行する一万と合わせれば、我々は四万五千だ。袁紹軍三万など、ひと息に蹴散らしてくれよう！」

熱をおびた部下の主張に、曹操は口元をほころばせた。意気軒昂《いきけんこう》なのは歓迎すべきことである。血気盛んな将が暴走しないように、腐らないように。手綱を握るのは、将の将たる曹操の役割であった。

「白馬に急ぎたい気持ちは、余も同じだ。だが、正面から三万の兵と戦えば、こちらの損害も無視はできん。うしろには袁紹本隊が、無傷のまま牙を研いでいることを忘れてはならぬ」

白馬にいる敵は先鋒にすぎない。ここで勝ちさえすればよい、というものではなかった。くわえて、白馬を包囲する敵軍三万が守備をかためれば、撃破するにも時間がかかる。戦が長引けば、袁紹の援軍が次々と白馬津に上陸してくるだろう。そうなっては勝利もおぼつかない。

「……延津から渡河して、鄴との補給線を断つ、と見せかけます。補給線を断たれ、本拠地周辺を荒らされては、せっかくの大軍も瓦解してしまう。袁紹は我が軍の動きに対処すべく、黎陽から河水北岸を西に移動すると思われます。また、白馬を攻めている三万も、本隊に呼応した動きを見せるでしょう……」

荀攸の静かな口調は、高揚からかけはなれていた。では、消極的な策なのだろうか、と中身を見ればとんでもない。すこぶる大胆な陽動策である。渡河中の軍はもろい。このうえない餌となろう。袁紹軍の急所を突こうと乾坤一擲《けんこんいってき》の賭けにでた曹操軍を、河水の南北から挟撃して壊滅に追いこむ。袁紹の目には、さぞ魅力的にうつるにちがいなかった。四海を掌握するにふさわしい、赫々《かっかく》たる勝利である、と。

「おお。陽動によって、白馬城を包囲している敵軍をふたつに分ける、ということか」

「渡河すると見せかけ、白馬から延津にむかってきた敵を撃破するのですな」

諸将の反応に、荀攸は首を横に振った。

「いえ。我々の目的は、あくまでも白馬の救援です。白馬から延津にむかってくる敵を充分に引きつけたうえで、軽騎兵五千をもって迂回し、白馬に残った袁紹軍を叩きます」

「五千⁉」

「郭図・淳于瓊・顔良の三軍のうち、一軍が白馬に残ったとして一万、二軍が残れば二万だ。騎兵とはいえ、たった五千でそれを破ろうというのか」

「いや、我が軍の騎兵なら、一万が相手であろうと圧倒できるだろう。しかし、二万となると……」

「白馬に残るのは、顔良軍一万です」

戸惑う諸将に、荀攸は断言した。

「荀攸どの。なぜそう思われる？」

「顔良は勇猛な将だと聞いている。顔良こそ、まっさきに延津にむかってくるのではないか？」

もっともな疑問である。私生活においては口数の少ない荀攸も、軍議では言葉を惜しんでいられない。

「……袁紹軍が白馬城の包囲をつづけるには、一万も兵を残せば足りるでしょう。しかし、延津にむける兵が一万では、各個撃破の格好の標的となってしまいます。ゆえに、二万をむけてくるかと」

こうした軍議をまわすのは、たいてい論陣を張るのが得意な参謀なのだが、その代表例といってもいい郭嘉などは、いつになく発言をひかえている。

今回の戦は、大陸の覇者を決める戦といっていい。筆頭軍師であり、作戦の立案者でもある荀攸の口から説明すべきだ、と参謀たちは敬意をはらっているのだった。

「いかに勇将とうたわれようと、顔良の性格は思慮を欠き、注意に欠ける。そのような将に、一万の兵をあずけるにあたって、袁紹はどう考えたか。……敵地を進軍中に奇襲を受けるような、ぶざまな真似はさけねばならない。できるかぎり動かぬよう、顔良は厳命されていることでしょう」

憶測に、荀攸は物証をつけくわえる。

「郭図・淳于瓊の両軍はそれぞれ騎兵を千騎ずつ有しているが、顔良軍は歩兵のみである、との報告を受けています。敵地で動きまわる役割を、顔良に期待していないがゆえに、このような編成になるのです……」

口を動かしすぎて疲労を感じたのか、荀攸はため息をついた。そして、冴えない声でいってのける。

「……陽動で稼げる時間は、そう長くはないでしょう。短時間で敵を潰走せしめるには、指揮系統を迅速に破壊しなければなりません。狙いはひとつ。顔良の首だけです」

軍議が終わると、ひと足先に天幕を出た郭嘉を、曹丕は追いかけた。日は完全に暮れている。月も隠れ、かがり火が夜の陣営を赤く染めていた。曹丕が声をかけようとした、ちょうどそのとき、郭嘉が立ちどまって振り返った。

「どうしたんすか？　曹丕さま」

「……袁紹軍は、荀攸がいったとおりに動くのか？」

「動くと思いますよ。袁紹の信任から見るに、先鋒三万の動きを決めるのは、公則さんでしょうから」

公則——郭図は、潁川郭氏の人である。同じ一族の郭嘉も知らないではないだろうが、幼いころから肩をならべて学問に励んできた荀攸なら、郭図がどう考えてどう動くかは、手にとるようにわかるのだろう。一から十までいわれずとも、曹丕はそう理解した。

納得した様子の少年に、郭嘉は目を細めて問いかける。

「仮に、曹丕さまが袁紹軍の先鋒三万を指揮する立場にある、としましょうか。袁紹から、『渡河する曹操軍を攻撃しろ』と命令されました。どうします？」

曹丕は腕組みをして沈思黙考する。白馬城を包囲して、すでに二か月近く経っている。わずか二千の兵で守る城を落とせずにいるのだから、袁紹は苛立っているだろう。ここで命令に従わなかったら……。曹丕の眉間にしわが寄った。想像しただけなのに、気が滅入りそうである。功もないまま、失態はかさねられない。これ以上、袁紹の不興を買うわけにはいかない。命令違反なんて、できやしない。

「……オレだったら、白馬城の包囲に必要な数を残して、延津にむかう。そして、孫子にあるように、半数が川を渡るまで待ってから攻撃する。……そのころには、袁紹本隊も同じように、攻撃をはじめているだろうから……」

ためらいながらも、曹丕は兵法書に忠実に答えた。歯切れが悪かったのは、それでは袁紹軍がとるであろう行動とまったく同じだったからで……。つまり、まちがっているのだろう。

「そう。兵法書とは、どう考えるべきかが書かれているのであって、答えが書かれているわけじゃないんすよ」

曹丕の心情を見透かしたように、郭嘉は苦笑した。

「じゃあ、郭嘉に白馬を攻めている三万の指揮権があったなら、どうする?」

「オレが指揮官だったら、命令はあとまわしにしますね。まずい戦をして負けて降格するより、勝って降格するほうがいくぶんマシでしょうよ」

結果を出しても降格させられるようなら、そんな主君はこっちから願い下げですが。そうつけたしてから、郭嘉はあごに手をあてていう。

「まず、白馬城の包囲を、完全に解きます」

「えっ」

「白馬城は門をあけて、住民を避難させるなり、兵糧や武器をはこび入れるなりするでしょう。そこに間者をまぎれこませて、『曹操軍が白馬城の救援にむかっている』と触れこみます」

籠城している人々からすれば、うれしい知らせだ。その情報はあっという間に広まり、守備兵を勇気づけるだろう。なにせ誤報ではなく、実際に曹操軍は動いているのだから、広まらない道理はない。

「さらに、曹操軍に擬態させた兵を数百ほど白馬城にむかわせて、三万全軍でそれを追わせます。援軍が来ないのではないか、と不安に思っていた白馬城の守備兵は、救援に来てくれた決死隊を見捨てられず、城内に入れるはずです」

パチパチと、かがり火がはぜた。火の粉が顔のあたりに飛んできて、郭嘉は目をすがめた。

「たとえ門を閉じたとしても、将兵の意見は割れるでしょう。動揺しているところで、城内にもぐりこんだ間者に火を放たせる。そうして白馬城を混乱させたうえで、全軍で攻撃する。ってところですかねえ」

郭嘉の眸のなかで、かがり火が揺れていた。そこに炎上する白馬城を見て、曹丕は思う。綱渡りのような詭計だ。けれど、郭嘉が口にすると、あっさり成功してしまいそうだった。なぜ自分は思いつかなかったのだろう。曹丕は憮然とため息をこぼした。

「それが、正解か」

「戦は虚々実々の駆け引きです。オレの策が正しく見えるのなら、それは敵の心理を利用してるからっすよ」

型破りな思いつき、だけではなかった。曹操軍の動きと、その救援を待ち焦がれる守備兵の心境。そうした情報のうえに、郭嘉の策は成り立っている。曹丕は思い返す。荀攸もそうだった。敵軍の編成から、表に出るはずのない命令を読みとっていた。そうでもなければ、猪突の顔良が動かないことを計算にいれた策なんて、立てられるはずもない。いいかげんに見える郭嘉も、ぼんやりして見える荀攸も。人が見落としてしまいそうな些細な情報に、黄金の価値を見いだして、策を編んでいるのだ。

「で、ほんとはもっと訊きたいことがあるんでしょう？」

郭嘉の指摘に、曹丕は一瞬口ごもった。

「……あ、いや。手柄を立てるにはどうしたらいいかな、って」

「今回はやめといたほうがいいっすよ」

「どうして？」

「顔良を討ったあと、掃討戦にうつる時間がないからです。逃げる敵を追いかけまわすより、住民の避難を優先させないと。民を守りながら後退するのは大変っすよ。欲をかく場面じゃありません」

「せっかく虎豹騎に選ばれたのに」

「袁紹との戦を生きのびれば、手柄のひとつやふたつは、おのずとついてくるでしょう。顔良の首なんか、狙っちゃダメっすよ」

「やっぱりダメか」

「そういうのは強そうな人にまかせときゃいいんです。たとえば――」

郭嘉はなにやらひらめいた顔をして、曹丕をあるところへつれていった。

「――というわけで、こたびの戦は顔良を討ちとれるかどうかが焦点になりそうだ。いや、誰が顔良を討ちとるか、だろうな」

隣を歩く大男にそう語るのは張遼、字は文遠《ぶんえん》という。白馬にむかう騎兵五千のうち、千を率いる驍将《ぎょうしょう》である。

「曹公の恩には報いねばならん。胡先生の期待にもこたえねばならん。顔良の首は、私がもらいうけよう」

大男――関羽雲長はそう宣言して、大切そうにそっと胸に手をあてた。

「なんだ、その乙女のようなしぐさは!? 雲長、おぬしまさか、戦場にまで胡先生の文をもってきたのか?」

張遼がぎょっと目をむいた。関羽はしたり顔で返す。

「うむ。紙の書状でよかった。携行するのが楽でいい」

「何を考えている、紛失したらどうするのだ!」

大声で怒鳴ったわけではなかったが、張遼の剣幕は、周囲の兵卒たちを震えあがらせた。関羽ほどの長身ではないが、張遼とて風格あふれる、精悍な武人である。その眼光は炯々《けいけい》とし、声は雷鳴のようにひびくのだった。

「なくしたら大変だから、懐に入れているのだ」

いたって平然といい、関羽は懐から絹の袋を取りだすと、口ひもをほどいて手紙を見せようとする。張遼はあわてて制止した。

「いや、もういい。もういいだろうに！　許都で散々、見せびらかしていたではないか。あのときの、おぬしのはしゃぎっぷりときたら。思い出しただけで、うんざりするわ！」

声と顔と身振りの全身でもって、張遼は辟易を表現してみせた。

「ははは。妬くな、文遠。おぬしも、あぶみを使っているのだ。折を見て、礼状のひとつも出してみればよかろう。胡先生は、我らのような叩きあげの武人も、高く評価してくれる御仁だぞ」

関羽は得意そうにひげを揺らした。張遼は声を低めて、うなるように、

「……いっておくが、私も曹公に仕えて、まだ日が浅い。輝かしい武勲をあげて、地位を確立したいところだ。顔良の首をゆずるつもりはないぞ」

それは、まさしく挑戦状であった。関羽の赤ら顔に浮かんでいた笑みが、いっそう深くなる。

「競争か、おもしろい。我が大刀《だいとう》でもって、顔良の首と胴とを断ち切ってくれる」

「なんのなんの。顔良を串刺しにするのは、我が槍よ」

五千の兵で一万の兵と戦おうというのに、関羽と張遼に悲壮の色は一切ない。彼らは前線に立ちつづけてきた経験豊富な指揮官であり、騎兵という兵科の利点と欠点をしっかり心得ていた。運用はむずかしい。維持するのに金も手間もかかるうえに、力を発揮する場もかぎられる。だが、いくつかの条件がそろえば、倍はおろか、十倍の敵ですら崩しうるのが騎兵である。白馬ではその条件がそろうだろう。顔良軍をおそれる必要はなかった。


敵将を、どのように討ちとるか。なんとも威勢のいい会話であった。兵士たちの士気を鼓吹《こすい》して

まわる、これが彼らなりの流儀なのだろう。豪傑ふたりが歩み去ると、天幕の陰にひそんでいた人影がこちらもふたり、ゆるりと動きだす。

「どうです？　ちょうど顔良の首を話題にしてたんで、聞き耳を立ててみましたけど。自信満々でしょう」

「……ああ」

郭嘉の言葉に、曹丕はうなずいた。

「まあ、手柄がほしい人は、いっぱいいるってことっす。彼らを出し抜いて、大将首をとれると思いますか？」

「…………」

「顔良だって、あんな感じっすよ。曹丕さまなんか、返り討ちにあっちゃうと思いますがね」

「…………」

無言のまま、曹丕は肩をすくめて、降参してみせた。なにも、一騎打ちを挑もう、などと無謀な考えをもっていたのではなかった。習いごとの武芸と、戦場での武勇が異なることぐらい、百も承知している。ただ、曹丕にも配下がいる。自身とあわせて十一騎の精鋭騎兵が手駒だと思えば、まったくの無力ではない。やりようによっては……、とほんのすこし期待しただけだったのだ。しかしながら、張遼と関羽の意気ごみを見てしまうと、そのかすかな可能性すら残してくれそうにない。

「ああいった個人の武勇ってのも、怖いもんですよ。顔良だって、そう使ってやりゃあいいものを……」

「袁紹軍には、将がいないのか？」

曹丕の率直すぎる質問に、郭嘉は含み笑いをした。

「いないわけじゃないんですけどね。ただ……」

「ただ？」

「顔良の出身地を知ってます？」

「いや」

「徐州の琅邪《ろうや》郡なんです。冀州じゃないんですよ」

郭嘉の眸に皮肉の光がおどる。呆れと形容するには、鋭すぎるまなざしだった。

「袁紹が河北を平定できたのは、冀州閥のおかげでしょうに。それなのに、彼らに功績を立てさせないようなやりかたで、天下を望もうだなんて。甘すぎるんですよ、袁紹は」

張遼と関羽を自信満々と評していたが、天下統一に最も近い男をこきおろす郭嘉の自信も、なかなかどうして生半可ではないようだった。普段の曹丕であれば、そう見てとれば、皮肉のひとつでも投げかけていただろう。しかし、曹丕は何もいえなかった。張遼、関羽、そして郭嘉。彼らの自信に、あてられたのかもしれない。だが、それよりなにより。彼らに対して軽口を叩くのは、実績をともなってからにすべきであった。

◆◆◆

白馬城の包囲をつづける顔良のもとに、急報が入った。西の方角で、砂塵が高く舞いあがっているというのである。

「バカな⁉」

顔良は目を大きく見開き、声をうわずらせた。砂塵が高く舞いあがっていれば戦車部隊が、低く垂れこめていれば歩兵部隊がせまっているとされる。もっとも、騎兵の発展にともなって、機動力の劣る戦車は時代遅れになっており、すでに部隊としての運用はすたれていた。戦車は、顔良がそうしているように、高い場所から指示を出すために使用されるものとなっている。戦車部隊は、中《ちゅう》原《げん》には存在しないのだ。となれば、隆起した砂ぼこりが意味するところは、騎兵部隊の存在に他ならない。

「なぜ、曹操軍がここにいる⁉」

曹操軍は延津にむかったはずである。だが、友軍ではない以上、そこにいるのは曹操軍と判断するしかない。奇襲こそかろうじて回避できたものの、してやられた感は否めなかった。

「もはや、白馬城にかまってはおれん。全軍で敵を迎え撃つ！　逆賊・曹操に、目にもの見せてくれるわ！」

顔良はおそろしい形相のまま、旗下一万の兵に集結を命じた。


天から地上を見おろせば、奇妙な光景にうつるであろう。曹家の旗がひるがえる白馬城のすぐそばに、顔良軍が布陣している。そこに曹操軍の騎兵五千が急行しており、遅まきながら、顔良軍の孤立を知った郭図・淳于瓊の軍が、白馬にとって返している。さらにその後背を、曹操軍三万が追いかけているのだ。味方を救うために、敵を挟撃するために、曹袁の旗が代わるがわる出現する。まるで、縦糸と横糸が交互にあらわれるように。

この奇妙な状況を意図的につくりだした荀攸に対して、曹丕は感嘆以外の感情をもたなかった。見れば、顔良軍の旗には落ち着きがなく、陣容が乱れている。迎撃の準備をととのえる前に敵があらわれ、浮き足だっているのだ。おそらくは、曹操軍を発見するのが遅れたのであろう。

「なるほど。匹夫の勇とは、こういうことか」

曹丕は心中でつぶやいた。

かつて荀彧が、「顔良は匹夫の勇である」と酷評したことがあった。血気にはやり、注意力が足りない。大将の器にあらずと、ばっさり斬って捨てた形である。それを伝え聞いた曹丕は、「用心深く行動すればいいだけじゃないか」と当時は単純に思ったのだ。単純にすぎた、と反省すべきであろう。注意力が足りないとは、偵察部隊を手足のようにあつかうだけの力量がない、という意味でもあったのだ。

「性格だけでなく、能力の問題でもあったのか。……そりゃあ、簡単に解決できるもんじゃないな」

「はっ？　なんでしょうか？」

なんでもない、と曹丕が配下に答えたとき、戦鼓がけたたましく打ち鳴らされた。前進せよ、との合図である。曹操軍五千騎は、いっせいに馬に鞭を入れた。

進め！　進め！　進め！

戦鼓のひびきが天をつんざき、馬蹄《ばてい》のとどろきが大地を揺るがした。

「あそこだ！　顔良はあそこにいるぞッ!!」

と叫び声があがる。顔良軍の陣容には厚みがない。中央の戦車に麾《き》（指図用の旗）がはためいているのが、はっきり目視できる。顔良は、あの戦車に乗っているにちがいなかった。

対する曹操軍は、虎豹騎一千をふくむ中央の三千を曹操が指揮し、左翼の一千を徐晃《じょこう》が、右翼の一千を張遼がそれぞれ率いている。曹操軍の方針は、このうえなく単純明快であった。

顔良の首をとる！　敵大将めがけて、ただひたすらに突撃せよ！

白馬城周辺は平坦な地である。騎兵の突進をさまたげるものは、何もなかった。我先にと功を競い、鬨の声をひびかせて、人馬の群れが平原をなだれうつ。最も速い部隊は、当然のように虎豹騎である。だがしかし、彼らの先をゆく騎影があった。くつわをならべて右翼から飛びだし、目の覚めるような迅《はや》さで先頭を駆けるのは、関羽と張遼である。

「ちょ、待てよ」

思わず、曹丕は口走っていた。無謀にしか見えなかった。あぶみを配備されていない張遼隊では、あの速度についていけるはずがない。案の定、前のふたりと張遼隊との距離は、みるみる広がっていった。あきらかに突出している関羽と張遼をめがけ、驟雨《しゅうう》のごとき矢が降りそそぐ。それでも彼らは速度を落とさなかった。長柄を旋回させて矢を叩き落としながら、強引に突き進んでいく。

「そんなのありかよ……」

目を疑うような光景に、曹丕は唖然とした。彼もまた、いつのまにか虎豹騎の最前列で疾走していたのだが、前をいくふたりとの距離はいっこうに縮まらない。

関羽と張遼は味方に影すら踏ませずに、顔良軍のまっただなかに躍りこんだ。関羽の大刀がうなりをあげ、張遼の槍が銀色にひらめく。どちらも劣らぬ驍勇の士が馳せるところ、鮮血が宙を彩り、敵兵は次々と倒れ伏していく。

彼らの活躍を見越していた曹丕ですら、度肝を抜かれたのだ。顔良軍の驚きは、その比ではなかった。

そもそも袁紹軍が白馬城を攻めたてた、この二か月のあいだ。野戦を挑んできた敵など存在しなかったのである。たとえ、そのような身のほど知らずがいたとしても、鎧袖一触《がいしゅういっしょく》、またたく間にひねりつぶしていたであろう。

顔良軍の兵士たちの多くは、袁家の大軍勢に敵はいないと信じきっていた。遠からず、白馬城も陥落するはずである。そのときこそ、剣を抜きはなつときであった。切っ先をむける相手は、武器をもった敵兵ではない。城内で息をひそめている、武器をもたない住民である。略奪をとがめる将校もいるだろうが、兵士にだって言い分がある。彼らは奉仕活動をしているわけではなかった。従軍したところで、支給される食糧はたかがしれている。それだけでは、とても生活していけないのだ。家族にひもじい思いをさせないために、現地で金目のものや食糧をあさるのは、正当な権利であろう。そうした状況下で、獣性と残虐性が鎖から解き放たれ、乱暴狼藉がくりひろげられるのも、戦地では見慣れた光景であった。

郭図・淳于瓊の軍が白馬をはなれたとき、顔良軍の兵士たちから、心細いとの声はあがらなかった。彼らはむしろ、味方が減ることを歓迎すらしたのである。三万の軍勢が一万になれば、取り分は三倍になるではないか。

白馬城が落ちていれば、いまごろ城壁という名の檻の中は、住民の悲哀と絶望とで埋めつくされ、悪夢のような光景が展開されていたにちがいない。ところが現実は、どうやら顔良軍の兵士たちにそっぽをむいたようであった。

兵士が張遼にむけて槍を突きだすと同時に、張遼の槍が疾風となって突きだされる。穂先が交差し、兵士の首から血しぶきがあがる。そのときすでに、張遼を乗せた馬は兵士の横を駆けぬけている。関羽が地を這うように大刀を振るうと、巨大な鉄の塊が暴風となって荒れくるう。盾をさしだして受けとめようとした兵士の体が、次の瞬間、盾ごと折れまがって宙に浮き、味方の頭上を飛んでいく。

いまや顔良軍の兵士たちこそが、猛獣の檻に放りこまれた生け贄であった。

「おおっ、なんということだ……。たった二騎を相手に、なにをしているッ!!」

総崩れの様相をていしてきた自軍に、顔良は怒号を発した。兵士の壁にとりかこまれても、関羽と張遼の勢いに衰える気配はない。ついには、恐怖にかられた兵士たちが、戦わずして道をあけるありさまである。切りひらかれた道を、曹操軍は怒涛となって押し寄せてくる。こうなっては形勢逆転など、とうてい不可能であった。

「むむむ。ここまで兵が狼狽してしまっては、どうにもならん」

屈辱に顔をゆがめ、顔良は決断をくだした。

「ここは引いて、白馬津にて態勢をたてなおす！　退却せー！」

顔良を乗せた戦車が、ゆっくりと動きだした。車軸をきしませて転進する戦車を見て、張遼が舌打ちし、関羽が笑った。大将首は、関羽の進路上に転がりこんできたのである。関羽は乗馬をあおって、戦車に肉薄した。

「顔良！　その首、もらいうける！　覚悟せいッ！」

「うぉお⁉」

顔の筋肉をひきつらせながらも、顔良は矛をかまえた。兵士たちの恐慌が伝染していたのか、あるいは敗戦の衝撃が尾をひいていたのか。勇将として知られる彼らしからぬ、精彩を欠いた動きであった。その頭部めがけ、朱く濡れそぼった大刀が、すさまじい勢いで振りおろされた。

◆◆◆

「たしかに、おとどけしましたよ。それでは！」

と強い陽射しにも負けず、郵人が元気に走り去っていった。手紙が二通とどいた。今回はどちらも私あてだ。送り主を確認してみると、関羽と……張遼だった。

「なぜに張遼？」

面識はない。頭の中に小さな疑問符が浮かぶ。けれど、張遼といえば三国志ファンおなじみ、曹操軍最強といっても過言ではない名将である。よしみをむすんでおいて損はない。コネクション・コレクション的に考えて。さっそく、書斎にこもって手紙を読んでみる。

「まずは、関羽の手紙から、っと」

ふむふむ。そこには、曹操軍の先陣をきって顔良を討ちとった、と白馬であげた武功が誇らしげに書かれていた。

「ヨシ！」

やるじゃない、マイ　ペンフレンド。さすが軍神。

正史でも、関羽は顔良を討ちとっている。三国志演義では、顔良だけでなく文醜も討ちとっているが、こちらは創作であって事実ではない。演義の話はともあれ、広大な戦場で、関羽が顔良を討ちとる確率は、ものすごく低いはずだ。それが再現されているのだから、歴史は私の知っているとおりに推移している、と考えていいだろう。全て予定どおりである。

私は鼻歌まじりに、次の手紙を開封した。張遼の手紙には、白馬の戦いからつづく撤退戦についての記述があった。

顔良軍を撃破したあと、曹操は城兵と住民を率いて、白馬城から撤退したらしい。郭図・淳于瓊は、顔良軍の敗残兵を吸収しつつ、白馬城の北にある白馬津の確保にむかったようだ。顔良軍の救援に間にあわず、うしろからは曹操軍三万がせまっていたのだから、妥当な判断だろう。

その白馬津に、袁紹軍の本隊が上陸し、逃げる曹操を追いかける。住民をつれているため歩みの遅い曹操軍は、延津のあたりで追いつかれた。追いついたのは足の速い騎兵部隊。文醜を指揮官とする、およそ五千だった。

ここで、荀攸が場に伏せていたトラップカード、「輜重《しちょう》隊の囮」が発動する。のこのこといった感じであらわれた輜重隊に、文醜軍が群がり、略奪をはじめた。略奪に夢中になって、軍隊としての統制がとれなくなったところに、曹操軍の騎兵部隊が突撃をして、今度は張遼が文醜を討ちとっ……はわわっ？

「文醜を……張遼が討ちとった⁉」

まちがってないか、目を皿のようにして読みなおす。「文醜の強く猛々しいこと尋常ではなく、あぶみがなければ、おくれをとっていたかもしれません」なんて書いてある。

……まちがいないっぽい。

直接、張遼がみずからの手で、文醜を討ちとったようだ。

「ふうむ……」

私は腕組みをして、首をひねった。文醜は名のある敵将ではなく、雑兵の手にかかって最期を迎えていたはずだ。少なくとも、張遼みたいな大物に討ちとられていたのなら、有名なエピソードとして残っていなければおかしい。

つまり、

「歴史、変わっちゃってるじゃないの」

むぅ、……歴史を変えてみせるとは。張遼め、やりおる。

私の「官渡の戦いそっくりそのまま再現計画」にはズレが生じたかもしれないけれど、ここは素直に張遼を称えるべきでしょう。まあ、おおまかな流れは変わってないし、大丈夫……だと思う。あわてない、あわてない。

それからしばらくして、曹操軍の武将たちから、ぞくぞくと手紙がとどくようになった。どうして、こんなに手紙が送られてくるのだろうか。そんな疑問は、荀彧の手紙によって氷解した。大功を立てた関羽と張遼が私に手紙を送っているのを見て、あやかろうとする動きがあるらしい。ちょっとしたゲン担ぎというか、私の手紙は武運長久のお守りになる、と武人たちのあいだで噂されているそうな。

というわけで、縁起物を製造すべく筆をとる私のもとに、今日も今日とて手紙がとどく。私が書斎で于禁の手紙を読んでいると、司馬懿がやってきた。

「先生、今日はどちらからの手紙でしょうか?」

「うむ。官渡からだ」

現在、曹操軍は官渡城に籠城して、袁紹軍と対峙している。籠城しているといっても、包囲されているわけではない。許都との道は確保しているので、手紙のやりとりだってできる。

だが、全体を見れば、やはり状況はきびしい。官渡より北は、袁紹の手に落ちた。南に目をむければ、袁家の本貫地である汝南郡を中心に、各地で反乱が起こっている。袁紹が、「奸臣曹操を討て!」と檄文《げきぶん》を飛ばして、決起を呼びかけたのだ。汝南郡は、許都がある潁川郡のお隣である。つまり、許都のすぐそばで、袁紹と呼応する勢力が蜂起しているのだった。

曹操領は急速に縮小していた。では、このまま負けそうなのかというと、それほど悲観的な雰囲気でもない。官渡と許都には、合計六万近い曹操軍が集結している。袁紹軍ほどではないが、大軍である。将兵の士気だって、まだまだ旺盛なようだ。

武将たちの手紙のおかげで、そうした現地の状況をうかがい知れるようになったのは、私にとってもありがたいことだった。手紙ひとつにふくまれる情報量は微量でも、数が集まればけっこうなことがわかるもんでして。しかも、官渡からの手紙は、早ければ二、三日で陸渾にとどけられる。リアルタイムとまではいかないけれど、かなり鮮度の高い情報といっていい。

いままで軍事情報に関しては、司馬家の情報網に依存していたが、今回は私のほうが早かったり、詳しかったりする情報も少なくないのだ。これからは名士コネクションとは別の、独自の情報網を構築してみるのもありかもしれません。そんなことを考えながら、私は司馬懿に戦況を語るのだった。

◆◆◆

顔良・文醜をつづけて討ちとられたことで、出鼻をくじかれた袁紹軍だったが、総兵力で圧倒している事実に変わりはない。彼らは河南の地に袁家の旗を立てながら、着実に前進していた。ところが、曹操が築きあげた官渡城を前にして、その進軍はとまっている。

堅牢な城壁の周囲では、連日、矢の奔流が命をさらい、袁紹軍の兵士たちが屍《しかばね》となって折りかさなっていく。このまま力押しをしていては、甚大な被害になろう。袁紹は策を講じた。

夜明けとともに、官渡城の目と鼻の先に、数十基のやぐらがこつぜんと姿をあらわした。夜の闇にまぎれ、袁紹軍が組み立てていたのであった。

城壁よりも高く組まれたやぐらから、袁紹軍が矢を射かける。城壁の上は、矢羽根の音に覆いつくされた。曹操軍はあわてふためき応射するが、高さの差はいかんともしがたい。袁紹軍が優勢に矢戦《やいくさ》を進めるかに見えた、そのときである。

人の頭よりも大きな石が、城内から飛来した。上空に放物線をえがく投石は、発石車による射出であった。投石がやぐらの柱に命中すると、兵士の悲鳴をのみこんで、やぐらは落雷のような轟音とともに崩れ落ちていった。雲ひとつない青空を石が舞い、袁紹軍の兵士たちは逃げ惑う。狙いをはずした石は、ときに地上の兵士を直撃し、深緋《こきあけ》色の血と肉片を放射状に飛び散らせる。いったいどれほどの数の発石車を、曹操軍は用意していたのであろうか。投石は間断なくつづけられ、やぐらは次々と破壊され、一基残らず瓦礫の山になりはててしまった。

攻城の指揮をとっていた郭図は、呆然自失してその場に立ちつくすことしかできなかった。やぐらによる攻勢は、発石車からの反撃を誘い、つかの間の優勢とひきかえに、数百から千にものぼろうという死傷者をもたらしたのであった。

「捕虜が話した。曹操軍の発石車は新型だそうだ」

城壁をにらみつける郭図の背に、声がかかった。近寄ってきたのは、別作戦の指揮をとっている沮授である。

「曹操は昨年から、この地に城を築いて防備をかためていたそうだ。この調子では、投石用の石もたんまり貯蔵しているだろうよ」

「……矢や油は、いうまでもありませんな」

郭図は、眉間を親指でぐっとおさえた。じつにいやな場所に、いやらしい城を築いたものである。官渡は湿地帯に面しており、城のまわりには濠がめぐらされていた。この状況で使用できる攻城兵器はかぎられる。その攻城兵器に対しても、曹操軍のそなえは万全のようだ。

「さしずめ、難攻不落の官渡城砦といったところか。白馬城のようなやわな城とはちがう。そうは思わぬか、郭図どの」

沮授は唇の端をつりあげて、あてこすった。その白馬城を二か月かけて、郭図は落とせなかったのである。

「城攻めは下策といいますからな。それがしのほうが手詰まりとなると、沮授どのが担当する作業に期待したいところですが……。そちらの進捗はどうなっておりますかな？」

いやみを意に介さず、表情を変えずに郭図は訊いた。その反応がおもしろくなかったのか、沮授は鼻白んだような顔をした。

「作業そのものは順調だ。どちらに賭けるかと問われれば、失敗するほうに賭けるがな」

沮授が担当しているのは、地下道を掘って城内に侵入するという作戦である。これは公孫瓚が籠城した要害・易京城を落とした、袁紹軍お得意の作戦なのだが、指揮をまかされる前から一貫して、沮授は懐疑的なようだった。

やぐらの崩落に意気消沈する兵士たちのあいだを、一騎の伝令が駆けよってきた。伝令は、馬から飛びおりるほんの一瞬、怪訝な顔を見せた。冀州閥をまとめる沮授と、よそ者をまとめる郭図。対立しているはずの人物がならんでいるのを、不思議に思ったのだろう。その対立は、立ち位置のちがいから生じるものであって、戦地での行動までしばるようなものではない。そう思うのは、郭図の勝手でしかなかった。いままでのおこないを振り返れば、伝令の反応はもっともである。

自分は、よほど融通のきかない偏屈者に見えるにちがいない。郭図は苦笑が浮かびそうになる口元をひきしめた。

「郭図さま。袁紹さまが本営にお呼びです」

郭図が了解すると、伝令は勢いをつけて馬に飛び乗り、本営にもどっていく。そのうしろ姿を見ながら、沮授が思い出したようにいう。

「曹操軍の将校と曹操直轄の騎兵部隊が、足をかける馬具を使っていただろう。あの『あぶみ』という馬具は、陸渾の胡昭が発明したものだそうだ」

「孔明どのが……」

郭図は喉の奥でうなった。曹操軍の騎兵は強い。袁家の二枚看板、顔良と文醜が討たれたのは、まぐれではなかった。

先日、袁紹は曹操軍の輜重隊を狙った。許都から官渡への補給路を遮断して、官渡城を孤立させようとしたのである。敵地深くに侵入しての任務であるから、機動力にすぐれた軽騎兵の出番である。しかし、曹操はこの動きを予想していたのだろう。万をこえる軍勢が、輜重隊の護衛についていた。

不利を悟った袁紹軍の騎兵部隊は、何の収穫もないまま、すごすごと北に引き返そうとした。そこにあらわれたのが、官渡から出撃した曹操軍の騎兵部隊だった。騎兵同士の戦闘が発生した。兵科は同じ、兵力もほぼ同数だったこの戦いで、袁紹軍は惨敗を喫した。任務に失敗したばかりで士気は低く、敵地への侵入で疲労もあった。そうした条件を考慮に入れても、惨敗というしかない敗北であった。さらに悪いことに、曹操軍の騎兵部隊は、同じように袁紹軍の輜重隊を襲撃して、物資の収奪に成功しているのだった。

官渡を包囲すれば、包囲の外から許都の兵が攻めよせてくるであろう。許都まで攻めあがれば、官渡の兵によって兵站をおびやかされるであろう。どちらにしろ曹操軍は自由に動きまわり、袁紹軍は背後をとられてしまう。官渡と許都、片方が攻められたなら、もう片方が動いて、これを助ける。兵力で劣る曹操軍が、この掎角《きかく》の勢をなりたたせているのは、騎兵部隊の充実ぶりに要因がある。こと騎兵に限定すれば、曹操軍の戦力は、袁紹軍を上まわっていた。

「我々は、白馬義従を擁する公孫瓚と戦ってきた。騎馬民族である烏丸《うがん》を味方にしてきた。精強な騎馬軍団は、見慣れたつもりだったのだがな……」

沮授がいまいましげに舌打ちをし、郭図は無言でうなずいた。曹操に仕えてこそいないものの、孔明の発明はまちがいなく、戦局に大きな影響をあたえている。

旅立つ孔明を見送るとき、たしかに郭図はいったのだ。孔明が袁紹に仕えれば、天下はとったも同然である、と。その言葉は正しかった。現状があまりにも不本意すぎて、人物鑑定眼を誇るわけにはいかないが……。あのとき、孔明が鄴を脱出して故郷にむかい、荀彧と郭嘉があとを追いかけた。あの三人が袁紹に仕えていたならば、曹操に苦戦することなどなかったであろうに。……いまさら悔やんだところで、しかたがない。

未練と雑念を振りはらうように頭を振ると、郭図は馬にまたがり、大きくあくびをした。急に眠気が襲ってきたのである。むりもない。夜を徹して、指揮していたのだから。だが、ひと眠りする前に、おそらくは作戦の失敗を知って苛立っているであろう袁紹から、叱責をもらわねばなるまい。

郭図は小さなあくびにため息をひそめると、主君の待つ本営へと馬を走らせた。

数日後、沮授が陣頭指揮をとった作戦も失敗に終わった。地下を掘りすすめ、ようやく城内に達しようかというときに、水が流れこんできたのである。どうやら城の外だけでなく、内部にまで濠が掘られているようであった。官渡城を攻略する糸口は見えないまま、時は過ぎ、季節はうつっていった。

◆◆◆

予期していたことだが、関羽が曹操のもとを去ったらしい。

関羽千里行。それは、さながら無双ゲーのごとく、これでもかと関羽があばれまわる物語。

敵将を討ちとり、曹操への恩に報いた関羽は、許都の屋敷を立ちのき、劉備のもとへと旅立つ。ところが、通行手形をもっていなかったため、関所を通してもらえない。むむむ、これは困った。普通ならそうなりそうなもんだが、関羽は普通じゃなかった。あまり悩むそぶりもなく、決断する。

腕ずくでまかりとおる!!

これはひどい。関所の守将からしたら、たまったものではない。迷惑千万である。道中には五つの関所が立ちはだかるのだが、そこを守る曹操の武将たちを、関羽はバッタバッタと斬り殺していく。そして長旅のすえに、ついに主君・劉備と感動の再会をはたすのだ。

三国志演義にあったこのエピソードをなぞるように、関羽は許都を去って、劉備のもとへと走った。ただし、お話とは、だいぶ状況が異なるようだ。そのころ劉備がどこにいたかというと、袁紹の命を受けて、汝南で打倒曹操を呼びかけていたのである。汝南は許都のすぐそばだ。千里どころか、二、三日で再会できる。そんだけ近けりゃ、そりゃ会いにいっちゃうでしょうよ。

関羽と劉備が合流したのもつかの間、曹操は許都に配した四万の兵のうち、二万を曹仁にあたえて、反乱鎮圧に動かした。この討伐軍に、劉備はまたしても敗れた。徐州で城をもっていたころとはちがい、劉備にはわずかな手勢しかいない。そもそも、曹操と戦えるような戦力ではなかったのだ。

で、例によって劉備は取り逃したものの、曹仁はその余勢をかって、周辺の反乱を矢継ぎ早に鎮圧していった。いまでは、豫州と徐州で頻発していた反乱は、ほぼおさまったようだ。袁紹に奪われた兗州こそ奪還できずにいるが、それ以外の領地は回復したといってよい。これで冬を越すだけの兵糧を、曹操は確保できるだろう。

農作業の帰り道、私はあぜ道を歩きながらつぶやいた。

「そろそろ、であろうか」

「はい。そろそろでしょう」

私と同じように、農夫姿をしている司馬懿があいづちをうった。収穫の秋が過ぎ、冬が訪れようとしている。季節とはただそれだけで、戦争がはじまる理由にも、終わる理由にもなる。

かのナポレオンはいった。

「冬将軍には勝てなかったよ」

……いってたっけ？　そんな感じだったと思う。ちょっとさだかではないが。

この国にも、季節と戦争を関連づけた言葉がある。前漢の趙充国《ちょうじゅうこく》――百聞は一見にしかずという有名なことわざを残した名将は、こんな警句も残している。

「秋になると、食糧をもとめて匈奴が南下をはじめる。春、夏と草を食《は》んで、たくましく育った馬とともに。今秋《こんしゅう》も匈奴は押しよせてくるであろう。マジつらたん」

遊牧民族の匈奴は、冬を越すために、物資の略奪にくるのだ。冬にそなえなければならないのはどこも同じ、曹操と袁紹だって例外ではない。いまごろ両陣営とも、兵糧をかき集めていることだろう。

「どちらも大軍です。消費する兵糧は、莫大な量となりましょう」

「うむ」

曹操と袁紹の戦は長期化しつつある。長期化すればするほど、非生産的な軍事活動に、大量の物資がつぎこまれていく。

「どちらの領土も、疲弊しきっているであろうな」

「はい。しかも、戦線は停滞しています。あらたな戦果が期待できないとなれば、遠征している袁紹軍の将兵たちからは、不満の声もあがるようになりましょう」

「彼らは帰郷を望むようになり、その声は日に日に強まっていく……か」

透明度の高い空の下を、私たちはのんびり歩いていた。そうしていると、物騒な戦争の話題が、なんだか不釣りあいにも思えてくる。

袁紹軍は官渡を抜けずにいる。思うようにいかなければ、将兵の不満はたまり、陣中には厭戦気分がただよってくる。なかには、曹操に寝返る者すら出てくるだろう。

そう、裏切り者。官渡の戦いの鍵を握るのは、裏切り者の存在だ。烏巣にある袁紹軍の兵糧庫を焼きはらうことで、曹操は勝利する。その兵糧庫の場所を教えるのが、袁紹を裏切る許攸《きょゆう》という人物である。

張遼が文醜を討ちとったように、歴史は変化しているみたいだから、それが許攸とはかぎらない。けれど、誰かが曹操に投降して、兵糧庫の場所を教えることが、勝敗を決定づける確率は高いと思う。一般の兵卒は、どこに何があるかなんて知らされていない。兵糧庫の場所を知っているのは、ある程度階級の高い将校だ。そこから裏切り者を出せば、曹操の勝利はぐっと近づくだろう。

……いちおう、離間策をすすめる手紙でも、荀彧に送っておきましょうか。

◆◆◆

冷たい雨が降りしきるなか、官渡城の一角がわきたった。出撃していた徐晃隊が帰還したのである。馬体や鎧はことごとく雨に濡れ、光沢をまとっていた。城内の兵士たちが群がるように出迎え、その人数が増えるにつれて、喝采や笑声が広がっていく。得意げな表情を浮かべて、堂々と行進する徐晃隊の面々を、郭嘉と荀攸は二階の窓から眺めていた。

「へえ。どうやら、かなりの成果をあげたみたいっすよ」

「……」

郭嘉が片眉をあげて声を弾ませると、荀攸が無言でうなずいた。徐晃隊は、袁紹軍の後方を撹乱する任務をおびていた。おそらく、大規模な輜重隊と遭遇して、物資の収奪に成功したのであろう。

現在、官渡城には約二万の曹操軍がつめている。ただ守り耐えるだけであれば、半数の兵でも事足りるであろうが、官渡城は積極的に反攻にでる起点ともなっているのだ。これまでのところ、その方針はうまくいっている。なんといっても、曹操軍の騎兵が袁紹軍の騎兵に対して、優位に立っているのが大きい。

「騎兵の質では圧倒できるだろう、と踏んではいましたけどね。数でも上まわれたのは、うれしい誤算だったっすね」

「うむ……」

当初一万いた袁紹軍の騎兵は、小さな局面で敗北をくりかえした結果、二割ほど数を減らしている。一方、鍾繇を介して関中軍閥から四千頭の馬を提供された曹操軍は、騎兵の数を一万にまで増やしていた。徐晃隊に視線をとめたまま、荀攸はぼそぼそと低い声でいう。

「……馬騰には、驚かされた」

「いくら涼州が馬の産地とはいえ、四千頭ですからねえ。馬騰が気前のいい男で助かりましたよ。いやあ、ありがたい」

「袁紹にとっても、とんだ計算ちがいだったろう」

「思惑がはずれて、うまくいきそうもないのなら、さっさと切りあげりゃいいんですよ。だって、敵が守りをかためている場所を、しゃにむに攻めつづけるなんて、まずい戦の典型でしょう?」

呆れたような郭嘉の言葉に、荀攸は頰をゆるめた。

「そうだな。官渡は落ちないだろう」

だからといって、素通りもできまい。素通りすれば、官渡城から出撃する部隊によって、袁紹軍は補給線を断たれてしまう。袁紹軍は前に進めずにいるが、しかし曹操軍にも、真っ向から敵を押し返すほどの力はなかった。戦況は膠着したまま、本格的な冬を迎えようとしている。この状況を、郭嘉と荀攸は正確に認識している。それはおのずから、五百里はなれた場所にいる孔明たちの認識と一致していた。

「袁紹本人は、長期戦も覚悟しているでしょうけどね。将兵や領民がその覚悟についてくるかとなると、話は別ですからねぇ」

と、郭嘉はめんどくさそうな顔をした。

大軍を率いての越冬が、いかに困難なことか。曹操軍とて必死だった。許都にいる荀彧や夏侯淵《かこうえん》らが、各地から兵糧をかき集め、なんとかやりくりして、ようやくめどが立ったところだ。袁紹軍の担当者も、大変な思いをしているだろう。冬を越すための兵糧を計算して、顔を青くしているにちがいなかった。

肥沃な冀州ならば、大軍をまかなうだけの兵糧も捻出はできよう。だが、遠征に動員された袁紹軍十一万の、過半は農民だったのだ。それだけの働き手を奪われ、さらに気が遠くなるような量の兵糧を、南に運搬しなければならない。遠征をつづける代償として、冀州の豪族や領民は、はかりしれない負担を強いられている。であるにもかかわらず、進軍はとまってしまった。

もともと冀州の豪族たちのあいだでは、遠征に反対する意見が根強かったのだ。もう、これ以上の成果は期待できないのではないか。そんな声があがりはじめれば、一度はおさえつけられた遠征反対の気運が、一気に盛り返してくるであろう。

郭嘉は人の悪い笑みを浮かべた。

「そろそろ、期待してもいい頃合いですかね」

「うむ。そろそろであろうな……」

荀攸はすっと目を細めた。彼らは長期戦につきあうつもりなどなかった。よりいっそうの力を、調略にそそがねばなるまい。袁紹軍のほころびが表面化する日が、一日でも早く、確実に到来するように。戦が一日延びるごとに費やされる物資の量を考えれば、手間を惜しんでなどいられなかった。

寒そうに手をこすりあわせて、荀攸はつぶやく。

「冬は、不和を露呈させる……」

とらえどころのない彼の視線は、変わらず窓の外をむいている。朝から降りつづいていた雨は、いつしかみぞれに変わっていた。


その日の夕暮れどき、許都にある荀彧の屋敷に、商人らしき男が足を踏みいれた。荀彧と懇意にしている商人は多いので、めずらしい光景ではない。注目する者がいるとしたら、せいぜいが自分もあの屋敷に呼ばれたいと願う、同業者ぐらいであろう。

屋敷の主人が部屋に入ってくるなり、男はひざまずいた。

「ただいま冀州より、もどりました」

男は、商人のふりをした荀家の家人であった。主人に命じられて、袁紹の本拠地である鄴にいき、間諜にあたっていたのである。

「よい報告をもちかえることができました」

「うむ」

「審配《しんぱい》が、許攸の家族を処刑しました」

報告を受けて、荀彧は涼やかな眸を光らせた。審配は冀州閥の中心的な人物のひとりであり、傲慢かつ奢侈《しゃし》な性格であるゆえに、荀彧が調略の対象としている人物のひとりでもあった。

「そうか。よくやってくれた」

「はっ」

敬意と憧憬《しょうけい》のまなざしで主人を見あげ、男は報告をつづける。鄴でおこなった工作とその結果を、細大もらさず伝えると、

「協力してくれた冀州の民にも、厚い手当をお願いいたします」

「むろんだ。長旅で疲れただろう。いまは体を休めるといい」

「ははっ」

深々と頭をさげ、男が退室すると、荀彧は冷ややかな夜気に安堵の息を吐きだした。

「どうやら、うまくいったようだな」

袁紹との開戦前、曹操と参謀たちは、両陣営の強みと弱みをさまざまな角度から分析した。兵力で劣る曹操軍は、正道では不利である。それはもとよりわかっていた。問題にあがったのは、詭道《きどう》においても不利に立たされるであろうことだった。

両陣営の差は、間者の差にあった。方言があるため、間者はその地方出身者でなければ目立ってしまう。十全に動くには、現地に根ざして生活している者のほうが、なおよい。袁紹陣営には、曹操の本拠地がある豫州出身者が多かった。対して曹操陣営には、冀州に地縁のある人物が皆無ではないにせよ、ほとんどいなかったのである。地縁人脈の差が、間者の質と数の差につながると危惧された。

昨年、その差を埋めるために、曹操は黎陽に攻めこんだ。冀州の民をさらい、見込みのある者を選抜して小金をあたえ、さらなる報酬を約束した。漢室を匡輔《きょうほ》する司空・曹操が語りかけるのだ。ただの武将とは威光がちがう。約束の重みがちがう。かててくわえて、曹操の人を見る目は抜きんでている。このように強引な手法を用い、みずから動くことで、曹操は謀略戦の手足ともいうべき間者の差を補ったのである。

その後、袁紹軍は曹操軍を追いはらい、連れ去られそうになった民を取り返した。袁紹は気をよくしていただろうが、その中には、曹操軍の間者となった冀州の民がふくまれていたのである。

一年前を思い出して、荀彧は頭を振った。

「まさか間者を仕込むために、軍を動かすとはな……。曹操さまも思いきったことをなさる。それだけ追いつめられていた、ということでもあるが」

非常識な手段を提案したのは郭嘉だった。曹操以外の人物なら、まず却下していたであろう。だが、どれほど非常識でもかまわなかった。なんとしても、詭道で優位に立たなければならなかったのだから。

間者をあやつるのは、前線で軍を指揮しなければならない曹操ではなく、荀彧の仕事である。荀彧は、鄴城内に毒酒をついでまわった。強欲で犯罪癖がある許攸の家族には、違法なもうけ話をささやいた。許攸の家族はその話に飛びついて、収監されてしまった。彼らが手をつっこんだのは、審配が巨万の富を築くためにつくりあげた、犯罪組織の縄張りだったのである。利権を荒らされ激怒した審配に、荀彧はさらなる毒杯を用意した。審配の周辺に、まことしやかな噂が流れはじめた。

「袁紹さまが帰還したら、許攸の家族は、審配さまの罪を告発するだろう」

「冀州閥の力をそごうとしている袁紹さまのことだ。審配さまへの処罰も重くなるのではないか？」

「これを機に、たくわえた財貨も没収されてしまうにちがいない」

「許攸の家族を生かしておいたら、審配さまは……」

おのれの身を守るために、審配は許攸の家族を始末してしまった。許攸は袁紹に冷遇されている。審配にしてみれば、許攸ごときに配慮してはいられなかったろう。

「ふふふ。審配には後先を考えない面がある。軍政家としての手腕は、それなりにあるのだろうがな」

荀彧は満足げに独語した。これで許攸は袁紹を見限るだろう。荊州南陽郡出身の許攸は、あの袁術をして「貪婪淫蕩《どんらんいんとう》にして不純」といわしめた男である。袁紹に仕えているのも、利益を計算してであって、忠義によるものではない。それがわかっているから、袁紹も彼を疎んじているのだ。主君から嫌われ、冀州閥から敵視され、家族まで殺された。もはや許攸は、袁紹陣営にいる利を見いだせまい。

「許攸は知恵のまわる男だ。自分を高く売りつけるには、どうすればいいのか。ちゃんと理解しているはず……」

許攸は曹操に寝返る。曹操が最も欲している情報をたずさえて。許攸が計算高い人物だからこそ、荀彧は確信した。

荀彧は書斎に入ると、漆塗りの椅子に腰をおろした。曹操に手紙をしたためるべく、机の引出に手を伸ばす。指先がまっさらな紙に触れたところで、思いなおしたようにその手をとめて、白紙のかわりに、一通の手紙を取り出した。

先日、孔明が送った手紙である。荀彧の視線は、その手紙の一文にとまっている。

『こたびの戦は、即墨《そくぼく》の戦いのように、官渡の戦いとして歴史書に記されるのであろう。袁紹陣営に楽毅《がくき》のような人物がいないことを、よろこぶべきなのか、それとも惜しむべきなのか……』

即墨の戦いとは、五百年ほど前、燕が斉に攻め入った大戦である。伝説の名将・楽毅は、この戦いで燕軍の総大将をまかされていた。袁紹軍に楽毅のような人物がいないのは、もちろん、よろこばしいことにちがいない。では、なぜ惜しむべきなのか？　一見すると、「難敵に勝利してこそ、輝かしい勝利として歴史にきざまれる」という意味にもとれるが、そうではなかった。孔明は何を伝えようとして、このように書いたのか。その意図を正しく理解するには、即墨の戦いの帰趨《きすう》を知らねばならない。

楽毅が指揮する燕軍の攻勢はすさまじく、七十あまりの城を落とされた斉には、莒《きょ》と即墨の二城しか残されていなかった。斉軍がこの二城に籠城し、粘り強く抵抗しているあいだに、大きな変局が訪れた。燕の昭王《しょうおう》が没して、その子が王位を継いだのである。あらたな王・恵王《けいおう》は、太子のころから楽毅と仲が悪かった。

即墨の守将・田単《でんたん》は、ここに勝機を見いだした。楽毅に敵わないのなら、楽毅とは戦わなければよい。狙うべきは、即位したばかりの恵王である。燕の都に、次のような噂が流された。

「七十もの城を簡単に落とした楽毅が、どうしてわずか二城を落とせずにいるのか。楽毅は長い時間をかけて、斉の人心を掌握しようとしているのだ。いずれは燕から独立して、斉王になるつもりにちがいない」

流言を真にうけた恵王は、楽毅を解任して帰還を命じた。ところが、楽毅は国に帰れば殺されると判断して、趙に亡命してしまう。偉大な司令官を失った燕軍は、斉軍の猛反撃をうけて連戦連敗。ついに、斉の国土から追い出された。こうして斉は、燕に奪われた七十あまりの城を取りもどしたのである――。

即墨の戦いにおいて、流れを変えたのは謀略だった。楽毅を離反させることによって、斉は勝利をつかんだのだ。つまり、「袁紹軍から離反者が出るように、離間策を用いよ」と孔明は助言しているのである。直接的な言葉を使わず、別の意味にもとれるよう、婉曲的に書かれているのは、手紙の流出を警戒してのことであろう。

荀彧はくつくつと笑った。

「あいかわらずの慧眼、おそれいるよ」

孔明は全てを見透かしているだろう。袁紹軍の不和が深まっていることも。曹操が敵の兵糧庫に狙いをつけていることも。そして、兵糧の重要性がいや増すこの時期、離反者が兵糧庫の場所を手土産にするであろうことも……。

荀彧は椅子の背もたれに体をあずけると、左手で右肩をもみほぐした。

「やれやれ。これでどうにか、皆の期待にこたえられたかな」

建安五年十月の頭、官渡城の城門にむかって手を振る、ひとつのあやしい騎影があった。曹操軍の兵士が城門の上から誰何すると、その男は曹操の旧友・許攸であると大声で名乗り、投降したいと告げて兵士たちを驚かせた。荀彧から連絡を受けて、この日を待ち望んでいた曹操は、さっそく幕僚をひきつれて、許攸と面会した。諸手《もろて》をあげて歓迎したいところだが、荀彧の策動を許攸に気《け》取《ど》られてはまずい。曹操は開口一番、あえて疑いの言葉を投げかけた。

「我が軍に投降したいと聞いたが、偽りではないだろうな?」

さも心外そうに、許攸は両手を軽く広げて、首を振った。

「まさか。そもそも、私は君と戦うことに反対していたのだ。だが、袁紹は私の言葉を聞き入れてくれなかった」

「ほう」

「案の定、袁紹の思うように戦は進まなかった。なのに、彼はまだ兵を引こうとしない。戦が長引けば、苦しむのは民だろう? 身勝手な袁紹に、ほとほと愛想が尽きたのさ」

裏切り者は、臆面もなくいってのけた。

「ううむ。……しかし、余にはまだ信じがたいな。君と袁紹は奔走の友ではなかったか？」

「それをいうなら、私と君は幼なじみであろう」

「それもそうだ」

曹操はようやく笑顔をみせた。許攸もぎこちなく笑って、

「案内される途中、城内の様子を観察させてもらった。新型の発石車に、士気の高い将兵たち。十万の袁紹軍を相手に、善戦しているのもうなずける」

「うむ。そうであろう」

「だからこそ、残念でならない」

「残念？　なにが残念なのだ？」

「君の軍は、袁紹の大軍を相手にしても、互角に渡りあえるのかもしれない。しかし惜しいかな、それは戦をつづけることができればの話だ」

「どういう意味であろうか？」

「河北を支配する袁紹が、兵糧の確保に苦心しているのだ。君の苦しみはその比ではあるまい」

「むむっ」

「苦しくないはずがない。兗州を袁紹に奪われ、残る領土とて戦乱で荒れはてていよう」

許攸が指摘した問題を、曹操は克服している。反乱は早期に鎮圧できたため、収穫や税のとりたてに、大きな支障は生じなかった。農業政策の成果も、年々着実にあがっている。とくに新型農具

の普及と、流民の定住が進んでいる洛陽周辺は、董卓以前の生産力を取りもどしていた。

許攸の背後で、郭嘉がぺろりと舌を出したのを見て、曹操は判断する。正確な情報は伝えなくともよかろう。なにも、この男に誠実に接する必要はないのだ。ほしいのは許攸がもつ情報であって、彼の心ではないのだから。

「ううむ。まさしく、君のいうとおりだ。兵たちの前でこそ強気にふるまっているが、正直にいうと、我が軍の糧食は心許ない。冬を越すどころか、ひと月もつかどうか……」

「ふむ。やはり、そうだったか」

「しかし、決戦を挑むわけにもいかぬ。総力をぶつけあえば、最後に立っているのは、兵力で勝る袁紹であろう」

「ふふふ」

「なにがおかしい？」

「いやなに。総力戦などせずとも袁紹に勝つ方法を、私は知っている」

許攸は得意げに鼻の穴をひくつかせた。

「おおっ、これは心強い男が仲間になってくれた。ぜひ君の機知をもって、我が軍の窮地を救ってほしい」

曹操にもちあげられると、許攸は意気揚々として、自分をことさら大きく見せようとふんぞりかえる。

「なに、簡単なことさ。君の軍よりも先に、袁紹軍の兵糧が尽きればいいのだ。袁紹軍の兵糧庫は烏巣にある。烏巣を叩けば、袁紹軍は数日のうちに瓦解するであろう」

敵地の現況を聞きだした曹操は、すぐさま出撃の準備を命じた。許攸がいうには、烏巣の守備兵は一万五千、大将は淳于瓊である。もともとは一万であったが、烏巣の守りに不安をおぼえた沮授が、二万に増員するよう袁紹に上申し、その案が半分だけ採用されたそうだ。

おもだった武将たちが出陣の準備に追われるなか、古参の将・楽進は、曹操の前にいき、まなじりを決して直言した。

「許攸なる男は不実の塊であります。これが曹公を誘い出す、袁紹の奸計であったならば、どうなされるのです」

実直な力強い眸に見すえられ、曹操の心は揺らいだ。武人の魂を体現した楽進のような男は、たまらなく曹操の心をくすぐるのだ。いっそのこと、許攸が寝返ったのは調略の成果なのだ、と打ち明けてしまおうか。だが、どこからそれが許攸にばれるかもわからぬ。烏巣を襲撃するまで、秘密を知る者は少ないほうがよかった。

「余は許攸を信じる。おまえにまで許攸を信じろとはいわぬ。だが、いまは余の判断を信じてくれ」

曹操は衝動をおさえこんだ。

「許攸は烏巣まで同行させる。もし、彼の言葉が偽りであったならば、おまえの剣で許攸の首をはねるがよい」

ここまでいわれては、引きさがるしかない。楽進はうやうやしく一礼して、出撃の準備にむかった。許攸に不信の念を抱いたのは、彼ひとりではなかった。その者らは命令に従い、出撃の準備を優先させたのちに、楽進と同じ内容の進言をした。首をそろえてやってきた彼らを、曹操は一喝した。

「これぞ余が待ちのぞんだ好機、天があたえたもうた好機である！　などてためらうことやある！」

とうに日は沈み、出撃のときは間近にせまっていた。しかも、その号令を今か今かと待ちわびる兵士たちの眼前であったから、彼らの行動はまったく機を逸していたのである。思慮が足りない部下たちをしりぞけると、曹操は馬に乗って、城門の前に進みでた。右手を高々とかかげて、将兵たちの注目を一身に集める。

「いまや袁家の命運は、我が手中にある！　我につづけ！　曹家の兵士《つわもの》どもよ！」

大音声で呼びかけるや、曹操は馬首をめぐらして、城門の外へと駆けだした。思わぬ事態に、部下たちは目を丸くした。あろうことか、総大将が真っ先に飛びだしてしまったのである。呆気にとられようが、泡を吹こうが、遅れてはならなかった。曹操軍一万騎は主君を追いかけ、黒暗々《こくあんあん》たる夜の中に飛びこんでいった。


都督である淳于瓊が烏巣の守備をまかされたのは、むろん袁紹が烏巣を重要視したからであり、淳于瓊が兵站の重要性を理解していたからである。袁紹軍は大兵力であるがゆえに、兵站に支障をきたしては、その巨体をささえられない。小規模な軍隊ならば、略奪で糧秣《りょうまつ》をまかなうこともできようが、そうはいかないのだ。

淳于瓊は柵をはって陣地を築き、兵糧を保管するための貯蔵庫を大量につくった。後方から輸送されてきた兵糧をそこにたくわえて、大規模な輜重隊を編成すると、前線から到着した護衛の軍と

あわせて、前線へと送りだす。

敵襲にそなえて警戒も怠らない。哨戒隊《しょうかい》が、烏巣の周囲を何重にも巡回している。深夜、淳于瓊の安眠を妨害したのは、その哨戒隊からの急報だった。

「南に、曹操軍の騎兵部隊を発見しましたッ！」

天幕から不機嫌そうに出てきた淳于瓊に、部下が緊迫した声で報告した。

「南か。敵の数は？」

「不明ですが、千や二千ではないようです。五千はくだらないと思われます！」

「……まずいな」

淳于瓊の眠気は一瞬で吹きとんだ。千騎ほどなら、狙いは輜重隊かもしれないが、五千をこえる規模となると、まず烏巣が標的とみてまちがいない。

「兵士たちを叩きおこせ。南と西の守備をかためろ」

あごひげを撫でながら、淳于瓊は指示した。

「はっ、南と……西ですか？」

部下が意外そうにいった。

「旗を見ろ」

淳于瓊があごをしゃくった先には、風にあおられて、バタバタと音をたてる旌旗《せいき》がある。

「強い西風が吹いている。乾いた風だ。曹操軍は、風上から火矢を射かけてくるにちがいない」

「……っ」

顔を真っ青にした兵士は、礼もそこそこに、伝令に走り去っていく。淳于瓊は部下の無礼を咎めなかった。咎める気にはなれなかった。彼自身、兵糧庫が炎上するさまを想像して平静でいられるほど、剛胆でも無神経でもなかったのである。


はたして、曹操軍があらわれたのは西であった。

「報告、袁紹軍に出撃の気配なし！　陣中にこもり、前面に弩兵・弓兵をならべて、待ちかまえているもよう！」

斥候の報告に、曹操軍の将・于禁はうなずいて、眉間にしわをきざみこんだ。

「出撃してくれれば、このまま一気に攻めこんで、乱戦に乗じて烏巣の陣に突入する、という手もあったのだが……。徐晃、おぬしはどう思う？」

問われた徐晃は、敵将の経歴に触れる。

「淳于瓊は、天子直属の西園《さいえん》軍で校尉をつとめたほどの男だ。我らの騎兵と野戦をすれば、顔良の二の舞になることぐらいわかっていよう」

「うむ。慎重にもなるか」

西園八校尉といえば、曹操や袁紹と同役である。それほどの男を相手にするのだ。こちらも慎重に戦わねば、痛い目にあうであろう。

「ならば、やつらのお望みどおり、矢戦をしてやろうではないか。……ただし、こちらの矢だけがとどく距離で、だがな」

于禁が敵陣を遠望しながらいった。

「フッ、心得た」

徐晃はにやりと笑い、持ち場にもどっていく。于禁は風の強さと向きを確認し、場所をさだめてから命じた。

「火矢を射よッ!」

強弓の士を選んで射られた火矢は、西風にびょうと乗って、烏巣の陣中に落ちていく。二度、三度とくりかえされるうちに、かがり火とは異なる地点に、ぽつりと赤い灯火がついた。火の手があがり、煙がのぼる。曹操軍は、飛距離を競うかのように、火矢を射かけた。

やがて、一方的な射撃に耐えかねたのか、淳于瓊軍が反撃した。闇にうごめく于禁隊めがけ、無数の矢が放たれる。夜空を埋めつくす銀色の矢尻は、火矢の十倍の密度があるかと思われた。頭上に降りそそいでいれば、曹操軍は目を覆いたくなるような惨状をさらしていたにちがいない。だが、矢のあらかたは風にあおられ、曹操軍にたどりつく前に勢いを失っていった。それにしても、すさまじい数の斉射である。

「なんという矢数だ。正面からまともに突っこんでいたら、どれほどの被害が出ていたことか」

于禁はうなった。補給基地だけあって、烏巣の物資は潤沢なようだ。強行軍で移動してきた曹操軍は、軽装で矢にもかぎりがある。あのような無駄撃ちは許されない。いずれは、敵が射かけてきた矢を拾って、再使用することになろう。

「なに、これほどの数の矢を、一斉に射ることができるのだ。敵が射手を西に集めているのはまちがいない。我らにとっても好都合である！」

味方を鼓舞し、于禁は冷静に指揮をとりつづけた。陣中の炎はしだいに広がっていくが、兵糧庫全体の規模と比べれば微々たるものである。気がはやって前に出そうになる部下をおさえながら、于禁は辛抱強くそのときを待った。しばらくして、彼の忍耐は完全な形で報われた。陣の西ではなく、東で煙があがりはじめたのである。

「あの煙を見よ！　曹公の攻撃がはじまったぞ！」

于禁の檄に、将兵たちが雄叫びでこたえる。この場にあらわれた曹操軍は、官渡を出撃した一万騎の半数であった。于禁と徐晃——曹操が全幅の信頼をおく名将たちは、風上から火矢を放ちつつ、敵を引きつけていたのである。もう半数——曹操本隊は、手薄になった東から攻めこんだのであった。

東北の夜空に煙がのぼっているとの報告が、袁紹本陣にとどいた。烏巣の危機を知り、あわただしく軍議がひらかれた。派閥争い、権力闘争、政治的打算といったしがらみで紛糾するのが恒例となっている袁紹軍の軍議だが、このときばかりは全員一致で結論が出た。それも、きわめて迅速に。

「急ぎ、烏巣の救援にむかう」

袁紹の決断に、異を唱える者はいなかった。

第一陣として、騎兵が先行する。夜明けごろには烏巣につくであろう。

第二陣は、歩兵の中では比較的足の速い、軽装歩兵である。

そして、足の遅い重装歩兵は、本陣にとどまることになった。

官渡城から曹操軍の援軍が出撃するようなら、これを阻止しなければならない。官渡城ににらみをきかせるのが、この地にとどまる将兵の役割である。

重装歩兵の指揮官の中に、張郃《ちょうこう》、字を儁乂《しゅんがい》という将がいる。彼は、人の気配が失われて閑散とした陣中を歩きながら、胸のうちを僚友にこぼした。

「袁紹さまの判断は正しいのだろう。それはわかっているのだ。……だが、救援が間にあわなかったら、どうするつもりだろうか？」

寒風が吹きぬけて、かがり火が頼りなげに揺れた。河北育ちの身とはいえ、この時期の寒さは身に染みる。首をすぼめて、張郃は凍りつくような小声でつづけた。

「烏巣が落ちてしまったら、軍は維持できなくなる。袁紹さまは、そのまま撤退なさるだろう。前線に取り残された私たちは、殿《しんがり》とならなければならない。……いや、それどころか、捨て石にされてしまうのではないか……」

張郃は身ぶるいした。それは、寒さのためであったろうか。それとも、味方に見捨てられる、おそれのためであったろうか。彼は敵をおそれてなどいなかったが、前をむいて勇敢に戦うだけでよしとされるのは、兵卒までである。将たる者、あらゆる状況を想定すべきであった。もしも、袁紹が彼らを見捨てるようであれば……。

烏巣では、曹操軍が陣営の東から突入をはたしていた。白馬からはじまった一連の戦いにおいて、猛威を振るいつづけた曹操軍の騎兵部隊は、すでに恐怖の象徴にまでなっている。その進撃は、烏巣でもとどまるところを知らなかった。喊声とともに彼らが馳せれば敵はたじろぎ、刃を振るえば血と絶叫がはねあがる。各所に火を放ちながら、曹操本隊は敵陣深くへと侵入していった。

これに対処すべく淳于瓊が西からはなれると、その西からも、すかさず于禁たち別働隊がなだれこむ。たちまち袁紹軍は混乱に陥った。

いたるところが燃えあがり、視界を赤く染めあげる。炎の壁が行く手をさえぎり、逃げ道を奪い、せまりくる人馬への恐怖を、いっそうはげしくかきたてる。狼狽する守備兵たちに、組織だった動きはできなかった。消火活動にあたるべきなのか、敵と戦うべきなのか、それとも逃げるべきなのか。右往左往する守備兵たちのあいだを、縦横無尽に槍を振るいながら、人馬一体となった黒影が駆け抜ける。

「淳于瓊はどこだッ！」

敵大将を探して、大声を張りあげたのは楽進、字は文謙《ぶんけん》である。「前進、進撃、撃砕！」、それが楽進の座右の銘であり、彼の部隊の規範である。彼らは誰よりも早く烏巣の陣に突入し、誰よりも奥深くへと突き進んでいた。

飽くことなく敵をもとめていた楽進は、しかし、烏巣の陣の中央付近に到達したところで、前進をとめた。上官にならい、部下たちも馬をとめる。楽進は鼻をひくつかせて、あたりを睥睨《へいげい》した。炎の熱も、血のにおいも、敵兵の気配も薄れている。

「敵が消え失せたわけもなかろう。何者かが、このあたりの守備兵をまとめあげたのだ。そして、統制を取りもどしたうえで、移動したにちがいない」

楽進はそう判断した。無秩序に逃げる敵兵の姿が減ったのは、規律ある部隊に吸収されたからであろう。おそらく、淳于瓊はそこにいる。

「前か、右か、左か……」

前進したところで、西から攻めこんだ于禁と合流するだけに思える。楽進は彼らしくもなく、まず前進の選択肢を消した。

「となると、右手か、左手だが……」

曹操軍の鬨《とき》の声、袁紹軍の悲鳴、戦闘音は全方位からひびいている。あえて比較するのなら、右手がやや静まりかえっているように、楽進には感じられた。

「……右手か」

右手を、北の方角を彼は選択した。敗色濃厚な、絶望的な窮地に立たされた淳于瓊は、どこに勝機を見いだすであろうか。曹操の命である。曹操を急襲して討つ。それ以外に勝機は残されていない。となれば、ひそかに動いているであろう淳于瓊の部隊を捕捉すべきであった。もし、淳于瓊が左手で曹操軍と戦闘中であるのなら、もはや曹操にとって脅威とはなりえない。

「北へ転進！」

楽進は馬首を北へ転じた。部下はいっさい異議をとなえない。彼らは上官の嗅覚を信じていた。楽進の判断は、幾度となく彼自身と部下の命を救ってきたのである。楽進のことを、猪突だの蛮勇だのと評する者がいれば、彼らは胸を張って、こう反論するであろう。「我らの上官は誰よりも勇敢で、剛毅なのだ」と。

北へむかったところで、敵の数が少ないだけかもしれなかった。価値ある首級とめぐりあえずに、徒労に終わるだけかもしれなかった。それでも楽進は、武功を立てる機会よりも、曹操にとって脅威となりうる敵を摘みとる道を選んだ。その選択を、天が嘉《よみ》したもうたのだろうか。彼は正答をたぐりよせた。ほどなく淳于瓊の部隊と遭遇したのである。しかも、敵の進行方向に割りこむ形となったらしく、淳于瓊が先頭にいる。願ってもない僥倖《ぎょうこう》であった。

「突撃！　突撃ッ！」

楽進は笑いながら、号令をかけた。敵部隊の兵力を把握できないことなど、おかまいなしに笑った。むろん自身も馬を走らせる。指揮官に遅れまいと、楽進隊は突進した。

「敵将・淳于瓊と見た！　その首、もらいうけるッ‼　おまえたちは敵兵をおさえろ！」

後半は部下への指示である。淳于瓊をかばおうと、袁紹軍の兵士たちが前に出るが、楽進の槍が一閃二閃して、敵大将への道を切りひらく。そのまま雑兵の相手は部下に押しつけ、楽進は猛進した。馬上の淳于瓊は槍をかまえて迎え撃たんとする。

「ちぃッ、奸賊・曹操の狗がッ！」

「黙れッ！　その口、二度ときけなくしてくれよう！」

両者の槍が激突し、すさまじい衝突音が連鎖する。楽進の荒々しい槍さばきは、猛獣の爪を思わせた。その攻勢を、淳于瓊は巧みにさばいて反撃する。槍と槍とが風を巻き、火花を散らしてぶつかりあう。

さすがに西園八校尉に選ばれた男である。淳于瓊は入手したばかりであろうあぶみを完全に自分のものとしており、さらには、武芸の洗練度合いにかぎれば楽進を上まわっていた。二十合ほど打ち合ったところで、楽進の右頬から血が飛び散った。

だがしかし、楽進がくりだす槍の穂先は、手傷を負っても鈍らなかった。闘志はますますふくれあがり、彼の槍はより狂暴に、より獰猛に猛りくるう。はげしさを増す連撃についていけず、淳于瓊の動きが重くなったかに見えた。次の瞬間、淳于瓊の顔面から血しぶきがほとばしった。楽進の槍が、淳于瓊の鼻をそぎ落としたのである。負傷した淳于瓊は、敵手ほどに闘志を持続できず、目に見えてひるんだ。

楽進の槍が、息もつかせぬ速さで突きだされる。肩を突き刺された淳于瓊は、身体の平衡を失い、馬上から転がり落ちた。鼻の痛みと、肩の痛みと、地表に叩きつけられた痛みとで、淳于瓊が苦悶のうめき声をもらす。顔をゆがめた彼の視界で、槍が円弧を描いた。楽進の右手が槍を半回転させ、逆手に握りなおしたのだ。

勢いよく突きおろされた穂先が、淳于瓊の前歯を砕き、口腔をつらぬいた。痛みは短かったであろう。頭部を地面にぬいつけられ、淳于瓊は絶息した。

彼らの周囲では混戦がつづいていたが、指揮官同士の勝敗が決すると同時に、その均衡も一気にかたむいた。袁紹軍の兵士たちは逃げ出し、彼らが味方に告げる声は悲鳴となって、炎と混迷の戦場にこだました。

「淳于瓊将軍、討ち死にッ!!　淳于瓊将軍、討ち死にッ!!」

叫び声は潰走の合図となった。逃げ散る敵兵を、曹操軍が追いかけまわす。頭を割られ、胸をつらぬかれ、烏巣の守備兵たちは次々と倒れていく。蹂躙される袁紹軍の将兵の中には、しかし戦意を失わない者もいた。そのひとりが騎督の呂威璜《りょいこう》である。彼は、単独で行動しているうかつな敵騎兵を発見すると、その背後に忍び寄った。そして、「えいやっ」と槍で背中をひと突きにして絶命させると、馬を奪って飛び乗った。

「かくなるうえは、ひとりでも多くの敵を道連れにしてくれ――」

呂威璜の口は、そこで永遠に閉ざされた。どこからともなく生じた矢うなりが、彼の喉笛をつらぬいたのである。落馬した呂威璜は、地に叩きつけられ、四肢をねじまげ、そのままピクリとも動かなくなった。

矢を放ったのは、馬上の少年だった。自分の手柄が信じられないのか、敵将らしき男の最期を、呆けたように眺めている。少年と、その配下たち。どちらがより驚いたのかは、さだかではないが、数瞬の沈黙を破ったのは、配下たちの称賛の声だった。

「お、お見事！」

「おめでとうございます。曹丕さま！」

「身につけている甲冑からみて、あれは名のある敵将にちがいありませんぞ！」

「あ、ああ……」

褒めそやされ、曹丕はあいまいにうなずいた。我に返って周囲を確認する。熱風が吹き荒れていた。渦巻く火焔が大地を焦がし、天までとどくかに見える。十万の将兵をまかなうための、莫大な兵糧を燃料としているのだ。まだまだ燃えつづけるだろう。もはや、人の手で鎮火できるような勢いではなかった。立っているのは味方ばかり。敵兵はことごとく地に倒れ伏している。

「……勝った。……終わった、のか」

喉がからからに渇いていることを、いまさらながら曹丕は認識した。咳ばらいをしてから、天を仰ぐ。

東の地平線がうっすらと瑠璃色に明るんでいた。じきに朝日がのぼりはじめるだろう。袁紹軍の救援が到着する前に、決着はついたのであった。

――のちに、曹丕は著書・典論に、次のように記している。

「私がはじめて大功を立てたのは、官渡の戦いだった。大功を立てたのは、私だけではない。張遼が文醜を討ちとり、楽進が淳于瓊を討ちとり、他にも多くの者が輝かしい武勲をあげた。都への帰路は、武功を立てた誇りと、勝利の高揚とで飾られたのだ。しかし、それらを押しやる、漠然とした予感のようなものが、私の胸にはたゆたっていた。袁家の大軍勢を相手に、こうもあざやかな勝利を手にできると、誰が予測しえたであろうか。戦のありようが、変わろうとしているのではないか。当時を思い返すに、変化の予兆を感じとり、いいようの知れない感情に心を揺さぶられていたのは、私だけではなかった。あの大戦で戦場を駆けぬけた戦士の多くが、時代のうねりを感じとり、魂を揺さぶられていたのだ。この動乱の世に、なにかとほうもなく大きな変革が起ころうとしている。私たちはその変革の先頭を、誰よりも速く駆けぬけようとしているのだ、と」

※

官渡の戦いは、鐙の使用が確認できる最古の戦争である。胡昭が発明した鐙をいちはやく取り入れた曹操は、騎兵を駆使して、終始、袁紹軍を翻弄した。

この戦いで、袁紹軍は多くの将を、敵将の手によって直接討ちとられている。これはそれまでの戦では見られなかったことであり、要因として、戦の主体が歩兵から騎兵にうつったことがあげられる。歩兵部隊で最前線に立つのは階級の低い兵卒であるが、騎兵部隊は指揮官が先頭に立つことが多かったためである。

こうした騎兵に主導される戦争は、後漢末期から三国期にかけて、とくに顕著にあらわれた。それにともない、武将同士による一騎打ちの事例がしばしば見られることが、この時代の戦争の特徴とされている。

官渡の戦いは、曹操と袁紹が覇権をかけて争った戦いであると同時に、騎兵の時代が到来したことを告げる戦いでもあった。

官渡の戦い　三国志全書

◆◆◆

鄴に帰還した袁紹軍は、わずか数千に数を減らしていた。十万をこえる大兵力で堂々と出陣した威容は見る影もなくなっていた。失われたのは兵士だけではない。家中を代表する淳于瓊、顔良、文醜といった武将たちは戦死し、戦術家として定評のあった張郃も曹操に降伏した。最も大きな痛手は、沮授の死であったろう。曹操の捕虜となった沮授は、降伏の誘いを頑として拒絶し、脱走しようとして斬られたのであった。沮授の忠節と訃報を伝え聞いた袁紹は、ふさぎこんで自問自答をくりかえした。

どこでまちがえたのだろうか。何が悪かったのだろうか。

懊悩《おうのう》する袁紹に、逢紀《ほうき》という臣が訴え出た。

「ご報告申しあげます。獄中の田豊どのが、袁紹さまに対して、不満をもらしているようでございます」

「……田豊は、歯に衣着せぬ男だからな」

「河北の民心は乱れております。田豊どののいうように、戦をしなければよかったのだ、と放言する者も……」

官渡の敗戦は、袁紹の求心力を低下させ、出兵を諫めた田豊の正しさを際立たせた。家中にうごめく不穏の影を、袁紹も察している。放置してはおけまい。

「曹操の工作に乗り、袁紹さまに叛旗をひるがえそうという地域もあるようです。手をこまねいていては、一大事になりましょう」

亡者となれば旗印にはなりえない。田豊を処刑するよう、逢紀はうながしているのだった。

「逢紀、おぬしの意見はわかった。では、審配への処罰はどうすべきであろうか?」

なぜ負けたのか。振り返れば、最大の敗因は許攸が寝返ったことである。その原因をつくってしまった審配には、敗戦の責があるはずだった。

「寛大なご処置を」

逢紀の答えは簡潔だが、単純ではなかった。計算の跡が見える。

「理由を聞こう」

「我欲の強さに難はあれど、審配どのは、袁紹さまのなさりように反対する人物ではありません。いまは領内を安定させねばならぬとき。彼に冀州閥をまとめてもらうべきかと。それに処刑ばかりでは、暴君のそしりはまぬがれないかと存じます」

「……なるほど。審配の手腕ならば、冀州の豪族たちをまとめるのも不可能ではない、か」

口やかましい田豊よりも、審配が冀州閥の代表者となったほうが、たしかに袁紹にとって都合がよい。袁紹は郭図にも意見をもとめた。すると、逢紀とは正反対の意見が返ってきた。

「沮授どのが亡くなられたのです。田豊どのまで欠いてしまえば、曹操に勝つのはむずかしくなりましょう。むしろ、軍規をただすためにも、審配どのをこそ刑すべきかと存じまする」

「ふむ……。田豊の知恵も惜しくはある」

河北の安定を第一に考えるなら、逢紀の案を。打倒曹操を第一に考えるなら、郭図の案を選べばよい。袁紹が採用したのは逢紀の案だった。

「まずは領内の安定を優先させねばならん。威信を取りもどさねば、曹操どころではない」

理屈でいえばそうなるが、袁紹の判断に私情がふくまれていたのは否めなかった。審配を罰するのはかまわない。だが敗戦の責を問うのであれば、最も責任が重いのは袁紹自身である。きびしい処罰は、いずれ自分にはねかえってくるであろう。

田豊を処刑し、審配を免責し、とにもかくにも、袁紹は一歩を踏み出した。いつまでも、失意の淵に沈んではいられなかった。豊沃《ほうよく》な袁紹領はいまだ健在であり、挽回は不可能ではないはずだった。

一方、勝利した曹操陣営では、ある動きが活発になっていた。

◆◆◆

天下分け目の大戦が終結し、世情が安定にむかうと見たのだろう。許都の上流階級で、結婚ラッシュがはじまった。家と家のむすびつきを強めて、権力基盤を強化しようというわけだ。中心にいるのは、曹操配下の有力者たちである。もし、官渡で袁紹が勝っていたら、袁紹陣営の有力者が中心になっていたはずだ。

私は、陳羣と荀彧の娘との結婚を祝う宴席に、招かれていた。結婚を祝うといっても、現代日本での披露宴のような、派手なものではない。ちょっとしたお祝いの席である。昔はやたら手間がかかったらしい婚礼の儀式も、いまではだいぶ簡略化されている。堅苦しいのも、ややこしいのも苦手だし、私にとってはありがたい。曹操が倹約を推奨している影響も、少なからずあるようだった。

席をはずして厠にいってきた私は、庭の片隅にいる郭嘉を発見した。陳家の家人となにやら熱心に話しこんでいる。遠いので話の内容は聞こえてこないが、相手が若い女性であること、郭嘉がめったに見ないほど凛々しい顔をしていることから、口説いているのは一目瞭然だった。

「さて、邪魔をしては悪いだろう。しかし、お相手が困っているようなら、割ってはいったほうがいいのだろうし……」

私は立ちどまって思案する。女性は迷惑そうな顔をしているように見える。けれど、心底から嫌がっているかというと、そうでもないような。この世に生をうけて四十年になろうとしているが、女心はとんとわからぬ。前世と合わせれば八十年にもなるというのに、さっぱりである。

私が判断しかねていたら、郭嘉があわてて逃げだして、入れちがうように陳羣がやってきた。口説かれていた家人と二言、三言、言葉を交わしてから、陳羣は郭嘉を追いかけていく。

第三者の立場で観察していた私は、腕組みして首をひねった。

なにも、走って逃げなくてもいいのでは？　どうせ、毎日のように顔をあわせるのだから、逃げたところで明日には捕まるだろう。まあ、追いかけるほうも追いかけるほうだし、郭嘉のことだから、陳羣をからかっているだけなのかもしれない。酒が入っているからだろうか、それとも一大決戦の重圧から解放されたからだろうか。なんだか、子どものころを思い出させる光景だった。

私は宴席場にもどると、靴を脱いで室内にあがった。みんな床に座っていて、それぞれの前に、お膳で食事が出されている。なつめ、蓮の実、栗、りんご、卵のスープ、鶏肉の魚醤焼き……。自分の席について、となりの席の荀彧に声をかける。

「変わり者の友人をもつと、苦労するのだろうな」

もちろん、私は郭嘉と陳羣のことをいったつもりだった。きわめて軽い気持ちで、率直な感想を口にしたのだが、これがまずかった。現場を見ていない荀彧に伝わるはずがない。それどころか、荀彧は奇妙なまなざしを私にむけてきた。まるで、変わり者の友人を見るかのような。

「変わり者か。……ところで、孔明。子どものころ、君が池でおぼれかけて大騒ぎになったのを、おぼえているだろう？」

ぎゃふん。やめてくれ荀彧。その攻撃は私に効く。なにげなく口に出してしまったひとことのせいで、私は黒歴史を思い出すことになった。

あれは、そう。十三歳の夏の出来事だった。私は奇妙な夢を見た。口元に竹筒をあてて呼吸しながら、水中を歩くという夢だ。いわゆる水遁の術である。

目が覚めて、まず思った。天才じゃね？

さっそく、手ごろな竹を探して、加工にとりかかる。ふしを抜いて、口と鼻に合うように、竹を削る。作業を終えた私は、同年代の友人を誘った。荀彧は勉強中で家から抜け出せなかったので、他の遊び仲間たちといっしょに池にむかう。池につくと、私は服を脱いで、特鼻褌《ふんどし》いっちょうになった。腰に命綱をむすんで、池に入る。暑い日だったから、ほどよく冷たい水温が、妙に気持ちよかった。池の底はやわらかくて、くるぶしまで足が沈む。注意しながら、おそるおそる、慎重に進んでいく。腰までだった水深が深くなる。胸をこえて肩の高さまで。もう充分だろう。

「もぐるぞー！」

威勢よく岸に声を投げかけると、私は竹筒を口元にあてがい、一気に水中にしゃがみこんだ。口の中に水は入ってこなかった。よし、あとは呼吸ができれば成功だ！

息を吸う。吸えない。思いっきり吸う。けど、吸えない。肺呼吸、腹式呼吸、全身呼吸！　やっぱり吸えない!!　こめかみに血管が浮き出てるんじゃないかってくらい力んでも、なぜか空気が動かない。意気揚々とはじめた手前、絶対成功させたかった。けれど、空気が重い、かたい、びくともしない！　吸っても空気が動かない、ってどういうこと⁉　そんなの想定できるか‼　息が苦しくなった。いったん仕切りなおしだ。

失敗したときのことも考えてあった。といっても、水深は肩までしかないのだから、立つだけでいい。ひざをのばそうとして、私は愕然とした。ひざに力が入らない⁉

あわててしまったのが悪かったのだろう。竹筒がはずれて、口の中に水が流れこんできた。頭がまっ白になった。ひとつだけはっきりしていた。ダメだ。このままだと死ぬ。死んでたまるか、こんちくしょう。文字どおり必死だった。私は竹筒を手放して、どうにか腰の命綱をひっぱった。すると、すごい力で岸までひっぱられた。岸にあがった私は、嗚咽まじりに水を吐いて、咳きこんで。釣りあげられて、陸でビチビチ跳ねまわる魚よりも、見苦しい姿だったと思う。

「胡昭‼　このバカタレがッ‼」

怒鳴り声がふってきた。大人の声だった。顔をあげると郭図がいた。二十歳そこそこの郭図は、おっさんみたいな顔に鬼の形相を浮かべていた。眉を逆立て、目を見開いて。命綱をひっぱっていたのは、郭図だったのだ。当時の郭図は、私たちにとって兄貴分というか、監視役だった。私たちが危険そうな遊びをしていると知って、すっとんできたのだった。

私は正座させられた。長い説教になるだろうなと覚悟した瞬間、目の奥に火花が散った。私の頭に、郭図が拳骨を振りおろしたのだ。ものすごい衝撃だった。地面に顔がぶつかるかと思った。物理的にもひどく痛かったけれど、精神的な痛みのほうがずっと大きかった。申し訳ない気持ちでいっぱいだった。

いまの私が、危険な遊びをしている子どもを見かけたら、やっぱり同じように叱りつけるだろう。自分のことながら思う。なんだこの胡昭とかいうクソガキは。まったくもってけしからんな。

……いつからだろう？　郭図が私のことを高く評価してくれるようになったのは。彼からしてみれば、昔の私は問題児でしかなかっただろうに。私が大人になって、名士としての評判を得てから、ではなかった。もっと前からだったと思う。孔明という字をもらってから、郭図は私のことを「胡昭」ではなく、「孔明」でもなく、「孔明どの」と呼ぶようになった。でもそれは、郭図がそういう性格だからだ。字をもらったら「どの」と呼んで一人前あつかいする。ここらへん、郭図はきっちりしている。「郭図」呼びからそのままスライドして、年上の人物を「公則」呼ばわりしちゃってる私とはちがう。いや、いまさら「公則どの」もないけれど。

う～ん。郭図から評価されるきっかけなんて、あっただろうか？　前世の記憶がよみがえる前の、二十歳になる前の私は、変わり者あつかいが妥当だったような気がする。まあ、いまでもちょっと風変わりな面があるのは、認めないでもないが。

しかし、しかしである。そもそも、あの件は、奇妙な夢が発端だったのだ。あんな夢を見たのは、潜在意識の奥深くにひそんでいた、前世の記憶のせいにちがいない。そして、水中で息ができると思ってしまったのは、その前世の記憶がまだはっきりしていなかったからだ。いまならわかる。空気を吸えなかったのは、おそらく圧力の問題だろう。あんな無茶は、もう絶対にしない。

つまり、つまりである。あれは不幸な事故だった。前世の記憶が影響して、なおかつ現代知識がないという、特殊な条件によって起こってしまった、偶発的な事故だったのだ。私は強く主張したい。「水遁の術で水没事件」はあくまで例外である。私の人格に起因するものではないのだ、と。

弁解せねばなるまい。私自身の尊厳のために！

「あれは、若さゆえのあやまちであってだな」

「人の本質というものは、そう簡単に変わらないと思うんだがなあ」

荀彧の言葉はにべもなかった。

はい、ごもっともで。尊厳の回復をあきらめて、私はきゅうりの味噌漬けをつまんだ。ああ、おいしい。荀彧は上機嫌でいう。

「ああ、そうそう。変わり者で思い出した。司馬徳操《しばとくそう》だ」

「むっ。徳操がどうかしたのか？」

三国志でおなじみの水鏡《すいきょう》先生こと、司馬徽《しばき》の字を徳操という。じつは彼も潁川出身なのだ。お年寄りの印象があるけど、郭嘉と同年代なんだから、イメージってあてにならない。

「彼から連絡がきたよ。襄陽でひらいた学問所が、なかなか盛況のようだ。君にあこがれて、鶴氅を着て、白い羽扇をもつ者も多いらしい」

「隠士の真似なんてしていたら、出世できないだろうに」

「ふふふ。その中に、おもしろい若者がいるそうだ。学問所に出入りしているだけで、門下生ではないようだがね。はからずも、字を孔明といって、たしか、琅邪諸葛氏の出身だったかな」

「ほう……」

とりあえず。ここは一発、有名なセリフを使わせてもらいましょう。さながら、某怪盗三世を追いかけまわす警部のごとく。私は心の中で叫ぶのであった。
バカヤロー！　そいつが本物の孔明だッ！

書き下ろし番外編

一九七年、師との出会い

司馬懿は旅を満喫していた。なにしろ家にいると息がつまる。いつも父に監視されているような気分にさせられるのだ。勉強、勉強、勉強。父は自分にそっくりな顔でいう。

「知識は力だ。無学はいずれ自分にはねかえってくる」

言葉は正しいと思うが、それにしても程度というものがある。

司馬懿自身はまだ耐えられた。彼は父の過剰なまでの要求にも、さして苦労しなかった。けれど、泣きながら文机にかじりついている弟を見てしまうと、さすがに気の毒になる。それで手助けでもしようかと思えば、父は目じりをつりあげて、余計なことをしないか牽制するかのように、じろりとにらみつけてくるのだった。

そんな父に対して、司馬懿は逆に要求した。家にある書物は全部読んだ。すぐれた人物と会うことで見識を広めたい、と。父は最初、うろんな目をして取り合わなかったが、司馬懿が近隣の賢者の名を何人もあげて説得をかさねると、重々しいため息をついて承諾した。

こうして十九歳の司馬懿は旅の許しを得たのだった。

もちろん長い旅ではない。短い旅を何度かくりかえすだけのものだ。それでも彼はいつになく開放的な気分だった。父がつけたであろう司馬家の家人の姿が、ときおり見え隠れしていたにしても。

よく晴れたある日のことである。

司馬懿は旅路の途中、陸渾の城外で不審な農夫を見かけた。農民のわりに肌が日に焼けておらず、服装も妙にこぎれいなのだ。のんびり歩くその姿にも、どことなく品格が感じられる。興味をひかれた司馬懿は、馬からおりて話しかけた。

「この地に胡昭という学者が暮らしているはずなのだが、どちらにお住まいか知っているかな?」

陸渾の胡孔明。彼に関する噂はよく耳に入ってくる。

いわく、許子将を上まわる人物鑑定眼の持ち主であり、董卓の破滅を予言した。

袁紹や曹操からの仕官の誘いを毅然と拒絶し、逆に彼らに君子の道を教えさとした。

飢民を救うために、官職をなげうち、農具や料理の研究開発にいそしんでいる、などである。

噂は噂でしかないだろうが、端倪《たんげい》すべからざる人物であることはまちがいない。

今回の司馬懿の旅の、本命ともいうべき相手である。

民衆からも「孔明先生」と呼ばれて親しまれているらしい。この農夫も陸渾の住人ならば、孔明のことは知っていよう。

「………」

農夫は目をしばたたかせると、一瞬だけ笑いをこらえるような表情を浮かべ、孔明の屋敷への道順を丁寧に教えてくれた。

司馬懿は礼をいうと馬に飛び乗った。そして、馬を歩かせながら思う。

「……ただの農夫ではないな。少なくともただの農夫にしておくのは惜しい」

理路整然とした、わかりやすい説明だった。言葉づかいもしっかりしていたし、なにより両眼に知性の光があった。

司馬懿が陸渾の県長であれば、まちがいなく役人として召し抱えている。

「もしかすると、胡昭……の弟子だろうか」

孔明は潁川で庶民に読み書きを教えていたという。

この陸渾でも私塾をひらき、同様のことをしているそうだ。

士大夫の子弟も門下にいるようだが、いわゆる名家と呼ばれるような、力のある家の子弟は弟子に取っていない。権力に近づくつもりはないとの意思表示であろう。

「権力闘争に巻きこまれたくないという気持ちはわかるが、……甘いな」

大勢の人々を救いたいのであれば、力は必要だ。

能力があり、民を救うという意思があるのなら、権力に近づくことをためらうべきではない。

司馬懿にしてみれば、孔明の隠士的な思考は、明確な減点対象であった。


孔明の屋敷に着いた司馬懿は、屋敷の主人が留守にしていることを伝えられた。学堂内で門下生たちの様子を観察して待つことにしたのだが、そこでつまらない人物にからまれてしまい、学堂内の空気はすこぶる悪くなってしまった。やりこめるつもりも、怒らせるつもりもなかったのだが、いいかげんな知識で知ったかぶりをされると訂正したくもなる。相手がまちがっていようと笑っていられるだけの度量を、身につけたほうがいいのかもしれない。

司馬懿が無表情の下で反省していると、学堂内の空気が一瞬にして切り替わった。

立派な身なりをした、士大夫らしき男があらわれたのだ。

穏やかな空気をまとったその男は、先ほどの農夫であった。

「孔明先生」

どこからか、安堵したようなつぶやきが聞こえてくる。

——なるほど。

司馬懿は得心すると同時に、彼の正体を見抜けなかった理由を悟った。

孔明はたしか三十六歳のはずだ。しかし、目の前の人物は若々しく、三十にもとどいていないように見える。前もって孔明に関する情報は頭の中に入れていたのだが、それがかえって目を曇らせることになったのだろう。自分の失敗を分析しながら、司馬懿は拱手して名乗った。

「先ほどは失礼をいたしました。私は胡先生に教えをこいたく、河内郡温県の孝敬里より参りました。姓は司馬、名は懿、字は仲達と申します」


別室に案内された司馬懿は、孔明と存分に語りあった。

孔明は言葉数が多い人物ではなかった。だが、口下手というわけでも、会話が苦手というわけでもなさそうだった。こちらが切り出した散文的な話題にも、興味深そうにつきあってくれる。そうした話題のなかには、天下の情勢や各地の群雄の動向といった答えに窮するものもあったはずだが、孔明は動揺の色をまったく見せず、それればかりか司馬懿以上の認識や洞察をしめすことすらあった。いままで会ってきた賢者のように、古典的教養を利用してごまかしたり、論点をずらしたりすることもないのだ。驚嘆すべき知識量であり、知性であった。

司馬懿としては感服しきりである。舌を巻く思いだった。

思わず彼はこぼした。まるで何でも知っているようだ、と。

すると孔明は、わからないことはわからない、と強く主張するかのようにいった。

「何でもは知らぬ、知っていることだけだ」


その夜、司馬懿は孔明の屋敷の客室に泊まった。

なかなか寝付けなかった。

寝台の上で身を起こして正座すると、孔明との会話を思い出し、反芻《はんすう》する。

「何でもは知らない、知っていることだけ、か。………深い」

事実そのとおりだとしかいいようがないし、真理ともいえるだろう。このうえなく単純なことであるが、誰よりも物事を知っていそうな人物の言葉だと思うと、考えさせられるものがあった。

賢者を名乗る有象無象《うぞうむぞう》は、知識を武器とし、さも答えを知っているかのようにふるまっていた。

そうして人々の敬意を集めようとする、底の浅い人物ばかりだった。

だが、孔明の知性は、彼らとは一線を画している。

『学は及《およ》ばざるが如《ごと》くせよ』

まだまだ自分は十分ではないという気持ちをもって、学問に励みなさい。

孔子が残したその言葉を、孔明の姿勢はまさに体現しているかのようにすら思われた。

ところが、そう考えると、司馬懿は困惑をおぼえ、混乱するのだった。

孔明は天下の名士とうたわれる人物である。儒教を重んじていないわけがないのだが、彼からは儒教の匂いがあまりしないのだ。

儒教に染まっていないにもかかわらず、孔子の言葉を体現している。

矛盾しているように思う。

そもそも、あれだけ天下の情勢を緻密に分析している人物が、天下国家に無関心なわけがない。

それなのに、なぜ隠士の道を選んだのか。

矛盾の塊であるように、司馬懿は思う。

孔明の思考の軸は、いったいどこにあるのだろうか。

「……底が、見えない」

いまの司馬懿に、孔明の本質をはかることはできない。それだけがたしかな事実である。

この夜、司馬懿が感じた奇妙な興奮と混乱は、翌朝、この地を去ってからも、彼の胸の中でくすぶりつづけるのだった。

あとがき

はじめまして、二水うなむです。

このたびは、「じゃない孔明転生記。軍師の師だといわれましても」をお手に取っていただき、ありがとうございます。

この作品の主人公である胡昭《こしょう》、字を孔明《こうめい》という人物は、正史三国志の魏志管寧《かんねい》伝に附《ふ》されています。三国志演義には登場しないため、知名度が高いとはいえないでしょう。

三国志は昔から多くの日本人に親しまれてきました。江戸時代、庶民は通俗三国志を読みふけり、関羽を題材とする歌舞伎に興じました。奈良時代の七六〇年に成立した藤氏家伝《とうしかでん》では、蘇我入鹿《そがのいるか》の専横ぶりが董卓のようだったと批判されています。三国志演義が成立するのは一三〇〇年代ですから、それ以前から三国志は日本人に読まれていたようです。

陳寿《ちんじゅ》が記した正史三国志は歴史書ですから、基本的には事実を記録したものと考えてよいでしょう。それから千年ほど後に、羅貫中《らかんちゅう》が著《あらわ》したのが小説三国志演義です。こちらは小説ですから、かなり脚色されていて、七分の実事に三分の虚構ともいわれています。

この三国志演義は空前の大ヒット作となりましたが、その魅力のすべてを羅貫中が独力でつくりあげた、とはいえません。彼は小説家であると同時に、編集者でもあったといえるでしょう。正史三国志はそれ自体すぐれた歴史書でしたが、歴史書だけに味気なさは否めません。そこに民間に伝わる説話を肉付けして、血沸き肉躍る小説三国志演義が誕生しました。

三国志の舞台は、統一帝国の崩壊から分裂へといたる激動の中国です。中国の大衆は三国志の世界を愛し、英雄たちの活躍に思いを馳せました。そこから長い歳月をかけて生みだされた数々の逸話や伝承が、三国志演義という大傑作へとつながったのです。

今でも三国志の輝きは褪せることなく、関連する作品がさまざまな形で世に出ています。そうした作品の作り手たちは、はじめに、ひとつの選択を迫られます。すなわち、正史と演義のどちらに立脚すればよいのか。

本作は正史に基づいた架空歴史小説です。前述したように、主人公の孔明先生が正史にのみ登場する人物ですから、正史の世界観をベースにするのはある意味当然かもしれません。ですが、架空歴史小説というのが重要なポイントです。つまり、なによりおもしろさを追求すべきなのです。三国志演義のおもしろい要素は積極的に取り入れるべきでしょうし、魅力的なＩＦ展開も盛り込んでいくべきでしょう。

孔明先生は在野の道を選びましたが、主人公たる者、争乱に巻き込まれるのが宿命です。きっと平坦な道のりにはならないでしょう。その歩みのなかで、彼がどのような決断をして、どのように歴史を変えていくのか。孔明先生と仲間たちの旅路を、読者の皆様に楽しんでいただければ、作者としてこれほどうれしいことはありません。

二〇二四年四月吉日　二水うなむ

じゃない孔明転生記。
[じゃないこうめいてんせいき]
軍師の師だといわれましても
二水うなむ
[イラスト] 武田ほたる
2
孔明の舌鋒は——
一万の兵に匹敵する!?

次巻予告
陸渾を襲った黒山賊に
一人連行されてしまった
孔明の運命や如何に……!?
勘違いだらけの
スペクタクル三国志、第二弾!
どうしてこうなった……?
二〇二四年発売予定!
コミカライズ企画進行中!

TOブックス
コミカライズ
連載最新話が
読める!!!!
「本好きの下剋上」をはじめとする
TVアニメ化作品盛りだくさん!!

漫画配信サイト
CORONA EX
コロナEX
TObooks
2nd Anniversary
詳しくはこちら!!
https://to-corona-ex.com/
2周年!!

アニメ化決定!!!
没落予定の貴族だけど、
暇だったから魔法を極めてみた
©三木なずな・TOブックス／没落貴族製作委員会

じゃない孔明転生記。軍師の師だといわれましても

2024年7月1日　第1刷発行

著　者　二水うなむ

発行者　本田武市

発行所　TOブックス
〒150-0002
東京都渋谷区渋谷三丁目1番1号　PMO渋谷Ⅱ　11階
TEL 0120-933-772（営業フリーダイヤル）
FAX 050-3156-0508

印刷・製本　中央精版印刷株式会社

ISBN978-4-86794-219-2

Printed in Japan